CLAIRE, QUERIDA

CLAIRE, QUERIDA

CALLIE
KAZUMI

Tradução de **Renata Vettorazzi**

ALTA BOOKS
GRUPO EDITORIAL
Rio de Janeiro, 2025

Claire, Querida

ISBN: 978-85-508-2334-8

Impresso no Brasil — 1a Edição, 2025 — Edição revisada conforme o Acordo Ortográfico da Língua Portuguesa de 2009.

Dados Internacionais de Catalogação na Publicação (CIP)
(BENITEZ Catalogação Ass. Editorial, MS, Brasil)

K11c
1.ed. Kazumi, Callie
Claire, querida / Callie Kazumi ; tradução Renata Vettorazzi. - 1.ed. - Rio de Janeiro : Alta Books, 2025.
304 p.; 13,5 x 21 cm.

Título original: Claire, Darling.
ISBN 978-85-508-2334-8

1. Romance inglês. I. Vettorazzi, Renata. II. Título.

02-2025/08 CDD 823

Índice para catálogo sistemático:
1. Romances : Literatura inglesa 823
Aline Graziele Benitez - Bibliotecária - CRB-1/3129

Produção Editorial: Grupo Editorial Alta Books
Diretor Editorial: Anderson Vieira
Vendas Governamentais: Cristiane Mutüs
Gerência Comercial: Claudio Lima

Coordenadora Editorial: Illysabelle Trajano
Produtora Editorial: Beatriz de Assis
Tradução: Renata Vettorazzi
Copidesque: Carol Colffield
Revisão: Fernanda Lutfi
Diagramação: Tatiana Paiva

ALTA BOOKS
GRUPO EDITORIAL

Rua Viúva Cláudio, 291 — Bairro Industrial do Jacaré
CEP: 20.970-031 — Rio de Janeiro (RJ)
Tels.: (21) 3278-8069 / 3278-8419
www.altabooks.com.br — altabooks@altabooks.com.br
Ouvidoria: ouvidoria@altabooks.com.br

Editora **afiliada à:**

ASSOCIADO

Para Papi, que me ensinou a perseguir os meus sonhos.

OLHO PARA O CORPO DELA CAÍDO NO CHÃO, DESAJEITADO E *retorcido, o sangue escuro acumulado sob a cabeça. Encaro fixamente a poça reluzente de cor vinho, tentando forçar em mim mesma algum sentimento, qualquer coisa. Alívio? Culpa? Arrependimento? Medo? Mas, estranhamente, e pela primeira vez em muito tempo, não sinto nada. Isso faz de mim um monstro ou é assim que o choque funciona?*

Ela está completamente imóvel. Eu me pergunto se deveria tentar estancar o sangramento, mas até eu consigo perceber que é inútil. A cabeça dela está afundada de um lado, quase deformada, e ela espuma pela boca. Não há como desfazer isso.

Ai, Deus.

Dou um passo para trás e cambaleio, perdendo o equilíbrio. Observo a cena. Chá derramado por todos os lados, uma mulher morta e eu, no meio de tudo isso.

PARTE UM

Capítulo Um

19 de setembro de 2025

Querido diário,

Escrevo isto no caminho para o trabalho. O metrô está bem cheio, mas consegui me sentar. Estava ocupada demais para escrever ontem à noite, mas foi uma noite maravilhosa e quero anotar o máximo que puder para depois relembrar. Nosso aniversário de namoro!

No caminho para casa, comprei um prosecco comemorativo, além de todas as guloseimas favoritas de Noah. Dois suculentos cortes de filé mignon da Sainsbury's, batatas, legumes e Jaffa Cakes de sobremesa. Obviamente, esses eram para o Noah, já que ele come um pacote inteiro de uma vez só. A pergunta é: são bolinhos ou biscoitos? Noah diz que são bolinhos, por causa da textura esponjosa, e estou inclinada a concordar. Consegui preparar um jantar para nós, com batatas rústicas assadas com alho e alecrim. Eu nem cozinhei demais os bifes! Mal passado, exatamente como a gente gosta. Queria que fosse especial, o nosso primeiro grande marco juntos.

Quando cheguei em casa, Noah me esperava com uma caixa dos meus chocolates favoritos, que ele embrulhara com uma fita — fofo. Eu também havia feito as escolhas certas, porque, enquanto ele me ajudava a desempacotar as compras, levou a mão ao peito e exclamou, de maneira exagerada:

— Filé mignon *e* Jaffa Cakes?

Com um tapa brincalhão, empurrei a mão dele para longe dos Jaffas, antes que estragasse seu apetite. Ele envolveu minha cintura com um braço, beijou a base do meu pescoço e disse:

— Feliz primeiro aniversário, minha Claire.

Adoro quando ele diz isso. *Minha Claire.*

Gastei toda a minha energia me concentrando nele, no jantar, na noite. Não queria passar um momento sequer pensando na outra Coisa que aconteceu, nesta mesma época, no ano passado. Queria que fosse uma noite maravilhosa, que eu deixasse o passado para trás, onde ele pertencia. Noah tornou tudo mais fácil.

Passamos a noite conversando casualmente, sempre à beira do flerte. Ele colocou uma música romântica antiga enquanto eu cozinhava; Nat King Cole cantando sobre o amor e Noah parando aqui e ali para colocar um bombom de chocolate na minha boca. Clichê, mas não para mim. Sei que, se eu estivesse assistindo à cena, fecharia os olhos, sentindo vergonha alheia, mas não consigo evitar agir assim com ele.

Então, ele se ocupava em me ajudar enquanto eu temperava e me atrapalhava com o jantar, às vezes fazendo uma pausa, apoiando a mão nas minhas costas e pegando um pouco de espumante na geladeira, e eu aproveitava para atualizá-lo sobre o trabalho. Não queria falar sobre isso especificamente, mas ele havia perguntado. Noah tem se envolvido bastante no assunto, o que faz sentido, pois foi ele quem insistiu que eu me candidatasse a esse novo emprego.

Estou lá há seis meses e tenho que agradecer a ele pelo cargo. Se não fosse por isso, provavelmente teria ficado no mesmo lugar, mas agora trabalho em uma pequena empresa de relações públicas, que estou adorando. Ríamos do fato de eu ter ficado tão preocupada com a candidatura, relembrando a história entre um gole e outro de prosecco e fazendo caretas um para o outro. Ele tinha visto o anúncio de emprego e o imprimiu, deixando-o discretamente na mesa da cozinha, no meu lugar habitual para o café da manhã. Li e fingi esquecê-lo, até que, uma semana depois, Noah tocou no assunto casualmente durante o jantar.

— Chegou a conferir aquele anúncio de emprego que guardei para você?

Ao que respondi:

— Não tenho certeza se essa é a função certa para mim.

Perguntou por que, disse que parecia ser o próximo passo perfeito para mim, e foi aí que percebi que eu não tinha uma resposta. *Era* uma ótima oportunidade, e ele parecia mesmo acreditar que eu conseguiria; então passei a considerar a possibilidade. É claro que eu estava nervosa com a candidatura. Principalmente por causa da rejeição, caso não conseguisse a vaga, mas também porque precisaria conhecer uma nova equipe, ter um novo escritório... tudo parecia intimidador e opressivo. Mas eu não precisava dizer nada disso: Noah sabia. De alguma forma, ele sempre sabe o que estou pensando e sentindo. Passou o jantar inteiro me convencendo de que eu merecia ganhar mais, mexendo no meu cabelo e dizendo como eu era brilhante, até que isso foi se infiltrando no meu cérebro e acabei me convencendo a me candidatar. E agora aqui estou eu, seis meses depois, período probatório oficialmente concluído!

Então, enquanto preparava nossa refeição, contei a ele sobre as frustrações com meu mais novo cliente e as fofocas do almoço compartilhadas com Sukhi, da minha equipe. Não sei se chegaria ao ponto de dizer que somos amigas, mas acho que estamos quase lá. Agora passamos quase todos os almoços juntas e, ocasionalmente, conversamos sobre assuntos pessoais fora do trabalho. Quando terminei de atualizá-lo, o jantar estava fumegando em dois pratos sobre a mesa; ele acendeu uma vela e a colocou entre nós.

— A nós.

Levantei minha taça no ar e ele replicou o gesto com um sorriso que fazia minhas pernas tremerem.

— A nós.

Depois do jantar, com a barriga cheia de prosecco (ok, ok, *e* uma taça de vinho), minha mente estava confusa quando fui para o quarto. Ainda estou com um pouco de dor de cabeça, para falar a verdade. Obviamente, não estou acostumada a beber, mas a noite passada era motivo de comemoração. Além disso, nesta época do ano, as coisas que aconteceram na semana em que conheci Noah... bem, é uma exceção.

Ele insistiu em lavar a louça, já que eu tinha cozinhado e, depois das taças de espumante, estava com sono demais para protestar. Meio adormecida e sonolenta com o álcool, senti quando ele se deitou ao meu lado. Havia estado imaginando nós dois daqui a cinco anos, com um bebezinho, metade ele, metade eu. Um bebê amado e bem cuidado, que sempre estaria em primeiro lugar, não importando o que acontecesse.

Sentia o corpo de Noah quente e firme contra o meu e me aconcheguei ainda mais, sorrindo suavemente. Fizemos amor, é claro. Adormeci em meio ao êxtase do relaxamento pós-orgasmo, e a última coisa de que me lembro foi ele dizendo, enquanto eu adormecia em seus braços:

— Boa noite, minha Claire.

Foi o aniversário de namoro perfeito.

Claire

Capítulo Dois

— O QUE VOCÊ VAI FAZER DURANTE O ALMOÇO? — PERGUNTA Sukhi. A cabeça dela surge por cima da divisória ao redor da minha estação de trabalho, e ela sopra uma mecha do espesso cabelo preto para longe do rosto.

À minha mesa, com o Photoshop aberto no notebook e um comunicado à imprensa feito pela metade exibido na tela, sinto uma particular falta de inspiração criativa hoje. Por isso, estava prestes a fazer uma pausa e sugerir um café para ela.

Sukhi sempre faz uma pausa para café e biscoitos às 11h na cozinha — que ela chama de "paradinha das onze" — e agora costumo acompanhá-la, feliz por ter sido convidada a participar do ritual. A caneca dela fica na mesa, em vez de no armário da cozinha, por temer que alguém a roube. Tem o formato de um poodle sentado nas patas traseiras e estampa, orgulhosamente, #AMaiorGostosona.

Em um silêncio confortável, caminhamos até a cozinha. Sukhi coloca a caneca na bancada e pega dois biscoitos de maisena do pote comum, encaixando-os na fenda para biscoitos da caneca gigante, também conhecida como a boca do poodle. Em contraste, escolho no armário a caneca com aparência mais limpa e, depois de passar um pedaço de papel-toalha rapidamente pela borda, começo a preparar o café para nós enquanto Sukhi mastiga um terceiro biscoito. Aparentemente, se você comer longe da própria mesa, sem que ninguém veja, ainda conta apenas como se tivesse comido dois.

— Então, almoço? — pergunta ela outra vez. — O de sempre?

— Na verdade, vou dar uma passada no escritório do Noah e deixar o prato favorito dele — respondo enquanto coloco açúcar no meu café, encostada na pia. — Ultimamente, ele anda bem ocupado no trabalho. Fico preocupada que não esteja comendo o suficiente.

— Muito generoso — comenta, mergulhando um biscoito na xícara de café. — Alguma ocasião especial ou apenas uma preocupação geral de namorada?

— Na verdade, ontem, dia 18 de setembro, foi nosso aniversário de namoro. Um ano! — Sorri.

— Ai meu Deus, aquele balão ao lado da porta é por isso? — Tomei um susto hoje de manhã. — Sukhi ri.

— Culpada — admito, olhando para o balão gigante em forma de coração rosa que amarrei no cabideiro. — Comemoramos ontem à noite com um jantar. Hoje ele não terá pausa para o almoço. Alguma reunião importante ou algo assim. Quero garantir que ele não passe fome — explico.

— Vocês me deixam doente — brinca ela.

Uma onda de presunção aquece a minha espinha. Parece um pouquinho tóxica, um reflexo nítido de Mãe e de sua arrogância, mas estou imersa demais na minha felicidade para refletir profundamente sobre esse meu lado. Não há problema algum em ser feliz, em me sentir satisfeita comigo mesma. Isso não faz com que eu seja como Mãe.

Isso não faz com que eu seja como Mãe.

— Olhe para você, toda derretida!

— Não se sente assim também com seu marido? — pergunto, genuinamente interessada, enquanto olho para a joia em meu dedo anelar esquerdo.

— Bem, no começo, sim... É diferente, estamos juntos desde que éramos crianças. Não sei se ainda é possível continuar derretida depois de vinte anos de peidos e brigas — ri.

Aceno com a cabeça, demonstrando que entendo.

— Sim, acho que Noah e eu fizemos tudo muito rápido, mas parece que o conheço desde sempre. Embora ainda não haja muitas brigas — ou peidos — por enquanto!

— Que bom que ainda há algumas coisas pelas quais esperar. — Ela sorri, pegando a caneca.

— Quantos anos vocês tinham naquela época? Quer dizer, quando se conheceram? — pergunto, enquanto voltamos para nossas mesas. Sukhi vai até a cadeira; eu fico por perto.

— A gente tinha 13 anos. Nossos pais nos forçaram a sair juntos na esperança de que, quando fôssemos mais velhos, nos casássemos — diz, rindo. — Ele era um idiota irritante no início, e eu estava satisfeita por não me encaixar naquele estereótipo de boa moça punjabi que se casa direitinho. Mas, depois de alguns anos de encontros ocasionais organizados pelos nossos pais, acabamos nos dando bem e ele me convidou para sair de verdade quando tínhamos 17. Meus pais não eram muito rígidos, então nos deixaram jogar boliche sozinhos. Nenhum primo nos espionava, pelo que sei. Acho que tudo começou ali, o amor em meio às bolas de boliche.

— Então seus pais venceram? — Sorrio.

— Gosto de pensar que todos nós saímos ganhando. — Ela dá uma piscadela.

Também volto a me sentar, ansiosa pelo horário de almoço. Achei que seria legal fazer uma pequena surpresa, algo que Noah gostaria. Fazia tempo que eu não o visitava no trabalho, apesar de ser tão pertinho, seguindo pela Liverpool Street. Sempre me surpreende o fato de que, em um momento, eu possa estar andando pela Brick Lane, com brechós vintage e o mercado hipster de alimentos Spitalfields ali, escancarado e, cinco minutos depois, estar cercada de ternos e arranha-céus. Prefiro o meu lado da área, descendo da estação Liverpool Street em direção a Aldgate. É mais calmo, mas, em uma caminhada de cinco minutos, estou no meio da agitação de Hipsterville. Assim, Noah está sempre por perto, o que é bom saber, mas não gosto de correr o risco de que algum de nós se sinta sufocado. Este último ano tem sido tão adorável e perfeito, mas estou sempre preocupada em acabar estragando tudo de alguma forma, em assustá-lo e afastá-lo. Que, um dia, ele vai acordar e perceber que não me quer. Tenho esse medo com a maioria das pessoas que conheço, essa sensação avassaladora de que sou indesejada e que estou afastando-as sem querer. Gostaria de dizer que é mais complexo do que o clichê, mas no fundo é realmente algo relacionado aos meus problemas com a figura paterna.

Mãe nunca me deixou esquecer disso.

— Isto aqui está meio bagunçado, não é? — perguntou Mãe com uma careta, segurando minha tarefa de casa. Eu tinha 11 anos e haviam pedido que eu criasse uma árvore genealógica para a aula de história.

Dei de ombros.

— Disseram que tínhamos de começar pelas nossas mamães e papais e ir voltando — expliquei.

— Nunca mais me chame de "Mamãe" — disse ela, estremecendo de maneira excessivamente dramática. — Soa muito comum, querida. E nós não somos comuns, somos?

Balancei a cabeça, embora não tivesse certeza do que significava ser comum.

— Não, Mãe.

— Ótimo. Bem, posso lhe contar toda a *minha* história, sem problemas — afirmou com um grande sorriso, reclinada contra o encosto do sofá, como se estivesse prestes a posar para uma pintura a óleo de corpo inteiro.

— Mas, quando perguntarem sobre o lado do seu pai, pode mandá-los se danarem.

Remexi os pés, uma semente de ansiedade germinando dentro de mim.

— Acho que não posso dizer isso ao professor. Vão brigar comigo.

— Bem, não é possível que você seja a única criança sem os dois pais para perguntar, certo? E se ele estivesse morto? Ou desaparecido? Não é muito adequado perguntar essas coisas para as crianças. Se quer saber, essa lição de casa — bateu furiosamente no papel — é uma grande besteira.

Fiquei ali, segurando minha caneta e meu caderno, sem saber o que dizer ou fazer.

— Pode me contar só sobre o seu lado? — sugeri, ansiosa para afastar a conversa do meu misterioso pai.

— Bem, prepare-se, porque isso pode demorar um pouco — disse ela, claramente satisfeita por redirecionar a conversa para si mesma. — E, se perguntarem sobre seu pai, terá de dizer a eles a dura e fria verdade. Talvez se sintam tão mal por fazer uma pergunta dessas que decidam repensar essa tarefa de casa ridícula.

— Qual é a verdade, Mãe?

— Que ele nos deixou. Por sua causa, querida.

Capítulo Três

Para ser sincera, outro motivo pelo qual não visito Noah com frequência durante o horário de trabalho é porque o escritório dele me deixa desconfortável. O prédio de vidro domina, pela altura, os outros ao seu redor, abrigando sofisticados banqueiros da City, a área financeira de Londres, com os cabelos ralos penteados para trás e seus ternos impecáveis. As mulheres são ainda mais intimidadoras: esbeltas, cabelos escovados em salão, percorrem o saguão com seus *stilettos* Louboutin ressoando e ostentam batom vermelho vivo sobre os dentes perfeitamente brancos.

Sempre me sinto deslocada lá, como uma pequena larva se contorcendo em uma colmeia. Minhas curvas, aquelas que Noah sempre elogia, de repente parecem voluptuosas demais, quase ofensivas, ao lado dos vestidos alinhados e sob medida das colegas dele. As poucas sardas que cobrem a ponte do meu nariz parecem brilhar em néon em comparação com aquelas peles impecáveis. Como a garota do bairro pode competir com um projeto de modelo? É claro que Noah sempre diz que estou sendo boba, que sou perfeita do jeito que sou e que não deveria me comparar com colegas tão sem graça, mas é difícil ser mulher no mundo de hoje, ouvindo repetidamente que você não é bonita ou magra ou rica o suficiente.

— Posso acompanhar você na hora do almoço? Dormi muito mal ontem à noite, por isso estou me sentindo um pouco podre hoje — admite Sukhi, a cabeça brotando sobre o cubículo pouco antes das 12h30. — Um pouco de ar fresco e um almoço para viagem provavelmente vão me reanimar.

Pisquei de surpresa. Não tinha pensado que ela iria querer participar. Não tenho certeza de como Noah se sentirá em relação a isso, mas devo admitir que uma parte da minha alma brilha com a ideia de exibir meu noivo, ostentar seu impressionante escritório e seus colegas de trabalho glamurosos.

— Claro — digo a ela, antes que eu mude de ideia. — Seria ótimo.

A hora do almoço chega rapidamente, e Sukhi me acompanha até a barraca de comida caribenha na esquina. É o nosso lugar preferido para almoços de sexta-feira; portanto, já sabemos o que vamos pedir. É bom criar essas tradições discretas e não oficiais. São reconfortantes e fazem com que eu me sinta segura, de certa forma.

A barraca está pintada de um amarelo vivo e os rapazes atrás do balcão são sempre alegres, atenciosos, nos chamam de "amor" e dançam um reggae animado enquanto trabalham. A fumaça sai em espiral das panelas atrás deles, e o ar tem um cheiro doce e picante, saboroso.

— Duas porções de frango *jerk* com batata doce assada, arroz apimentado e um acompanhamento de banana frita, por favor — peço ao homem atrás do balcão, levantando minha voz para ser ouvida acima do som dos alto-falantes de música.

— Do seu admirador? — Ele dá uma piscadela em resposta, acenando com a cabeça para o balão que eu trouxe comigo, que agora está enrolado no meu pulso.

Fico vermelha de vergonha.

— Algo assim.

Minutos depois, duas caixas fumegantes são depositadas nas minhas mãos e eu as coloco em uma sacola, embrulhando-as cuidadosamente para que não vazem pelas laterais da embalagem de poliestireno. O aroma das especiarias se dispersa pelo ar, e o cheiro é divino.

Sorrio para mim mesma; Noah ficará tão contente.

Enquanto caminhamos, meu foco é manter a sacola de comida o mais nivelada possível para evitar qualquer derramamento com cheiro forte. O balão balança ao meu redor de forma irritante, e empurro-o para longe algumas vezes.

— Então, estão perto de começar a planejar o casamento? — pergunta Sukhi, a sua sacola balançando, despreocupada, ao lado do corpo.

Suspiro, olhando de novo para o meu lindo anel cintilante.

— Não. Ainda estamos resolvendo nossos planos de vida e, no momento, tem muita coisa acontecendo com o Noah no trabalho, um grande negócio ou algo assim. Decidimos que começaríamos a procurar salões de festa no fim do ano e só depois veríamos o resto.

Ela acena com a cabeça.

— Sensato. Não tenha pressa e não acumule tudo isso com outras coisas estressantes. Se eu pudesse voltar atrás, refaria muita coisa. Estávamos tão ansiosos para concluir tudo com rapidez que provavelmente fizemos concessões em áreas que não deveríamos.

— Como o quê? — pergunto, genuinamente interessada e ansiosa para evitar cometer os mesmos erros.

— A filmagem, por exemplo. Gastamos muito dinheiro com o fotógrafo porque meus pais adoravam o estilo dele, então economizamos com a filmagem. Um dos meus tios se ofereceu como voluntário para ajudar, mas ele só tinha uma câmera comum com algumas lentes e um tripé — conta com um sorriso. — Acabou parecendo uma montagem feita por um estudante no YouTubc.

— Que horror!

— Sim, mas éramos jovens e só queríamos nos casar. Felizmente, tive minha gangue particular de tias que filmaram todos os momentos importantes, e me fizeram parecer uma Kardashian indiana. Mas vou dizer no que pode economizar: as flores. Ninguém se lembra delas, de qualquer forma.

Concordo com a cabeça, grata pela informação privilegiada.

— Chegamos — aviso, encerrando a conversa sobre o casamento.

— Uau — suspira Sukhi ao aproximar-nos do prédio de escritórios, vigiado por dois porteiros que nos deixam entrar pelas portas giratórias com sorrisos educados. Sinto a satisfação tomar conta de mim com a reação dela. Nosso próprio prédio de escritórios já foi igualmente assustador para mim, um grande bloco que abriga várias empresas. Mas, depois de perceber que a maioria delas eram startups dirigidas por adolescentes mimados que usavam calças cargo para trabalhar, o outrora intimidador escritório de relações públicas rapidamente perdeu o brilho para mim. Os carpetes estão gastos, as mesas são de metal cinza barato com cabos emaranhados embaixo delas, embora tenhamos uma sala de reuniões muito agradável, com sofás macios e uma mesa de centro em vidro para nossas reuniões com os clientes. O escritório de Noah, no entanto, certamente não perdeu o brilho; as pessoas que ocupam suas salas com paredes de vidro são tão brilhantes hoje como eram no primeiro dia.

— O que é que o Noah faz mesmo?

Antes que eu possa responder, a recepcionista da mesa de metal reluzente nos olha de maneira artificial.

— Bom dia! Em que posso ajudá-las? — pergunta, animada.

Não a reconheço; percebo que ela deve ser nova. Sorrio de volta, ansiosa para causar uma primeira impressão positiva. Eu não era um grande fã da antiga recepcionista. Maggie, acho que era seu nome.

Ela era difícil, não gostava que eu aparecesse sem hora marcada e muitas vezes se recusava a me deixar falar com Noah. Imagine só! Não me deixar falar com meu próprio namorado! Reclamei com ele a respeito algumas vezes. Na verdade, até brigamos por causa disso em uma ou duas ocasiões. Ele a defendia, o que me incomodava. Acho que eu sentia que ele deveria sempre ficar do meu lado nessas coisas, por lealdade. Noah, no entanto, colocava os negócios em primeiro lugar, e queria manter um bom relacionamento com ela.

— Ela só está fazendo seu trabalho — dizia ele. Sempre um diplomata. Eu ficava emburrada até ele beijar meu pescoço, fazendo cócegas e me fazendo rir; então, toda a tensão se dissipava como se aquilo nunca tivesse acontecido. Mas ele nunca chegou a mencionar a saída de Maggie ou a entrada de uma nova recepcionista. Estranho.

— Olá. — Sorri para a substituta da Maggie. — Só queria deixar um almoço para Noah Coors — explico, levantando a sacola, agora encharcada, com um floreio.

— E em que empresa ele está? — pergunta ela. Por algum motivo, sinto meu coração acelerar. É como se meu corpo estivesse tentando me dizer que algo está errado.

— Pulitzer Haas, mas não precisa interrompê-lo, eu só queria deixar isto aqui para ele — esclareço. De repente, sinto-me envergonhada com o balão que balança atrás de mim. Realmente não quero incomodar. Sei como o Noah deve estar ocupado e da pressão que ele sofre no trabalho. A última coisa que quero fazer é constrangê-lo, aparecendo sem avisar com um maldito balão rosa. Puxo-o para trás, como se pudesse escondê-lo, e sinto meu cabelo se eriçar por causa da estática. Nenhuma das minhas mãos está livre para arrumá-lo.

— Um segundo — diz a Maggie que não é Maggie. Sua voz é alegre, mas seu sorriso agora é vacilante e incerto, e as sobrancelhas perfeitamente depiladas estão se transformando em uma careta confusa.

Normalmente, eu teria ido embora, desesperada para evitar qualquer confronto, mas Sukhi é mais rápida.

— Algum problema? — pergunta ela, dando um passo à frente. Eu nunca teria confiança para questionar alguém tão perfeitamente alinhado como aquela nova recepcionista, mas Sukhi não é nada parecida comigo. Na verdade, ao observá-la agora, enquanto olha para a moça atrás da mesa, vejo que não há uma gota de insegurança em sua corrente sanguínea, ao contrário de mim.

— Deve ser um erro; um momento, por favor. — A recepcionista sorri novamente com uma leve sacudida de cabeça.

— Que tipo de erro? — pergunta Sukhi com a testa franzida. Já estou pronta para ir embora, o almoço esquecido firme em minhas mãos.

— Bem, é que não consigo encontrar nenhum Noah Coors trabalhando para a Pulitzer Haas — admite ela, olhando para mim com cautela.

Paro e me viro para encará-la direito.

— Isso... não é possível — digo a ela. Verifique outra vez. — Por favor — acrescento rapidamente, sem querer parecer rude ou exigente.

— Já verifiquei três vezes — afirma.

— C-O-O-R-S?

— Sim, Noah com um "h", Coors — responde ela.

— Bem, deve haver algum erro — digo, lenta e claramente.

Ela pestaneja para mim.

— De onde conhece o Sr. Coors mesmo? Tem certeza de que está no lugar certo?

— Ela é a noiva dele! — exclama Sukhi, incrédula.

Levanto a mão em silêncio, meu anel de noivado brilhando sob as luzes fortes do escritório. Faço um breve aceno, para garantir, e a mulher fica sem graça.

— Isso é ridículo, é só você ligar para ele e pedir que desça até aqui — diz Sukhi, virando-se para mim.

— Ele não gosta muito que eu o incomode no trabalho — digo, já nervosa. — Não quero aborrecê-lo, mas minha mão já está indo para a bolsa. Estou tirando o telefone de dentro dela quando vejo a recepcionista levantar-se do assento.

— Ah, Sr. Donahue! — Ela sorri, parecendo aliviada. — Talvez o senhor possa nos ajudar com uma questão? — Ela o chama com a mão e um homem mais velho, de aparência importante, terno impecavelmente liso, se aproxima.

— Qual é o problema, Sandra?

— O sistema parece não estar funcionando. Não está chamando alguém que sabemos que trabalha com o senhor. — Ela olha para mim para confirmar.

— Sim, Noah Coors, da Pulitzer Haas? Equipe de gestão de ativos? Só queria deixar o almoço para ele — explico gentilmente, erguendo, mais uma vez, o pacote de aparência triste.

— Ah! — exclama o homem com um olhar de compreensão, e meus ombros descem em alívio. Ele claramente conhece o

Noah. Todo este desastre terminará em segundos e então poderei sair do prédio. As pessoas estão se aglomerando atrás de nós, formando uma fila para falar com a recepcionista, e eu consigo sentir os olhares curiosos dos funcionários que retornam com seus Starbucks e promoções de almoço da Marks & Spencer.

— Bem, Noah não trabalha mais aqui — explica o homem.

A boca da recepcionista se abre como a de um peixe e, atrás de mim, um pequeno som ofegante escapa da garganta de Sukhi.

— O que... o que quer dizer com isso? Ele trabalha aqui *sim*, e vem todos os dias — digo, tentando manter minha voz calma e uniforme. Não quero atrair mais atenção e potencialmente constranger Noah na frente de seus colegas.

— Receio que não — responde ele, alheio à angústia que está causando. — Ele não trabalha mais aqui há alguns meses.

Cambaleio para trás, com meus ouvidos zumbindo devido ao choque. Deixo o almoço cair no chão e Sandra se adianta, pedindo a um porteiro para me trazer um copo de água. Sukhi se aproxima rapidamente e está me apoiando por trás. Posso ouvi-la dizer *erro* e *mal-entendido*, mas as palavras nadam em um emaranhado confuso na minha cabeça, enquanto tento entender o que aconteceu. Meu noivo acorda todas as manhãs e vai para o trabalho, voltando tarde da noite.

Só que ele não trabalha aqui há meses.

Capítulo Quatro

18 de setembro de 2024

Querido diário,

Conheci um homem hoje. Provavelmente, esta é a primeira vez, após um longo tempo, que escrevo algo neste diário a respeito de alguém que não seja eu ou Mãe, o que é tão estranho quanto emocionante. É como se o universo estivesse dando algumas voltas para tentar compensar pelo que me fez passar recentemente. Na semana passada, eu era uma montanha-russa emocional, e agora estou escrevendo sobre algo tão fútil como um homem. Tenho certeza de que vou olhar para trás e me odiar por agir assim, mas, no momento, sinto que uma distração agradável é exatamente o que preciso para me afastar da minha situação atual.

Eu estava no Morrisons e logo de cara o notei quando ele passou por mim no corredor, por ser tão lindo.

— Desculpe incomodá-la, mas estou procurando desesperadamente por uma boa garrafa de vinho tinto, algo que não costumo beber. Por acaso você não teria uma recomendação ou um favorito, teria? — disse, quase nervoso.

Ele obviamente tinha acabado de sair do trabalho, pois vestia um terno azul-marinho, o que realçava o azul dos seus olhos. Sua mão foi até a gravata preta, afrouxando-a levemente antes de falar comigo.

Eu estava confusa. Não conseguia acreditar que, de todas as pessoas naquele supermercado, era *comigo* que ele queria falar.

Na verdade, até me virei para ter certeza se era mesmo para mim que ele estava olhando e pude sentir minhas bochechas corando ao perceber que éramos as únicas duas pessoas no corredor.

Limpei a garganta.

— É para uma ocasião especial? Um encontro, talvez? — Minha voz saiu em um chiado embaraçoso.

— Não, não, é uma questão de negócios. Preciso presentear um cliente com algo bonito... chique, sabe? Aparentemente, o cara é um grande apreciador de tintos. Costumo ir à loja de vinhos perto do meu escritório, mas estão em reforma hoje.

Comecei a me sentir um pouco constrangida. Claramente, ele era um cara importante da City, mas apenas assenti com a cabeça. Eu conhecia o local de vinhos que ele mencionou. Já havia entrado uma vez, visto os preços, empalidecido, e saído rapidamente antes que alguém tentasse me oferecer alguma ajuda. Algumas daquelas garrafas custavam centenas.

— Talvez esta aqui? — sugeri, meio tímida, segurando uma garrafa sem ter ideia do que era. Esperava que não tivesse gosto de vinagre.

Comecei a ter aqueles pensamentos intrusivos que sempre tenho, sobre ele experimentar e odiar e, portanto, acabar me odiando também, mas tentei afastá-los usando as técnicas que aprendi com meu aplicativo de mindfulness.

Ele deu uma olhada no rótulo, depois no preço, e deu de ombros.

— Tenho certeza de que servirá, afinal são apenas negócios, e cortesia do cartão de crédito do escritório! Você salvou minha pele com isto aqui, então deve ser meu dia de sorte. — Ele sorriu para mim e eu juro que aqueles dentes brilharam como em um desenho animado.

Mas, na verdade, era o *meu* dia de sorte. Ele se virou para ir embora.

— Há um Chardonnay de que também gosto muito — acrescentei rapidamente, tentando prolongar nossa conversa. — Não é tão sofisticado quanto aquele — fiquei vermelha, de novo —, mas é bem leve e seco.

E até já experimentei, mas não mencionei essa parte.

Ele me olhou com interesse, uma das sobrancelhas levantada levemente. Minhas entranhas se transformaram em geleia.

— Leve e seco, parece bom. Talvez eu leve um desses também, só para mim. — Sorriu. — É o que você costuma beber em encontros? — indagou.

Podia senti-lo me olhar atentamente e sabia que estava corando, minhas bochechas fazendo o melhor para imitar uma frigideira. Olhei para os meus pés por um momento, tentando me acalmar.

— Não, não! Nada de encontros... ou de encontros acompanhados de vinho no meu caso. Quero dizer, estou solteira.

Eu me afastei e sorri, envergonhada.

— Está, é? Mas isso *é* interessante — disse ele, e seu sorriso se tornou mais largo e radiante.

Acabamos conversando por muito tempo naquele corredor. Quando me perguntou se eu gostaria de continuar a conversa em um café, aproveitei a chance. Uma pequena parte de mim podia ouvir Mãe zombando dentro da minha cabeça. *Pelo amor de Deus, Claire, querida, ele está te fazendo de boba. Por que um homem como ele se interessaria por uma garota feito você?*

Mas afastei a voz. Ela se foi, e não vou deixar que me machuque mais.

Então, fomos ao Costa e nos divertimos muito. A conversa fluiu bem, tranquila. Falamos um pouco sobre o que fazíamos, e ele parecia interessado de verdade. Ele trabalhava no setor bancário, sobre o qual, obviamente, não sei muito, mas não entrou em detalhes e fingi interesse suficiente para manter a conversa. Parecia o destino, como se, depois de uma semana tão terrível com tudo o que aconteceu com Mãe, eu tivesse direito a essa fatia de felicidade. Vou tentar agir com calma. Sei como essas coisas geralmente acontecem e já ouvi todas as histórias de terror. Mas espero vê-lo outra vez.

Claire

Capítulo Cinco

Estou sentada na sala de espera de um escritório pretensioso, segurando um copo de água com as mãos trêmulas. Sukhi está com os braços ao meu redor, e até o Sr. Donahue interrompeu a própria excursão do horário do almoço por ter ficado preocupado com meu bem-estar. A nova recepcionista, Sandra, está agachada à minha frente, segurando alguns lenços de papel. Demoro um pouco para perceber que eles são para mim e que estou chorando.

— Desculpe-me por não poder ajudar mais. Só sei que ele pediu demissão em fevereiro, para assumir um cargo melhor. Assinou um acordo de confidencialidade e o pusemos em afastamento remunerado… — diz o Sr. Donahue.

Afastamento remunerado? Meus olhos vão de um lado para o outro, minhas sobrancelhas franzidas em uma busca frenética por uma explicação razoável.

— Claire, você realmente acreditava que ele vinha todos os dias? — pergunta Sukhi, baixinho.

— Claro que sim! Onde mais ele poderia estar? — grito, minha voz sai estridente. Deixo minha coluna relaxar, afundando no assento, sem querer chamar mais atenção para mim, pois percebo que até mesmo os estranhos *do lado de fora* do escritório estão me olhando, curiosos, através das paredes de vidro. Devo estar um completo desastre.

O calor da vergonha espeta a superfície da minha pele como agulhas, e eu passo o lenço de papel nas bochechas inchadas, enquanto a voz de Mãe ressoa em minha cabeça.

Claire, querida, não se atreva a chorar em público!

— Desculpe — digo a Sukhi, envergonhada por ter levantado a voz, por ter perdido a calma.

— Não seja boba — responde ela, dando um tapinha na minha mão.

O Sr. Donahue fala:

— Eu nem sabia que ele ia se casar. Quando você acha que conhece alguém... — Ele balança a cabeça, com tristeza. — Tenho que ir agora, estou atrasado para uma reunião, mas espero que consiga... resolver tudo isso — diz, fazendo um vago movimento com a mão enrugada, antes de quase correr para longe do meu estado deplorável.

A recepcionista se afasta discretamente, voltando para trás do balcão para lidar com a fila cada vez maior; eu me sento, olhando fixamente para um ponto no chão, os olhos vidrados. Ocasionalmente, uma lágrima escorre do meu queixo trêmulo e me sinto desolada e descontrolada, patética e exausta, tudo ao mesmo tempo.

— Não faz sentido — digo baixinho a Sukhi, minha voz saindo entrecortada.

— Olhe, vamos nos recompor. Vou ligar para o escritório e explicar que houve uma emergência familiar. Vamos garantir que você chegue bem em casa e depois resolvemos o resto. Não pode voltar ao escritório hoje, não desse jeito — diz ela, levantando-se com o telefone na mão, já procurando o número do escritório nos contatos. Naquele momento, sou imensamente grata por sua amizade.

— Oi, sim, sou eu, Sukhi — começa ela, caminhando para fora com a cabeça baixa e a voz bem profissional.

Ela será uma mãe maravilhosa que não tolera bobagens, penso com tristeza.

Sukhi quer muito ter um bebê. Sei disso porque ela sempre fala do assunto, preocupando-se com coisas como seu relógio biológico e sua endometriose, que tem dificultado a concepção natural. Desejo o melhor para eles. Ela só tem 34 anos, o que, na minha opinião, é jovem. Ainda tem muito tempo para ter um bebê. Além disso, seu médico é brilhante, parente do marido, portanto ela está recebendo a melhor orientação possível para ajudá-los. Sempre mudo rapidamente de assunto quando Sukhi começa a se preocupar com isso, porque nunca sei o que dizer quando ela menciona estatísticas e dados sobre óvulos e abortos espontâneos. Eu me esforço muito para ouvir, mas entro em pânico e isso me estressa, o que é egoísta, eu sei, porque ela está buscando conforto e camaradagem, e eu não tenho conseguido oferecer nada disso.

Para ser sincera, tenho tido minhas próprias preocupações sobre engravidar. Adoraria ter um bebê, mas Noah tem sido bastante reservado em relação a isso, excessivamente prático como sempre. Falei a respeito uma vez, depois de um pouco de vinho a mais, em uma explosão de ousadia, e ele, gentilmente, me lembrou de que ainda éramos jovens, que deveríamos aproveitar nosso tempo a sós e concentrar-nos em nossas carreiras antes de trazer um bebê ao mundo.

— Não é uma questão de se, Claire, mas de quando — disse ele suavemente, apagando no ato qualquer preocupação que eu tivesse e, em vez disso, enviando uma onda de empolgação direto para o meu ventre.

Ele mudou a conversa para planos incríveis de viagens pelo mundo antes de ter filhos, e passamos várias noites compartilhando fantasias e trocando ideias sobre novos destinos. Fazer um mochilão pela Tailândia, celebrar nas praias douradas do Brasil, saborear vinho tinto nos vinhedos da Califórnia.

— Não dá para fazer essas viagens com tanta liberdade com uma criança — reitera todas as vezes, com sensatez. — Teremos que esperar um pouco mais antes de construir uma família.

E, até hoje, viajar pelo mundo com meu verdadeiro amor era um sacrifício que eu estava disposta a fazer. Mas isso foi antes de descobrir que esse verdadeiro amor era um mentiroso.

Com Sukhi ainda do lado de fora ao telefone, aproveito o momento de solidão como uma oportunidade de tirar meu próprio telefone da bolsa.

Escrevo uma mensagem para Noah:

Estou no seu escritório. Vim deixar o almoço. Onde você está??????????????

Depois reconsidero, retirando alguns pontos de interrogação para parecer menos maluca, e clico em enviar. Fico sentada, segurando o telefone com tanta força nas mãos que as pontas dos meus dedos começam a doer.

Sukhi entra e logo nota que estou agarrada ao telefone.

— Teve notícias dele? — pergunta.

Balanço a cabeça, negando.

— Mandei uma mensagem para ele — murmuro.

Ela franze a testa e abre a boca como se fosse dizer algo, mas parece pensar melhor.

— Pedi um Uber. Vou te deixar em casa — diz ela, pegando minha bolsa.

Noto que ela recolhe os lenços de papel sujos e, com muito tato, o almoço que causou toda essa confusão, e joga tudo em uma lixeira próxima.

— Vamos, Claire.

Ela me conduz para fora, acenando com um breve sinal para a recepcionista, e saímos pelas portas de vidro giratórias.

Quero arremessar algo contra elas, para que se despedacem junto com a ilusão do noivo perfeito e honesto que eu pensava ter. Em vez disso, solto o balão e não olho para trás enquanto ele voa para longe.

Capítulo Seis

Quando o Uber me deixa em casa, fico parada na porta da frente do nosso prédio em Clapham por alguns minutos, sem querer atravessar a soleira. Minha mão repousa sobre a pintura cinza descascada, pronta para empurrar a porta, enquanto seguro a chave na fechadura. Mas então me lembro do bilhete de Noah, que encontrei ao acordar esta manhã, cuidadosamente dobrado em um pequeno pássaro de papel sobre minha mesa de cabeceira.

Tenha um bom dia, te amo bj

Verifico meu telefone mais uma vez. Não há novas notificações. O pânico cresce em meu peito quando imagino que ele pode estar ferido, machucado e incapacitado de entrar em contato. Será por isso que não está atendendo?

Então, eu me lembro da expressão da recepcionista e da pena do Sr. Donahue, e todas as mentiras me atingem novamente. Ele não está machucado. Eu estou.

Destranco a porta rapidamente e subo correndo as escadas até a porta do nosso minúsculo apartamento, no lado mais sujo de Clapham North. É o apartamento no sótão que eu alugava quando nos conhecemos, pequeno, mas seria apenas temporário, enquanto Noah reformava a casa em Dulwich, para a qual deveríamos nos mudar ainda este ano. Eu não conseguia pagar nada melhor e achei justo arcar com as despesas de nossa acomodação provisória, já que Noah está bancando toda a reforma de nossa futura casa. Quero contribuir da maneira que puder para o nosso futuro juntos, embora meu mísero salário de relações públicas não ofereça muitas possibilidades. Noah é melhor com dinheiro do que eu, e está economizando desde a universidade para dar entrada em um imóvel; por isso, foi rápido em comprar nossa casa dos sonhos e usar o restante para as reformas necessárias. Na época, isso me pareceu extremamente romântico, mas, neste exato momento, fico apavorada ao considerar que posso não ter nenhum direito financeiro ou legal a essa casa. Além disso, se ele mentiu sobre o próprio emprego, sobre o que mais pode estar mentindo?

— Noah? Noah! — chamo quando entro no apartamento, meus olhos examinando o local, caso ele esteja ali, realmente machucado.

Imagino-o deitado, preso embaixo de um móvel, esperando que eu o encontre. Mas não há resposta, nem móveis revirados. Tudo está exatamente como eu deixei, sem Noah.

Minha tigela de café da manhã ainda está na pia, um moletom está jogado sobre o encosto de uma cadeira. Não há ninguém no apartamento. Cerro meus punhos, giro, volto a descer as escadas e saio em direção à rua principal.

Assim que deixo as ruas residenciais cinzentas, chego ao centro, mais iluminado e animado. Clapham está sempre movimentado, mesmo durante o meio da semana. Mulheres jovens em leggings carregam tapetes de ioga e dão risada junto de amigos; passeadores de cães seguem em direção à área comum. Mães descoladas almoçam, seus bebês em carrinhos ao lado; alguns caras de aparência criativa, usando touca, estão digitando em seus laptops nas janelas das cafeterias. Meu olhar passa de pessoa para pessoa, procurando, desesperadamente, o cabelo cor de areia de Noah. Entro apressada na sua cafeteria favorita, uma pequena loja independente administrada por um adorável casal escocês.

— Como posso ajudá-la? — pergunta a mulher, assim que o sininho da porta soa.

— Na verdade, estou procurando meu namorado — explico. — Ele adora vir aqui… — Deixo a frase no ar, ao constatar que ele não está em nenhuma das mesas.

Ela aponta para o meu telefone com um movimento das mãos. Acredito que é porque uso a foto de Noah como papel de parede no celular e afrouxo o suficiente para mostrá-la.

— Noah! — Assente com a cabeça. — Estava aqui o tempo todo. — Ela olha de relance para mim. — Mas não o vemos há algum tempo, desculpe. Achei que ele tinha se mudado. Espero que você o encontre.

Ela sorri.

Forço um sorriso e saio da cafeteria com as mãos tremendo de adrenalina.

Fico parado na calçada, sem saber qual direção tomar. Pego o número de Noah e pressiono "ligar", mas só chama. Ele nunca teve correio de voz, desde que o conheci, alegando que não quer que o trabalho encha sua caixa de entrada com mensagens. Um lampejo de irritação me atravessa enquanto envio outra mensagem rápida.

Por favor, Noah. Só quero entender o que aconteceu. Estou te procurando.

Por que ele esconderia um novo emprego de mim? Se existiu até um acordo de confidencialidade, deve ser uma boa jogada, talvez voltada para um concorrente ou algo assim. Maldigo a mim mesma por não entender o que ele faz, por não conhecer melhor os detalhes de sua área de trabalho. Ele sempre se limitava a dizer que era "semântica" quando eu tentava entender melhor seu dia a dia.

Sem saber onde mais procurar, fico perambulando pelo gramado do parque Clapham Common, com a luz do sol filtrando-se através das nuvens e o cheiro de grama recém-cortada no ar. Meus pés me impulsionam automaticamente para a frente, como se não suportassem que eu fique parada. Preferiria estar fazendo qualquer coisa a ficar sentada em casa perdendo a cabeça, tentando descobrir por que meu noivo tem mentido para mim nos últimos meses. Como é que, depois de uma noite tão perfeita juntos como a de ontem… chegamos a isto?

Enquanto ando pelo parque, noto uma aula de ginástica e me lembro de que Noah fez uma no verão. Sem ter muito mais o que tentar, vou até lá. O homem que conduz a atividade está animado, gritando palavras de incentivo para todos enquanto demonstra uns exercícios de agachamento. Sentindo-me sem graça com a ideia de interromper, afasto-me um pouco e acabo me sentando em um banco, observando e esperando a sessão terminar.

Eu me remexo, torcendo as mãos e batendo os pés, enquanto um leve frio arrepia minhas bochechas. No banco seguinte ao meu, um homem está bebendo de uma lata de cidra e me olhando de lado, como se eu estivesse invadindo seu espaço pessoal. Está vestindo um casaco grande demais e tem a barba bagunçada cobrindo a metade inferior do rosto. Ele geme e resmunga para si mesmo de forma audível. Desconfortável, viro as costas para ele, que começa a murmurar baixinho. Estou tensa, alerta, pronta para correr ao primeiro sinal de confronto. Ele começa a falar mais alto e a se balançar levemente. Não me atrevo a olhar para não incentivá-lo, mas consigo captar um pouco do que está dizendo.

— Vadia maluca sentada ao meu lado... sentada ao meu lado aqui no meu espaço. Vadia maluca... Vadia.

Estou prestes a me levantar e procurar outro lugar quando o som de palmas chega aos meus ouvidos; olho e vejo o grupo de pessoas aplaudindo a si mesmas, o treinador trocando um "high-five" com elas e dizendo que as veria na próxima semana. Levanto-me do banco e corro até ele, ansiosa demais para deixar o homem barbudo para trás.

— Ei! — O treinador sorri para mim quando me aproximo. — Quer participar da próxima vez?

— Ah, não, não, desculpe. Quer dizer, talvez. Mas não foi por isso que vim até aqui. Só queria saber se você já treinou meu namorado. Acho que ele fez uma de suas aulas no verão passado? — Mostro meu telefone e ele franze a testa para olhar a foto de Noah na tela.

Uma ponta de esperança floresce nos segundos em que ele não responde. Será que está tentando se lembrar da hora exata em que viu Noah pela última vez? Ou talvez...

— Desculpe-me, mas não consigo reconhecê-lo... certamente não é um dos meus clientes habituais — diz ele, por fim.

— Ah — respondo, deixando os ombros caírem. — Ok, obrigada de qualquer forma.

Dou meia-volta e vou embora.

— Mad Martin's Moves, procure por mim no Instagram, todas as terças-feiras às 15h ou aos sábados às 11h! — grita ele atrás de mim.

Saio correndo, envergonhada. E se Noah descobrir que andei perguntando por ele por todo o parque, como uma namorada ciumenta e mesquinha? Talvez o homem barbudo estivesse certo e eu esteja enlouquecendo.

Capítulo Sete

22 de setembro de 2024

Querido diário,

Hoje aconteceu algo muito estranho. Topei com o cara do corredor do vinho. Literalmente esbarrei fisicamente nele na rua. É insano quando isso acontece em Londres — quer dizer, em uma cidade com tantas pessoas, quais são as chances estatísticas de se encontrar um conhecido? O destino parece estar fazendo sua mágica mais uma vez. É como se eu estivesse em uma comédia romântica. Até comecei a rir do quão ridícula era aquela situação, e ele também, o que acho que quebrou qualquer tensão que pudesse haver entre nós.

— Está me perseguindo ou algo assim? — brinquei, e ele riu.

— Algo assim.

Ele ainda é o homem mais bonito que eu já vi. Sabe quando você conhece alguém pela primeira vez e a pessoa é estonteante, mas depois, à segunda vista, já não é tão atraente assim? Não consigo explicar de outra forma, mas é como se a pessoa tivesse perdido o brilho do primeiro encontro. Bem, não foi assim com o Noah, de forma alguma. Na verdade, ele parecia brilhar ainda mais. Então, depois desse encontro casual na rua, fomos a uma cafeteria próxima.

— Porque seria rude esbarrar em você na rua e não lhe oferecer café e bolo como indenização e pedido de desculpas — disse ele, ignorando o fato de que, tecnicamente, fui eu quem esbarrou nele.

Fomos a um lugar onde ele parecia conhecer bem os proprietários. Eram escoceses e tinham aquela conversa descontraída que se vê entre funcionários e clientes frequentes, e eu podia sentir que me olhavam com interesse por ter aparecido com ele. Noah me contou um pouco mais sobre sua família, peguei seu número e, desde então, temos trocado muitas mensagens.

Ele é um ótimo ouvinte, e não me lembro da última vez que alguém me deu tanto espaço para falar e respirar. Sei que isso parece estúpido, pois conheci o cara esses dias, mas realmente gosto de conversar com ele. Ele me deixa mais alegre. Não me sinto assim há muito tempo; é como se estivesse apenas aguardando a realidade chegar e estourar minha bolha.

Espero que as coisas continuem a fluir tão bem entre nós como têm sido até agora. (Embora, tomara, com menos encontros de surpresa. Conhecendo minha sorte, da próxima vez que eu cruzar com ele, estarei vestida com minhas velhas leggings surradas...)

Claire

Capítulo Oito

Ao voltar para casa, ando de um lado para o outro na cozinha minúscula, com as paredes se desfocando enquanto me movo para lá e para cá, como um rato de laboratório drogado. Estou tonta de pânico. Desde a minha fracassada busca na rua, já tentei ligar para Noah sete vezes, e em nenhuma delas tive resposta. Olho para a garrafa de seu vinho branco favorito, que comprei voltando do Clapham Common, pensando que iríamos nos sentar e conversar sobre tudo. Estou com raiva, sim, mas o vinho é um sinal de que quero resolver isso e ouvir o lado dele. A garrafa agora me provoca do balcão da cozinha.

Não bebo com muita frequência. Nunca estou sozinha em casa. Não fiz faculdade, então todos aqueles anos de formação em que eu poderia ter me embriagado e participado de brincadeiras com bebidas foram algo que não vivi. Ocasionalmente, tomo uma taça de vinho com Noah quando ele teve um dia difícil ou em eventos de trabalho, mas, como a Sukhi também não bebe muito, costumo acompanhá-la com bebidas sem álcool. No fundo, beber me faz lembrar de Mãe; de limpar o vômito do carpete e o cheiro de bile.

Mas agora meus dedos estão ansiosos para fazer alguma coisa, e me pego tirando a tampa da garrafa, enchendo o copo e tomando um gole. O vinho desce facilmente, suave e macio. Bebo mais, fechando os olhos e deixando o calor atingir minha barriga. Sinto as lágrimas brotarem. Tomo outro gole.

Em questão de pouco tempo, já bebi metade da garrafa e decidi mandar outra mensagem para Noah. Minha preocupação em parecer neurótica já se foi há muito tempo, junto com minha sobriedade.

Seria por isso que Mãe sempre discutia com os homens com quem namorava?

ONDE VOCÊ ESTÁ, NOAH? Ligue para mim, precisamos conversar, que diabos está acontecendo?

Aperto o botão de enviar e vejo minhas palavras desaparecerem no éter do celular. Um único tique pisca para mim, zombeteiramente, indicando que minha mensagem foi enviada, mas não recebida. Ele desligou o telefone.

A raiva aumenta e, em direção à cama, arranco a gaveta do armário de cabeceira e a vasculho freneticamente buscando pistas sobre onde ele tem ido todos os dias, o dia todo. Minha busca bêbada não revela nada de interessante, nada bizarro, estranho ou fora do lugar. Vou até o guarda-roupa, vasculho tudo e examino todos os bolsos. Nada.

Uma hora depois, o apartamento está uma bagunça. Revirei o lugar de cabeça para baixo e não consegui encontrar nenhuma evidência de que Noah esteja mentindo. Afundo na cadeira e tomo outro grande gole do vinho. A última gaveta não verificada da casa está ao alcance dos meus dedos, uma pequena gaveta lateral na nossa mesa da cozinha. Mexo nela todos os dias, então sei que não há nada de Noah lá. Mas, mesmo assim, decido me torturar e abri-la.

Capítulo Nove

5 de outubro de 2024

Querido diário,

Noah e eu ainda estamos saindo. Ele veio ontem à noite e tentei preparar o jantar para ele. Adoraria ser o tipo de mulher que tem um prato característico, capaz de proporcionar uma sensação de sabor única e fenomenal na primeira vez em que recebe alguém para uma refeição. Mas não sou assim. Acho que nunca vi Mãe preparar uma refeição para um homem, então vou colocar a culpa nela. Quando ela saía e se esquecia de me alimentar, eu cozinhava algo que era basicamente purê de batatas com queijo e pedaços de bacon. Deus, havia me esquecido disso. Delicioso. Mas, infelizmente, servir ao Noah um prato de purê com queijo, feito com batatas amassadas com garfo, provavelmente não o impressionaria muito, e eu já não tenho o metabolismo da Claire de 13 anos, então optei por espaguete à bolonhesa.

Para minha surpresa, Noah é um ótimo cozinheiro e acabou me ajudando durante o processo. Não de uma forma irritante ou condescendente. Entramos rapidamente em sintonia depois que ele se ofereceu para cortar os pimentões. De repente, estávamos cozinhando juntos. Foi legal. Comprei uma garrafa de vinho para acompanhar, pois era uma ocasião especial, e tomamos algumas taças. Não estou acostumada a beber em dias de semana e acabei ficando bastante alegre só com os dois copinhos, então comecei a contar a ele sobre a garota que fazia bullying comigo no fundamental. Constrangedor, né?

Não pensava na Laura há anos, mas ele havia perguntado sobre como eu era na escola e foi como se todas essas lembranças fossem liberadas. Não contei a ele as partes mais embaraçosas, é claro; nem do apelido que inventaram para mim, nem do tempo que passei escondida em uma cabine no banheiro das meninas, enquanto Laura e sua turminha jogavam bolas molhadas de papel higiênico no teto, acima de mim. Mas dei a ele uma visão geral sobre como a escola era difícil graças a uma garota em particular e seu grupo de amigas.

Depois de conversarmos por um tempo, colocamos um filme. Devo ter adormecido, pois, quando acordei no meio da noite, ele havia desligado a TV e jogado um cobertor sobre mim antes de sair. Ao meu lado, deixou um bilhete feito com um pedaço de papel que estava na minha mesa de centro — de algum modo, Noah conseguiu dobrar aquilo no formato de uma pequena tartaruga.

Era quase bonito demais para ser tocado, até que vi que havia algo escrito no papel e, obviamente, tive que desdobrá-lo para ler a mensagem.

Devagar e sempre, assim é que se vence a corrida, como diz em "A lebre e a tartaruga". Você é linda e a escola provavelmente foi o auge da vida de Laura. Você é minha tartaruguinha fofa.

Ri alto e lhe mandei uma mensagem. Ele disse que era um origami, e que, da próxima vez que fosse lá em casa, me mostraria como dobrá-lo novamente para que voltasse à forma original.

Fala sério: essa não é a coisa mais doce que você já ouviu?

Claire

Capítulo Dez

Dentro da gaveta, há centenas de animais de origami, cisnes e tartarugas, borboletas e esquilos. Pequenos pedaços de papel cuidadosamente dobrados, cada um com uma mensagem para mim. São os bilhetes que Noah deixava espalhados pelo apartamento, de maneira aleatória.

Você está linda!

Uma manhã, havia encontrado esse bilhete, dobrado no formato de um passarinho, embaixo do espelho do banheiro.

Esposa feliz, vida feliz!

Outro era uma raposa minúscula, colocada em cima de uma caixa de bombons que encontrei ao chegar em casa um dia, quando estava menstruada, logo após nosso noivado.

Amo você!

Um coelhinho de origami deixado sobre a mesinha de cabeceira. Tantas mensagens de afeto, de bondade e de carinho, todas cuidadosamente guardadas nesta gaveta.

Tenha um dia incrível!

Boa sorte com sua apresentação no trabalho, você é uma estrela!

Saí para tomar um chope e logo estarei em casa... mal posso esperar para te abraçar!

Que tal uma noite romântica amanhã? bj

Olho para eles, tentando entender como esses lindos registros de nosso relacionamento podem vir do mesmo homem que mente sobre ir para o escritório todos os dias. Não consigo ligar as duas coisas. Deve haver uma explicação racional para o fato de ele ter escondido de mim as notícias sobre seu trabalho.

Talvez estivesse tendo problemas com os quais não queria me preocupar. Talvez tenha sido demitido, e por isso estava em afastamento remunerado. Mas, então, por que ele simplesmente não respondia às minhas ligações e mensagens, explicando o motivo?

Com um suspiro, pego todos os bilhetes e os tiro da gaveta, despejando-os sobre a mesa da cozinha.

Outro pedaço de papel ali chama minha atenção. É o anúncio do meu emprego, que Noah encontrou e imprimiu para mim, deixando-o na mesa da cozinha de forma bem visível, já faz tantos meses. Amasso o papel com as mãos e o jogo na lixeira, sem verificar se ele atingiu o alvo.

Olho dentro da gaveta para verificar se está totalmente vazia e vejo um bonequinho preso bem no fundo. Estico a mão e o removo com cuidado, percebendo que algum líquido caiu sobre ele em algum momento, pois está pegajoso e grudento ao toque. É um lagarto feito de argila, todo torto e sem forma, com rachaduras na superfície e fiapos grudados.

Sorrio e o coloco ao lado da pia para me lembrar de tentar limpá-lo mais tarde.

EU TINHA 12 ANOS DE IDADE QUANDO FIZ AQUELE BONEQUINHO bobo. Enquanto Mãe passava por uma verdadeira fase Frida Kahlo, ela decidiu que eu tinha "talento artístico" e me arranjou uma professora particular de arte. Foi uma das melhores coisas que ela fez por mim. Adorava ir à casa daquela mulher bizarra e extravagante uma vez por semana, e admirar suas coleções de joias e bugigangas.

Ela se chamava Katya, e era maravilhosa e inspiradora para o meu eu pré-adolescente tímido.

— Que emprego ousado das linhas, Claire! Bravo! — exclamou um dia, quando experimentei as tintas acrílicas pela primeira vez, passando meu pincel pela tela com uma confiança recém-descoberta, alimentada pelo incentivo dela.

— Você tem um olho fantástico, Claire. Muitos outros alunos não têm essa habilidade natural, é algo muito especial —

disse ela em outra ocasião, tomando seu chá de limão com um sorriso satisfeito.

Eu guardava aquelas breves palavras elogiosas com carinho em meu coração. Elas me aqueciam de dentro para fora. A casa de Katya parecia um refúgio mágico e seguro para mim, um lugar onde eu podia rir e me expressar, tomar chá e brincar de ser adulta, com essa mulher incrível que me ensinou mais sobre felicidade do que sobre arte.

Tomávamos chá e comíamos biscoitos, e ela me mostrava como misturar aquarelas; depois me ensinava a montar uma cena de natureza morta usando uma variedade de artefatos bizarros e curiosos.

Fósseis de amonita e pingentes de cristal de quartzo, relógios de bolso antigos riscados e flores de papel; a casa de Katya era cheia de criatividade e imaginação, inovação e originalidade.

— Aqui, enjoamos das fruteiras, e elas não são bem-vindas — anunciava com uma risada de fumante, balançando uma máscara africana que havia comprado em uma loja de antiguidades em Notting Hill, antes de adicioná-la cuidadosamente ao nosso *mise en scène*.

Sem nunca se prender a convenções, Katya tinha um lagarto de estimação. Era um dragão-barbudo a quem chamava de Caitlyn. No começo, eu tinha medo da estranha criatura escamosa. Porém, depois de várias semanas com aqueles olhinhos me observando do tanque de vidro, acabei encontrando conforto na sua presença.

Um dia, fui à casa da Katya e encontrei o lagarto descansando preguiçosamente na mesa da cozinha, frente a uma tigela de farinha.

— Hoje, Claire, vamos experimentar a arte da *escultura* — anunciou Katya.

Olhei para Caitlyn com cautela, mas o lagarto estava deitado pacificamente, piscando de vez em quando; no geral, porém, parecia que não tinha absolutamente nenhuma intenção de se mover para lugar algum.

— É como preparar uma poção mágica; tudo de que você precisa é um pouco de farinha, sal e água... pronto! — Katya despejou generosamente água na tigela de mistura. — Argila caseira!

Observei, fascinada, a farinha se transformar em uma argila pegajosa e depois lisa, que Katya amassou sobre a mesa com mãos rápidas e experientes, ao lado do lagarto pouquíssimo impressionado.

— Não sei o que fazer — falei, quando ela deixou uma bola na minha frente, com várias espátulas e instrumentos dispostos para eu usar.

— Bem, a Caitlyn não está aqui de férias, Claire! Ela está aqui para ser sua modelo e musa! Todo escultor precisa de uma boa musa, afinal — respondeu com um sorriso.

E assim passamos aquela tarde sentadas à mesa da cozinha, amassando, sovando, cutucando e manipulando nossa argila até que eu fiz uma representação muito irregular de um lagarto, que Katya elogiou muito. A escultura dela, por outro lado, parecia algo que um museu poderia exibir na seção de répteis, embora tivesse me assegurado que o meu era "um uso surpreendente da técnica para uma primeira tentativa".

Na semana seguinte, voltei à minha escultura de Caitlyn, que já estava totalmente seca e pronta para ser pintada. Optei pelo rosa brilhante com manchas e espinhos amarelos, o que Katya me garantiu ter sido uma "decisão inspirada". Rimos juntas, com música tocando ao fundo; ela me ensinou a pontilhar com um pincel para dar textura e a pintar pequenas escamas usando a borda do pincel para obter um efeito realista. Foi maravilhoso.

Na semana seguinte, foi a última vez que a vi. Mãe me levou de carro até lá, como de costume, mas, quando batemos na porta, ninguém atendeu. Fiquei tensa, imediatamente preocupada. Katya sempre estava em casa. Mãe suspirou impaciente, batendo na porta várias vezes e, em seguida, pisando forte no chão de modo dramático.

— Vamos esperar no carro — sugeriu ela. O ar ao nosso redor havia ficado frio e cortante. O carro de Katya não estava na garagem.

Cinco minutos agonizantes e lentos se passaram até ouvirmos o barulho dos pneus no cascalho e o carro dela entrar. Estava com a janela aberta. Mãe também abaixou o vidro.

— Sinto muito, muito mesmo! Fiquei presa no trânsito e...

— Você me fez perder tempo — interrompeu Mãe, o rosto sombrio de raiva. — Como ousa não chegar a tempo quando estamos pagando tão caro? Você decepcionou minha filha!

— Desculpe, não vai acontecer de novo... as estradas estavam cheias de gelo.

— Sim, não vai acontecer de novo mesmo. Não vamos mais voltar, pode ter certeza disso! — gritou Mãe, saliva voando da boca enquanto fechava a janela e se afastava da casa.

Virei para olhar para Katya, segurando meu lagarto pintado, enquanto nos afastávamos do único lugar onde eu havia me sentido em casa.

Nunca aprendi a esmaltar minha escultura.

Capítulo Onze

Percebo que arremessei meu celular do outro lado da sala, onde agora está, jogado no chão, zombando de mim. Olho para ele, agradecida pela tela não ter rachado, desejando que comece a tocar, que vibre, cheio de explicações de Noah. Um dia vamos nos lembrar desse mal-entendido e dar risada. Precisamos.

De repente, como uma manifestação dos meus pedidos, o telefone toca. Corro pela sala a uma velocidade impossível, apenas para soltar um suspiro frustrado de decepção. É Sukhi.

Teve notícias dele? Posso ligar?

Não. Para as duas coisas – desculpe, estou meio mal e sem vontade de conversar, respondo.

Isso me faz notar que tenho passado muito tempo com a Sukhi fora do trabalho, e me sinto um pouco sufocada pelo fato de ela ter me contatado tão cedo após o meu constrangedor fiasco.

Olho fixamente para a tela e vejo três pontos aparecerem e desaparecerem várias vezes. Ela obviamente não tem certeza de como responder. Não posso dizer que a culpo. O que dizer a uma mulher que descobriu que o noivo desapareceu e que ele sequer trabalha no emprego que ela acreditava?

Por fim, uma nova mensagem chega.

Eu o achei nas redes sociais. Sei onde ele trabalha, Claire.

Pressiono "Ligar para Sukhi" no instante seguinte, e ela atende na metade do primeiro toque.

— Ele não tem nenhuma rede social — explico.

É meio narcisista, não é?, disse ele quando nos conhecemos. E eu concordei, com vergonha de admitir que ainda tinha uma conta antiga do Facebook ativa, que usava de vez em quando para ver o que os antigos colegas de classe estavam fazendo.

— Noah Coors, banqueiro de investimentos. Tem sim, está no Facebook, e eu o reconheci pela foto que você usa como papel de parede — diz Sukhi, com a voz ofegante e apressada.

— Espere — peço, revirando minha bolsa em busca do meu laptop. Apressadamente, abro o Facebook e digito Noah Coors. Três resultados. Um deles é um adolescente espinhento, e os outros dois estão nos Estados Unidos.

— Não estou vendo o perfil dele — digo, tentando não demonstrar pela voz a irritação que sinto.

— Olha, estou indo para aí agora. Fateh saiu para assistir futebol e eu estou sentada aqui, cheia de coisas que você precisa ver. Chego em meia hora — informa ela.

Sem que eu tivesse a chance de responder, Sukhi desliga o telefone. Ela deve ter meu endereço porque pediu um Uber para mim, já que nunca convidei ninguém do trabalho para vir à minha casa antes. Normalmente, antes de um convidado chegar, eu entraria em pânico, tentaria esfregar todos os rodapés e colocar tudo em seu "devido lugar"; desta vez, eu só me deixo cair no chão, encostada na parede.

Pego uma almofada amarelo-clara do sofá e a coloco na altura do rosto. Então sufoco a mim mesma e grito em sua superfície de algodão. Fico urrando como um ser selvagem até minha garganta ficar irritada e começar a arder. Lembro-me da última vez em que me comportei assim, mas logo afasto a memória. Não posso pensar em Mãe agora, meu foco precisa ser o Noah.

A campainha toca vinte minutos depois. Desço as escadas internas com pressa e me atrapalho para destrancar a porta. Quando finalmente consigo abri-la, dou de cara com Sukhi. Seu cabelo escuro está preso em um rabo de cavalo, o que, de alguma forma, faz com que seus olhos verdes pareçam ainda maiores enquanto me examinam com preocupação. Ela me envolve em um abraço e eu me encolho, surpresa.

Em seguida, ela me leva de volta para o apartamento, a boca firme em uma linha fina de determinação, um notebook surgindo de sua bolsa.

Quando a deixo entrar, ela olha para minha almofada desamparada e cheia de lágrimas, mas não faz nenhum comentário.

— Você mora em um apartamento studio? — pergunta, sem conseguir conter a surpresa em sua voz.

— Estamos reformando uma casa em Dulwich, então é só temporário — explico, minha voz saindo estranhamente monótona.

Ela faz um ruído de compreensão e entra como se fosse a dona do lugar, ignorando o fato de que eu claramente estive jogando todos os meus pertences no chão.

— Deixa eu só… desculpe, tive meio que uma explosão de raiva… — Termino a frase de forma desajeitada, enquanto afasto todos os bilhetes de amor, liberando espaço para Sukhi colocar o computador na mesa pequena e lascada.

— Não é uma explosão de raiva, Claire. Você está apenas reagindo a uma situação estressante da maneira que parece certa para você. Esta é sua casa. Se existe um lugar adequado para lidar com a bagunça emocional, é na privacidade da nossa casa.

Ruborizo, tocada por sua bondade, mas igualmente constrangida.

— Pelo menos, havia um método por trás da loucura. Estava procurando pistas — admito, apontando para o massacre de animais de papel sobre a mesa.

— Então não fui a única a brincar de detetive — diz ela, gentilmente, com um leve sorriso nos lábios.

— Mas você foi a única que realmente encontrou algo — respondo, afundando na cadeira ao lado dela.

— Ter uma família grande faz com que se torne boa em bisbilhotar online — explica.

O laptop faz um zumbido agitado ao iniciar, e eu me pergunto se deveria oferecer a ela algo para beber.

É estranho ter outra pessoa em casa. Normalmente, somos apenas Noah e eu. Sento-me ao lado dela e meus olhos se arregalam quando ela clica na página do Facebook de Noah Coors. E lá está ele. Meu lindo e mentiroso noivo.

Pego meu telefone e mostro a ela os resultados da minha própria pesquisa.

— Ele deve ter bloqueado você para que não pudesse encontrá-lo — diz, baixinho, evitando contato visual.

Não respondo. Estou mortificada e posso sentir uma onda quente subindo pelo meu rosto e descendo até o peito.

— Sinto muito, Claire — diz ela.

Balanço a cabeça.

— Não é você que precisa pedir desculpas — digo, e fico chocada com o tom frio de minha voz. Fui bloqueada pelo meu próprio noivo.

— Quer que eu te mostre o que encontrei? — pergunta ela.

Parte de mim quer dizer não, não, *não*, e voltar para minha vida de faz de conta com meu parceiro honesto e trabalhador. Em vez disso, concordo com a cabeça humildemente.

Ela rola a tela para baixo e vira o laptop de frente para mim. Uma postagem de fevereiro mencionando a saída de Noah da Pulitzer Haas e o início de seu novo emprego. De acordo com esse perfil, ele agora trabalha na Alliance & Gordon como diretor de investimentos. Mensagens de parabéns inundam a seção de comentários, enviadas por amigos dos quais eu nunca ouvi falar. Minha boca está seca e cutuco as unhas dos meus polegares até a pele ao redor delas arder.

— Tudo bem, Claire? — pergunta Sukhi, colocando uma mão hesitante em minhas costas.

Quero gritar para ela que não, que, francamente, não estou nada bem.

Em vez disso, pego o notebook dela e começo a rolar a página cada vez mais para baixo, em busca de informações.

Clico nas fotos. Ali está Noah, curtindo uma festa com estranhos em um bar em que nunca estive. Noah rindo, mostrando o dedo do meio para alguém que tirou uma foto dele durante um treino na academia. Noah sentado em uma sala que não reconheço, assistindo a um jogo de futebol, os pés em um banquinho e o braço pendurado no encosto do sofá. Um retrato de total familiaridade e sossego em um ambiente que eu, sua futura esposa, nunca vi antes. Continuo rolando a tela, devorando avidamente essas fotografias de sua vida dupla oculta, com meu cérebro gritando em protesto.

Meu sangue gela quando paro diante de uma foto dele com o braço em volta de uma loira esguia com covinhas. Tento engolir, mas a imagem fica presa em minha garganta. É uma foto que ele mesmo postou, e ela não está marcada. A pele dela é levemente dourada, o cabelo liso é espesso e brilhante, com um lindo tom de loiro-mel pelo qual celebridades pagariam muito dinheiro. Os grandes olhos azuis de corça são contornados com kohl marrom, enfatizando a escuridão dos cílios finos e curvados. Um nariz arrebitado, lábios carnudos como botões de rosa e membros longos e tonificados completam o quadro. Seus braços envolvem Noah, com uma mão perfeitamente tratada descansando na cintura dele.

Dou um pulo quando Sukhi fecha o notebook.

— Claire, não se torture. É melhor falar com ele antes. Olhar essas coisas só vai fazer com que chegue às piores conclusões.

— Que conclusões? Você quer dizer: aqui está meu namorado abraçando uma loira maravilhosa, enquanto trabalha em um emprego que ele não me disse que tinha? — Empurro as palavras para fora, tentando ignorar o tremor na minha voz, enquanto a enormidade do que vi começa a pesar sobre meus ombros.

— Quer dizer, sim... Mas tudo isso pode ter uma explicação razoável ou não ser tão ruim quanto parece — diz Sukhi.

Pestanejo lentamente, querendo muito acreditar nela. Mas não preciso dizer nada; nós duas sabemos que ela está sendo otimista demais sobre a minha situação.

— Trouxe vinho — anuncia ela, vasculhando a própria bolsa.

— Não costumo beber — respondo, esperando que ela não sinta no meu hálito o cheiro do vinho que já tomei.

— Não precisamos beber. Só não queria aparecer de mãos vazias e não tinha certeza do que era apropriado trazer — admite Sukhi.

— Acha que isso vai fazer com que eu me sinta melhor? — pergunto.

Ela coloca a mão em cima da minha e me olha, fixamente. Luto contra cada parte de meu corpo que quer se virar, para impedir que ela veja a feiura que há mim.

— Não, não acho que isso vá fazer você se sentir melhor. Não acho que vá consertar nada. Acho que a única coisa que poderia resolver o problema seria seu noivo entrando por aquela porta neste exato momento.

Engulo em seco.

— Quer tomar um copo comigo? — pergunto.

— Claro — responde ela.

Pego duas taças no armário e, trêmula, sirvo o vinho. Pisco para afastar os flashbacks de Mãe entornando taças de vinho do tamanho de um mamute antes de sair à noite.

Isto é diferente. Estou no comando. Estou com uma amiga. E estou louca para amenizar a dor da minha situação.

— Se há um bom motivo para tomar um drinque e ter uma amiga por perto, é agora, com o Noah desaparecido — diz Sukhi, ecoando meus próprios pensamentos.

Senti uma onda de afeição ao ouvir a palavra *amiga*, mas meu cérebro rapidamente se volta para as palavras *Noah desaparecido.*

Capítulo Doze

Já tive uma boa amiga antes. Ela se chamava Georgia e tínhamos 8 anos. Era, como eu, uma menininha tímida e, depois de passarmos alguns intervalos para o almoço, durante o verão, escondidas na sala de artesanato, tendo como trilha sonora as risadas e provocações dos outros, que brincavam de pega-pega lá fora, ela começou a falar comigo.

— Não quer brincar de pega-pega com os outros? — perguntou, a voz suave e sussurrante, com um leve receio.

Olhei pela janela e vi os sorrisos esticados, as perseguições frenéticas e os peitos ofegantes. Balancei a cabeça em resposta:

— Não.

— Eu queria — admitiu ela. Era o primeiro segredo que uma colega de escola havia compartilhado comigo.

— Por que você não vai, então? — perguntei, a curiosidade foi mais forte do que minha timidez de sempre.

Em resposta, ela tirou a perna esquerda de debaixo da mesa e levantou a calça de algodão roxa. Meus olhos se arregalaram.

— Robô — falei.

Ela irrompeu em risadinhas de felicidade e recuei imediatamente. Estava rindo de mim, zombando da minha cara. Coloquei as mãos sobre o rosto para esconder meu constrangimento, para me esconder. Para meu total deslumbramento, ela se inclinou para a frente e suas mãos sujas, cobertas de tinta, gentilmente retiraram as que cobriam meu rosto.

— Não se assuste. Não sou um robô, é só uma placa de metal, está vendo? — Bateu nela com a ponta do pincel. — Nasci com uma perna ruim, mas a estão consertando. Por enquanto, não posso correr. Provavelmente não poderei brincar de pega-pega por um tempo ainda — explicou.

— Ah — respondi de forma hesitante, sem saber o que mais dizer ou como toda essa interação me fazia sentir.

No fim do intervalo, ela me deu sua pintura. Era um gato, que levava o título de *TaBbY xxxxxxx*, que, segundo me informou, era o gato dela, embora tivesse fugido.

— Se vir um gato parecido com este — falou seriamente, apontando para ele com o dedo — pegue-o e não solte, porque ele precisa voltar para casa. Estou com saudades.

Guardei a pintura na minha bolsa, com pressa, sentindo-me estranhamente envergonhada por ter sido presenteada com algo tão precioso. Não apenas a pintura, mas sua confiança em minha capacidade de ajudar a encontrar e devolver um animal de estimação tão amado.

Quando cheguei à minha casa, coloquei a pintura de Georgia na minha cama, alisando-a com cuidado antes de escondê-la no fundo de uma das minhas gavetas. Ainda tenho essa pintura, em uma caixa de sapatos embaixo da cama. Não penso nela com frequência, mas sempre me lembro daquela tarde ensolarada.

Minhas lembranças dela depois disso são dolorosas. Fomos amigas por um tempo, no sentido mais amplo da palavra. Almoços tranquilos em que trocávamos pinturas enquanto eu ouvia as histórias e os segredos dela. Então, um dia:

— Mamãe me disse hoje de manhã que você poderia ir comigo comer um lanche depois da escola, se quiser — disse ela, casualmente, como se fosse algo comum ser convidada para ir à casa de outra pessoa. — Ela disse que vai fazer pizza e batatas fritas — acrescentou Georgia com entusiasmo.

— Pizza e batatas fritas? — repeti com cautela.

— Pizza e batatas fritas — confirmou ela, solenemente, com um aceno de cabeça. — Você só precisa perguntar ao professor se pode usar o telefone para pedir permissão à sua mamãe. E pedir para ela ir buscá-la na minha casa às 19h, que tal?

— Vou pedir — falei.

É claro que eu não tinha intenção de pedir, de manchar minha primeira saída com uma amiga com a histeria de Mãe. Qualquer passeio que eu fizesse precisava ser combinado com pelo menos duas semanas de antecedência. Ela não me deixaria sair antes disso, me puniria por ousar pedir, dizendo que não fazia parte de nossa rotina semanal... que era muito em cima da hora... que ela precisaria de tempo para investigar a família de Georgia. Mas eu não queria esperar. Queria ir comer pizza e batatas fritas naquele dia.

Do meu ponto de vista, havia três opções: não ir e perder a única amiga que eu tinha; ir e ser punida depois; pedir à Mãe, não ir e ainda assim ser castigada. Para o meu cérebro de 8 anos, a escolha era fácil. Então, menti e disse à Georgia que Mãe tinha dito que não havia problema, e que usara o telefone emprestado da escola para pedir permissão. Ela sorriu, entrelaçou seu braço no meu e conversamos durante todo o caminho de volta para a sala de aula sobre os jogos que poderíamos jogar juntas, os brinquedos que me mostraria. Eu estava tão empolgada!

À medida que a hora de ir para casa se aproximava, comecei a me sentir extremamente ansiosa. E se Mãe chegasse antes da mamãe da Georgia? (Não chegaria, Mãe sempre se atrasava) Então comecei a ter outros pensamentos. E se a mamãe da Georgia me adotasse? E se a Georgia me pedisse para ser sua melhor amiga? Fiquei na recepção, minhas mãos úmidas unidas às de Georgia, que disse, com orgulho, à professora que supervisionava nossa saída:

— Claire vai lanchar hoje na minha casa.

A professora sorriu para mim como se eu tivesse ganhado uma medalha olímpica.

— Que notícia ótima! É muito bom ver você se dando bem com uma amiga — disse ela virando-se para mim. Corei.

Quando a mamãe da Georgia chegou, ela não era o que eu esperava. Havia imaginado um anjo, uma espécie de salvadora deslumbrante que me levaria para longe de minha vida trágica. Na verdade, ela era o epítome da normalidade: uma senhora de aparência cansada, com o cabelo em um coque bagunçado no alto da cabeça, uma jaqueta acolchoada com detalhes de pele no capuz e tênis que minha própria mãe chamaria de surrados. Mas ela sorriu calorosamente para mim e me disse:

— Pode me chamar de Kate, meu amor. — E essa palavrinha carinhosa foi tudo o que precisei para me afeiçoar a ela. — Desculpe-me pelo convite de última hora. A prima da Georgia ia vir, mas ela está se sentindo mal e eu não queria desperdiçar comida. Espero que sua mãe não tenha se importado — disse ela.

— Não — menti.

Ela segurou a mão da Georgia, que segurou a minha, e nós três caminhamos a curta distância até a casa delas nessa corrente incomum. Georgia contou sobre nosso dia na escola e fiquei maravilhada com as perguntas que Kate fazia, interagindo com a filha e divertindo-a de uma forma que Mãe nunca fez comigo.

— E quanto a você, Claire? Do que você mais gostou hoje? — perguntou Kate.

Mastiguei o lábio, com medo de errar a resposta.

— A aula favorita dela é a de inglês — respondeu Georgia por mim. — A letra dela é a mais bonita da sala e ela gosta de ler histórias!

— Bem! Isso é ótimo — disse Kate. — Talvez você possa fazer com que a Georgia comece a gostar de ler algumas histórias, em vez de ficar sentada em frente à televisão o dia todo!

Mas então ela piscou para a filha, que deu uma risadinha tímida.

Minhas bochechas coraram e olhei para o chão rapidamente. Kate e Georgia já estavam conversando sobre outra coisa.

A casa da Georgia era geminada, com dois quartos no andar superior. Não entramos no quarto da Kate (— É o espaço privado da mamãe — informou Georgia, com seriedade), mas eu estava tão encantada com o ninho da Georgia que esqueci que havia mais coisas para ver na casa. O quarto dela era pintado de lilás, com adesivos de unicórnio colados nas paredes de maneira descuidada, parecendo que dançavam à nossa volta. Ela tinha um aparelho de CD, algo muito adulto, e uma grande escrivaninha para colorir e fazer a lição de casa. A cama estava cheia de pelúcias, e acabamos juntando alguns cobertores para improvisar um forte. Em meio a uma novela complicada e dramática em que um ursinho de pelúcia havia traído uma boneca com uma girafa de brinquedo, fomos chamadas para o lanche.

Kate estava ocupada, arrumando as coisas e bebericando chá enquanto Georgia e eu discutíamos como a boneca se vingaria, quando a campainha tocou. Mas não era um toque normal: era uma batida frenética no botão, um som contínuo de perfuração acompanhado de pancadas na porta.

— Ora! Alguém está ansioso para nos ver — brincou Kate, embora as sobrancelhas estivessem erguidas em aborrecimento. — Minha nossa, é melhor ir vermos quem é — disse ela, fechando a torneira e limpando as mãos na calça jeans enquanto se dirigia ao corredor.

Fiquei imóvel, a pizza meio erguida até a boca.

— O que está acontecendo? — Georgia sussurrou.

A voz estridente de Mãe me atingiu momentos depois.

— Você *sequestrou* a minha filha! — gritou.

— Ei, ei, espere um minuto — ouvi Kate dizer, a voz cheia de autoridade.

— Deixe-me *entrar*, antes que eu chame a polícia e mande prendê-la por sequestro!

Olhei para a Georgia. Estávamos com os olhos arregalados de medo.

— Fique calma. Veja, acredito que foi tudo um mal-entendido. Eu disse à Georgia para convidar a Claire para lanchar e achei que você tivesse aceitado…

— Eu nem sei quem diabos você é!

Houve o som de uma pequena disputa; então Mãe entrou com pressa, e pude ouvir seus sapatos batendo no chão, aproximando-se da cozinha. Georgia deixou os talheres caírem e ficou de pé, ao lado da mesa, enquanto eu continuava sentada, ainda congelada.

— Claire! Claire, querida? *CLAIRE!* — Mãe estava enfiando a cabeça em todos os cômodos e Kate tinha ficado em silêncio. Quando Mãe apareceu, parou na porta da cozinha, com os olhos examinando rapidamente a cena e absorvendo tudo.

— Claire — disse, em voz baixa, os olhos apertados —, pegue seu casaco. Vamos para casa. Agora.

Eu me levantei, empurrando a cadeira para trás. Abri a boca para me desculpar com a Georgia, com a Kate, mas não saiu nenhum som.

— Mas ainda não terminamos nosso lanche — argumentou Georgia, olhando para Mãe.

Eu me preparei. Mãe se virou em câmera lenta, com o olhar percorrendo Georgia vagarosamente: a camiseta manchada da escola por fora da saia amarrotada, os pés descalços com unhas lascadas e pintadas de rosa.

— *Perdão?* — A voz de Mãe estava calma. Ela parecia tão alta ao lado da Georgia, imponente em seus saltos altos.

Kate se moveu para ficar na frente da filha.

— As meninas ainda não terminaram o lanche. Olhe, é tudo um mal-entendido. Vamos tomar um chá e conversar enquanto elas terminam; depois a Claire vai para casa. E não precisará fazer a janta hoje! — Kate tentou outra vez, o desespero ecoando na voz.

Mãe se virou para ela com um sorriso de desdém.

— Chama carboidratos e pizza congelada de *janta*?

Kate pestanejou para ela, com os punhos cerrados, e, embora eu fosse uma criança, pude perceber que ela estava mordendo a própria língua porque Georgia e eu estávamos presentes.

— Claire, querida, pegue suas coisas agora mesmo! Vamos embora. Não quero que você passe mais nenhum momento em meio a esta sujeira, com essa mulher qualquer e sua filha aleijada e mal-educada — acrescentou, lançando um olhar penetrante para Georgia, que se encolheu.

— Como se atreve? — explodiu Kate, como uma mãe leoa que protege seu filhote. Mas as garras da Kate não eram páreo para as de Mãe. Corri até o quarto da Georgia para pegar meu casaco e minha mochila, enquanto elas trocavam palavras acaloradas: as da Kate, furiosas e protetoras, as de Mãe, cortantes e cruéis.

Ela me tirou da casa, uma das mãos segurando minha nuca como uma pinça, contando como havia chegado à escola e descoberto que eu não estava lá, como ficou apavorada por ter me perdido, como lhe disseram que eu estava na casa de outra pessoa e como eu era uma mentirosinha, uma mentirosa repugnante e imunda, exatamente como meu pai, que já partiu há muito tempo, e que aquela casa e aquela mulher eram nojentas, e que eu nunca, jamais, teria permissão para brincar na casa de uma amiga outra vez... E assim foi, sem parar, durante todo o caminho para casa, manchando o que deveria ter sido um dos melhores dias da minha vida.

Quando voltei, percebi que ela havia invadido meu quarto, rasgado as pinturas e anotações que Georgia me dera. Todas, exceto a do gato malhado, que estava guardada em segurança em minha gaveta.

— Você não *precisa* de outros amigos, Claire. Ninguém jamais entenderá você como eu. Ninguém jamais amará você incondicionalmente como eu. Esses supostos *amigos* que encontra na escola só vão acabar com você; mas eu estarei sempre ao seu lado. Sempre terá a mim, Claire, querida — disse em um tom falsamente apologético, enquanto jogava meus tesouros rasgados na lixeira.

No dia seguinte, na hora do almoço, sentei-me à minha mesa de sempre e a Georgia me encarou, indo rapidamente se sentar em outro lugar. Depois daquilo, ela nunca mais falou comigo.

Mas eu tive uma amiga, uma vez.

Capítulo Treze

— E agora? — pergunta Sukhi.

Estamos em frente à televisão, a garrafa de vinho vazia. Está escuro lá fora. Noah, normalmente, já estaria em casa a esta hora, mesmo que tivesse uma reunião que se estendesse demais. Meu cérebro está doendo, meus olhos estão embaçados. Odeio sentir que não estou no controle do meu próprio corpo. Reajo lentamente, tentando entender a cena a que estamos assistindo.

Nunca bebi quando era adolescente. As manhãs que passei segurando o cabelo de Mãe para trás enquanto ela expelia bile em nosso banheiro foram mais do que suficientes para me convencer a não beber em excesso. Eu continuava ajudando-a com o cabelo e a observava limpar o queixo manchado de batom com o braço; a saliva e o vômito deixavam um rastro cintilante, como o de um caracol. No fim, ela me empurrava, e eu a olhava ir cambaleando até seu quarto escuro, de onde não sairia até a tarde.

Em dias assim, ela costumava sair de lá como se a manhã nunca tivesse acontecido, exclamando como se sentia bem e como estava precisando desesperadamente daquele descanso maravilhoso. Na maioria das vezes, ela acabava saindo novamente à noite, e o ciclo se repetia por três ou quatro dias seguidos, até fazer um giro completo, passando duas semanas sem beber nada além de sucos diet caros e flertando com personal trainers na academia. Durante a maior parte de minha adolescência, a única bebida que consumi foi água.

— Refrigerantes apodrecem os dentes — dizia Mãe, em tom de desaprovação, sempre que alguém passava por nós bebendo de uma lata.

— Cheio de açúcar — eu concordava, enquanto me perguntava qual seria o sabor daquela bebida doce e borbulhante em uma lata vermelho vivo.

Sukhi pôs um reality-show na TV. Apesar de estar olhando fixo para a tela, não estou assistindo. Não consigo parar de pensar no fato de que ela está sentada no lugar que Noah sempre se senta, que o corpo dela está no lugar onde o dele deveria estar na minha casa. Mudo de posição, desconfortável, meus olhos se voltam para a TV e suspiro.

— Ainda sem resposta? — pergunta ela, mesmo sabendo que não recebi nada, já que meu telefone está no volume máximo, a tela virada para cima, entre nós, durante todo aquele tempo.

— Não.

— Certo.

— Se fosse com você? O que faria? — pergunto. Ouço minha própria voz arrastada.

— Arrancaria as bolas dele — responde Sukhi com um sorrisinho.

— E se ele não aparecesse para que pudesse arrancar as bolas dele?

— Acho que provavelmente o procuraria que nem louca — admite ela.

— Sukhi! Você é um gênio.

Levanto-me do sofá, pego o laptop, e me acomodo novamente ao seu lado, com o computador equilibrado nos joelhos, começando a digitar no Google:

Noah Coors, Alliance & Gordon

— Vou fazer um chá de frutas para nós — oferece Sukhi, indo para a cozinha. Mal percebo ela passar por mim enquanto examino os resultados da busca, lendo um artigo de um site chato de economia sobre o novo cargo de Noah e o que ele significa para a estrutura da empresa. Não há nada de útil aqui.

Entro no site da Alliance & Gordon e rapidamente encontro o rosto dele na página da equipe de investimentos, ao lado dos colegas. Escrevo um e-mail, encaminhando-o para o seu endereço profissional.

— Não acho certo checar e-mails de trabalho à noite — falou durante o jantar, certa vez. Parecia uma alfinetada em mim, por estar checando o celular. Guardei-o no bolso imediatamente e dei um sorriso de arrependimento.

— Você não acessa seus e-mails de trabalho pelo celular? — perguntei.

— Sim, mas fica desligado, a menos que eu esteja esperando por algo em particular, caso contrário, não conseguiria relaxar e aproveitar certas coisas, como jantar com a minha namorada. — Ele sorriu para mim com um ar de brincadeira.

Na época, achei bem fofo, e fiz um registro mental para mexer no telefone com menos frequência quando estivéssemos juntos. Agora, estou irritada com o fato de que há mais um obstáculo que me impede de entrar em contato com ele.

Pelo menos sei com certeza que, no mais tardar amanhã de manhã, ele lerá a mensagem. Supondo que ainda trabalhe lá:

Noah, por favor, telefone assim que puder. Preciso saber onde você está. Estou morrendo de preocupação. Por favor, ligue o celular, ou ao menos me diga onde está ficando enquanto resolvemos tudo. Quero entender o que está acontecendo. Por favor. Claire.

Sem beijos nem pontos de exclamação. Estou tentando manter a calma e a dignidade. Ouço passos e me levanto da cadeira, os olhos arregalados de expectativa, mas é apenas Sukhi voltando com duas xícaras fumegantes nas mãos. Quase havia me esquecido de que ela ainda estava aqui, e fiquei aliviada que o vinho tivesse acabado. Não gosto da sensação nebulosa de embriaguez, que me torna descuidada, lenta e sem consciência de quem está na minha casa.

Forço um sorriso.

— Obrigada.

— Alguma novidade?

— Não. Enviei um e-mail para o novo endereço de trabalho dele, mas até agora não encontrei nada pessoal. Ele tem alguma outra rede social? Se fui bloqueada no Facebook, talvez ele tenha me bloqueado em todo o resto.

— Dei uma olhada no Instagram, mas não encontrei nada, só no Facebook — diz Sukhi.

Digito então Noah Coors Londres no Google, e sou direcionada para os mesmos sites de investimentos e para o perfil secreto dele no Facebook. Meu coração dá um salto quando encontro uma conta no Twitter, mas, ao clicar nela, vejo que não é atualizada desde 2013.

Mal reconheço a versão mais magra e de cabelos compridos de Noah na foto do perfil, embora o sorriso peculiar ainda esteja lá.

BORA ARSENAL!!!!! foi a última coisa que ele postou. Lembranças dos fins de semana passados juntos em pubs lotados me atingiram: Noah torcendo e gritando pelo Arsenal, enquanto eu bebia meu vinho, lentamente, tentando não pular de susto toda vez que a sala irrompia em rugidos e cantos. Nunca me interessei por futebol e só o acompanhava para passar mais tempo com ele. Adorava observá-lo, tão entusiasmado e envolvido, os olhos grudados na tela. Agora, reviro os olhos e fecho a aba, frustrada.

— E se tentarmos ligar para ele do seu celular? — pergunto, sentando de repente. — Talvez ele atenda se o número não for o meu?

— Ah! Boa ideia. Não acredito que não pensei nisso — admite Sukhi.

Falo o número do Noah em voz alta e ela o digita, ativando o modo viva-voz.

Prendo a respiração enquanto o telefone chama e chama e chama.

— Noah Coors — diz a voz, curta e abrupta.

Sukhi e eu trocamos olhares, e dou alguns pulinhos sem sair do lugar, incentivando-a, de maneira silenciosa e maníaca, a continuar.

— Então, isso, olá, Noah, meu nome é Sukhi...

— Como posso ajudá-la, Sukhi? — interrompe ele rapidamente, e franzo a testa.

Ele normalmente não é tão brusco. Essa é uma versão que não conhecia.

— Trabalho com sua noiva, Claire.

Há uma pausa de meio segundo antes de um silêncio total se instalar. Ele havia desligado.

Olhamos uma para a outra por um momento, caladas, sem acreditar no que aconteceu.

— Caramba, ele desligou mesmo? — diz ela, a voz crescendo de raiva.

Eu me encolho enquanto ela tenta ligar novamente. A chamada vai direto para o correio de voz.

— Sacana — diz ela.

— Provavelmente desligou o aparelho — digo em voz baixa, afirmando o óbvio para evitar ter que lidar com as minhas emoções.

— Meu Deus, Claire, desculpe, mas seu noivo é um idiota. Quem ele pensa que é, perdendo-se nas próprias mentiras e desligando na nossa cara?

— E por que ele não atende às minhas ligações? Por que não voltou para casa hoje? — acrescento, tomando outro longo gole do meu chá.

— Ou avisa onde está ficando — murmura ela.

— Ou com quem — digo com a voz embargada.

Há uma breve pausa para assimilar meu último comentário.

— Certo, aqui está o plano — anuncia Sukhi, correndo até o armário da cozinha e pegando uma velha caixa de biscoitos de chocolate que eu nem me lembrava de ter comprado. — Vamos colocar o filme *Mulheres ao Ataque* e tomar nosso chá sonífero com biscoitos, na companhia de Cameron Diaz em seu melhor momento de desprezo pelos homens. Depois disso, você apagará de puro cansaço, sem ter que passar a noite inteira se perguntando se aquele seu namorado inútil vai aparecer ou não. Amanhã, estará com uma ressaca tão forte que sua saúde física vai ofuscar todo o sofrimento emocional e, mentalmente, estará muito mais preparada para lidar com a situação. Espero que os biscoitos ajudem a suavizar os sintomas da ressaca futura. Está pronta? — sugere, colocando-se à minha frente, brandindo o controle remoto e um pacote de biscoitos, com uma autoridade que simplesmente não sou capaz de contestar.

— Pronta, eu acho — concordo.

Não sei quando caí no sono, mas foi algo rápido e indolor. Acordo no meio da noite e descubro que Sukhi colocou um cobertor sobre mim antes de sair. Aos tropeços, consigo chegar ao meu quarto, onde apago outra vez.

Capítulo Catorze

Acordo de manhã sentindo a boca seca e os olhos inchados e doloridos. Meus lábios estão ressecados e lascas de pele descamando prendem-se quando passo a língua sobre eles. A luz do sol entra por frestas nas cortinas que não foram fechadas na noite passada. A sensação é de estar despedaçada em todos os sentidos. O vazio ao meu lado na cama é um lembrete indesejável.

Estou sozinha. Noah não voltou para casa. *É assim que acabamos?* Quero chorar, e espero as lágrimas chegarem, mas parece que não tenho mais nenhuma no momento.

Com muita dificuldade, eu me levanto da cama enorme e levo a mão às têmporas, massageando-as brevemente. Minha cabeça está latejando por causa do vinho, mas vinho é um remédio para a dor no coração.

Quando entro na sala de estar, vejo que Sukhi limpou a maior parte da bagunça na noite passada, antes de ir embora. Ela deixou um bilhete sobre a mesa.

Qualquer coisa me liga, bj.

A caligrafia no recibo de vinho que ela trouxe ontem à noite está rabiscada apressadamente com uma caneta esferográfica, meio inclinada, quase como um rascunho.

Fico olhando para ele por um longo tempo antes de colocá-lo na gaveta junto com todos os bilhetes de amor de Noah. Um pedacinho de autenticidade em meio a um aglomerado de mentiras.

*

Meu telefone pisca. É só a Sukhi.

Espero que esteja bem esta manhã. Vou à reunião de hoje com a Tavistock no seu lugar.

Demoro um segundo para perceber que é quarta-feira e eu deveria estar no trabalho.

— Droga — murmuro.

Obrigada. Preciso ligar para o escritório, respondo.

Estou servindo um muito necessário café em uma caneca quando meu telefone toca e eu corro para ele, de forma desenfreada, para clicar em "Atender", esperando e rezando para que seja Noah com algum tipo de explicação, um pedido de desculpas, dizendo que está voltando para casa.

— Noah! — exclamo ao telefone assim que atendo a chamada.

— Não, desculpe, Claire, é o David.

Meu coração se aperta. Meu chefe. Meu chefe. Certo.

— Ah — respondo.

— Sukhi me explicou sobre sua situação e só queria avisar que não esperamos que venha trabalhar hoje, e que eu providenciei uma licença para você... se quiser. Só quis ligar e confirmar se está de acordo com isso? Se estiver, voltamos a conversar daqui a duas semanas.

David faz uma pausa e eu ainda não consigo falar, minha mente se esforçando para processar a situação.

— Você não é obrigada a aceitar, é claro— continua ele. — Mas tem vários dias de férias acumulados para usar antes do fim do ano e achei que seria um bom momento para se concentrar em si mesma, sem o trabalho como um estresse adicional...

A voz dele carrega um tom de pergunta, mas ambos sabemos que recusar não é realmente uma opção que eu possa me dar ao luxo de considerar neste momento. Especialmente porque mal consigo falar com ele sem que minha cabeça fique zunindo por causa da ressaca. E ele tem razão — não tiro férias anuais desde que comecei. Devo ter um bom número de dias. Que melhor momento do que este, em que descobri que minha vida perfeita é uma mentira e preciso aprender a me tornar uma detetive para poder localizar meu noivo desaparecido?

— Obrigada, David. Vou aceitar — consigo balbuciar.

— Tudo certo, então, Claire. Cuide-se — diz ele, e o tom de compaixão em sua voz me dá vontade de chorar.

Falei com David, espero que não seja um problema. Só disse que você estava tendo problemas em casa, não dei detalhes. Desculpe se extrapolei! — recebo de Sukhi.

Não, tudo bem, não se preocupe. Obrigada, eu nem tinha pensado em ligar, minha cabeça está uma bagunça.

Consigo imaginar. Espero que não esteja de ressaca como eu. Provavelmente vou vomitar em cima do Mark quando ele apresentar os gastos orçamentários semanais. É por isso que eu não bebo!

Quase dou um sorriso ao deixar o celular de lado. Parte de mim está mortificada por David estar envolvido no drama da minha vida amorosa, mas parte de mim *está* aliviada por poder tirar esse tempo de folga e me concentrar no que é importante. Dou um pulo ao perceber, mais uma vez, que estamos no *meio da semana*. Noah deve estar no trabalho.

Com as mãos trêmulas, procuro o número da equipe de investimentos da Gordon & Alliance e pressiono "ligar".

— Gordon e Alliance, em que posso ajudar? — responde uma voz feminina entediada.

— Olá, então, eu poderia falar com o Noah Coors, diretor de investimentos, por favor?

— Quem gostaria de falar com ele?

A noiva dele — respondo.

Uma pequena pausa.

— Vou transferir — diz ela, antes que uma forma irritante de música de elevador comece a tocar. Sinto meus dedos se contraírem de irritação ao telefone, mas sou arrancada do meu surto mental quando ela retorna.

— Sinto muito, mas não consigo transferi-la — diz ela. A voz soa curta e grossa.

Engulo um grito de frustração.

— Sou a *noiva* dele e quero ser transferida para o telefone dele.

É importante — repito com os dentes cerrados.

— A *noiva* dele deveria ligar diretamente para ele, sem precisar passar pela recepção — responde ela, cheia de veneno.

— Olhe, me desculpe, estou chateada. Ele não voltou para casa ontem à noite. Só Deus sabe por quê. Não fez nenhum contato. E não posso ligar diretamente para ele porque não sabia que estava trabalhando com vocês até vinte e quatro horas atrás! — Minha voz se embarga ao final e ouço um suspiro atônito do outro lado da linha.

— Por favor — tento, com a voz mais calma —, só quero ter certeza de que ele está bem. Por favor.

Outra pequena pausa.

— Não poderei transferi-la hoje. Sinto muito, de verdade. Posso ajudá-la com mais alguma coisa?

— Mas ele *está* aí? Está trabalhando no escritório hoje?

Desta vez, a pausa é palpável, arrastando-se dolorosamente.

— Não estou autorizada a fornecer essa informação.

Respiro fundo, penso melhor e desligo antes de dizer exatamente onde ela pode enfiar essa informação.

Olho para o celular, chocada com a minha própria raiva, com a minha explosão.

Estou descontrolada e volátil, incapaz de dominar minhas emoções... Fecho os olhos e prendo a respiração enquanto conto lentamente até dez antes de abri-los e expirar. Não sou essa pessoa. *Não sou minha mãe.* Preciso manter a calma, recuperar o controle. Tenho que encontrar Noah e descobrir o que está acontecendo. Estou cansada de ser uma marionete obediente para todo mundo. Cansada de ser a Claire, querida. Mãe estava sempre no controle de tudo; vivia pisando em cascas de ovos para evitar provocar suas explosões imprevisíveis.

E, pensando bem, Noah também sempre esteve no controle. Foi Noah quem tentou me conquistar. E foi Noah quem me deixou. Por que estou sempre permitindo que as pessoas façam o que elas querem? Que me machuquem. Que me deixem de lado? Que controlem o que sinto e quem eu sou?

Meu coração está martelando em meu peito e meus punhos estão cerrados, mas não é mais por raiva. É determinação. Vou chegar ao fundo da questão. Vou recuperar meu noivo.

A sede da Alliance & Gordon é, sem dúvida, muito mais impressionante que a da Pulitzer Haas. Fica em uma parte diferente da City, próximo ao Canary Wharf, uma área que mal conheço. Até agora, nunca tive motivo para pegar o DLR, o trem leve que percorre o distrito financeiro de Docklands, e a vista me surpreendeu. Sinto-me como Katniss olhando para a Capital em *Jogos Vorazes* — tudo ali é tão diferente de qualquer outra parte de Londres que já vi. Os edifícios são altíssimos, todos feitos de vidro temperado e aço, e o trem se desloca entre eles em um trilho elevado, dando a sensação de que estamos voando.

Graciosas pontes suspensas e arcos se entrelaçam entre os prédios. Parece que fui parar em um filme futurista e distópico.

O novo escritório de Noah está em uma dessas muitas estruturas altas e imponentes, revestidas de elegantes painéis espelhados. Como antes, porteiros guardam a entrada, mas o que aconteceu da última vez não se repetirá. Não vou tentar entrar por ali, pois o porteiro me barraria de novo. Errar é humano, persistir no erro é burrice. Em vez disso, dou a volta no prédio, procurando uma boa visão da porta principal, mas onde ninguém que esteja do lado fora poderá me ver sem ter que se esticar. Não há bancos ou qualquer lugar para sentar, então me encosto na parede e espero. Olho para o relógio — são 11h30 da manhã. Não tenho certeza de quando ele sai para o almoço, e admito que a minha tática é quase uma aposta. Pode ser que ele tenha reuniões o dia todo, ou que o prédio tenha uma cantina. Mas eu conheço o Noah. Sei que ele não consegue sobreviver sem tomar um expresso pelo menos três vezes ao dia, e o café do escritório não é suficiente. Se ele não sair para almoçar, sairá para tomar um café artesanal.

A menos que tenha uma assistente para fazer isso por ele agora?

Mordo meu lábio. São tantas as variáveis que isto pode acabar sendo um desperdício colossal do meu tempo. Mas me sinto melhor fazendo alguma coisa em vez de ficar em casa, esperando por uma ligação. Então eu espero.

E espero.

E espero.

E finalmente, *finalmente*, eu o vejo sair. Está franzindo a testa olhando para o telefone e, para minha surpresa, está perfeito. Não está desgrenhado, cansado, os olhos vermelhos e o rosto inchado como eu. Ao contrário, está fantástico, caminhando sem se preocupar com nada. Vê-lo tão contente, mesmo sabendo que eu estava esperando por ele em casa, chateada e confusa, me provoca uma onda de indignação. Começo a me imaginar como Sukhi, avançando em direção a ele de punhos cerrados, descarregando minha raiva sem me importar com nada. Mas sou Claire, e eu me importo. Caminho até ele com determinação, tentando manter a calma no rosto, embora, por dentro, esteja tremendo, antecipando o confronto.

— Noah — chamo, tentando parecer casual. Várias cabeças se viram em minha direção, mas a única que me interessa é a dele. Seus olhos se arregalam e ele dá um passo para trás, os braços levantados em sinal de alarme.

— Noah, onde esteve ontem à noite? O que está acontecendo? — pergunto, a voz baixa, tentando não chamar a atenção para nós.

Ele está dando mais alguns passos para trás agora, os olhos correndo de um lado para o outro.

— Você precisa ir para casa — diz ele em tom de súplica.

— Casa? Quer dizer, a casa para a qual não voltou ontem à noite?

Várias pessoas estão ouvindo agora, seus olhares curiosos em nossa direção, e me vejo querendo desistir e sair correndo. Mas continuo. Observo o rosto de Noah ficar pálido.

— Pare de esperar por mim e pare de ficar me ligando, porra! — ordena.

Fico paralisada, meu peito se aperta, em choque, ao ser xingada por ele.

— O quê?

— Vá para casa e deixe isso pra lá — diz, baixando a voz, obviamente constrangido devido à audiência, mas, sob o tom de súplica, há uma ponta de… raiva. A ideia de *ele* se atrever a ser o irritado nesta situação faz com que algo se rompa dentro de mim, levando embora meu controle sobre mim mesma e qualquer medo de constrangimento.

— *Você* está com raiva de *mim*? — digo, perplexa. — O que *eu* fiz? — Aumento a voz. — Ah, estou te *envergonhando*? — falo, ouvindo o tom de zombaria de Mãe em minha voz, e Noah se encolhe. Ainda andando para trás.

— Vá para casa e pare de me esperar — sibila, por fim, antes de se virar e *correr* para longe de mim, feito uma criança, voltando para o escritório. Vou atrás dele, mas não chego muito longe. Os dois porteiros franzem a testa na minha direção e se colocam na frente da entrada, bloqueando meu caminho.

— Senhora, vamos ter de pedir que se retire. Não tem permissão para entrar nestas dependências.

— Noah! — rugi, estendendo os dois braços e girando para longe deles, vendo estrelas surgirem na minha visão enquanto a raiva quase me sufoca.

Ao meu lado, alguns adolescentes estão rindo, me observando. Penso em Mãe, em Sukhi, naquela bravura feroz, e levanto meu dedo do meio para eles, que riem ainda mais.

Tremo durante toda a viagem de volta para casa, mas um pensamento me acalma. Isto ainda não acabou, porque me afastei cheia de novas informações confirmadas:

1. Noah trabalha na Alliance & Gordon, e a página do Facebook que encontramos é, de fato, a dele.

2. Noah sabe que foi pego nas próprias mentiras e tem medo de algo. Será que teme que eu descubra mais alguma coisa?

3. Não posso confrontá-lo de maneira adequada no local de trabalho e preciso achar um jeito de falar com ele pessoalmente.

4. Noah parece estar tentando me deixar, para sempre. E, antes de eu desvendar todas essas mentiras, estava tudo bem. Então, seja o que for que ele esteja tentando esconder, é grande o suficiente para me deixar. E vou descobrir o que é.

Capítulo Quinze

30 de outubro de 2024

Querido diário,

Não me lembro se já recebi um grande buquê de flores antes, mas CERTAMENTE nunca recebi flores temáticas de Halloween. Nem sabia que isso existia, mas o Noah não se cansa de me surpreender.

Ele as mandou para o meu escritório, e chegaram logo de manhã. Grandes rosas pretas e brancas, com pequenas espirais laranja feitas com limpadores de cachimbo e morcegos de papel preto, decorados com glitter, entre elas. Eram ridículas e exageradas e eu adorei.

Junto havia um bilhetinho: *Desculpe por ontem à noite. E desculpe por não podermos nos fantasiar juntos. Ano que vem!*

Estamos passando cada vez mais tempo um com o outro, e sugeri irmos a uma festa de Halloween vestidos de Mario e Luigi. Achei que seria muito engraçado, mas, ao que parece, ele vai ter que viajar no fim de semana a trabalho.

Ele viaja muito, o que é irritante, já que não conseguimos nos ver nos finais de semana. Na maioria das vezes, é só à noite, depois do trabalho.

E, alguns dias, nem isso, porque ele trabalha até tarde. Não entendo muito bem o que ele faz. Quando tenta explicar, meus olhos se perdem e sinto que nada do que foi dito fica na minha cabeça, porque Noah usa um monte de termos, números e frases como "portfólio de investimentos" e "grande potencial e baixo risco" e "receita bruta versus lucro líquido", que, literalmente, não significam nada para mim. Só sei que é muito complexo e que, às vezes, ele precisa viajar ou trabalhar até muito tarde.

— É como ser advogado, Claire. É só uma das desvantagens de um emprego sem graça na City, muito bem remunerado.

Eu entendia, mas ainda me sentia rejeitada pela recusa dele em sequer considerar a possibilidade de ir a uma festa comigo. Acabamos tendo uma briguinha por causa disso, o que me fez sentir incrivelmente carente depois. Nunca me considerei uma garota que exige demais em um relacionamento, mas talvez eu esteja precisando, mais do que imaginava, de tempo juntos e de compartilhar experiências. Talvez Noah seja o tipo de cara que gosta de ir com calma, e a ideia de que eu possa ter feito ele se sentir sufocado ou ter sido intensa demais com a sugestão me fez sentir um enorme constrangimento. Acabei pedindo desculpas por ter exagerado e disse que, claro, o trabalho dele vinha antes de datas comemorativas bobas e consumistas, ao que ele deu de ombros, dizendo que não era nada demais. E então, suponho, ele encontrou as flores! Uma surpresa adorável. E ele está certo, sempre haverá o ano que vem.

Claire

Capítulo Dezesseis

— Que canalha. — Sukhi veio me visitar tarde, depois do trabalho, outra vez, e estou contando a ela o que aconteceu quando fui aos escritórios da Alliance & Gordon. A reação dela é, creio eu, justificada. Deixo que a validação me envolva em um brilho caloroso. É como ela me disse quando entrou no meu apartamento bagunçado: não há problema algum em reagir do modo que eu julgar melhor para mim. Da mesma forma que Noah sempre me disse que as emoções que sinto não são erradas ou certas, elas são apenas… eu.

Minha verdade.

Antes, só havia o jeito de Mãe, a verdade de Mãe.

Qual é a verdade de Noah?

Mordo meu lábio.

— Mas ele não é assim. Quer dizer, no momento está agindo como um idiota, é verdade. Mas não costuma ser assim. Acho que há algo mais profundo acontecendo. Algo estranho.

Sukhi parece incrédula, mas não fala nada, optando por servir-se de um pouco do suco de uva que ela trouxe.

— Estava com ressaca demais esta manhã para repetir a noite de ontem — explicou. E, conforme prometido em mensagens anteriores, também apareceu com duas pizzas grandes, que ficamos comendo a noite toda.

— E ele não ligou ou fez qualquer contato desde então? — pergunta ela.

Balanço a cabeça, mastigando uma fatia de pizza fria, pensativa.

— Você está lidando muito bem com tudo isto — observa ela.

Dou de ombros.

— É manter a calma e seguir em frente, ou desmoronar, chorar, gritar e se entregar à depressão. Além disso, já virei meu apartamento de cabeça pra baixo mesmo. — Dou um leve sorriso. — Mas, honestamente, sinto que, embora ainda haja muitas perguntas sem respostas, é muito cedo para aceitar que realmente terminamos.

Sukhi concorda com a cabeça.

— Falou como uma mulher sábia.

— Não sei se sou sábia ou estúpida por me agarrar à esperança de que há uma explicação viável para tudo isto.

— Acho que é melhor se apegar à esperança do que assumir o pior e se fechar para qualquer explicação antes que ele tenha tido a chance de dizer o que pensa — diz ela. — Qual é a próxima etapa do seu plano?

Suspirei, deixando minha fatia de pizza de lado.

— Não faço ideia. Eu poderia esperar que ele me procurasse, mas não acho que mereça o privilégio do tempo enquanto estou aqui enlouquecendo, imaginando o que está havendo. Mas, depois do que aconteceu hoje, sinto que não posso voltar ao local de trabalho dele. Acho que vou continuar vasculhando a internet e torcer para achar alguma coisa.

— Seu plano é uma porcaria — diz Sukhi.

— Eu sei.

— Aqui, passe o meu notebook, vamos ver se conseguimos descobrir mais alguma coisa.

Observo enquanto ela rola a página do perfil dele. A postagem mais recente foi algo banal, sobre futebol, mas Sukhi examina minuciosamente cada uma das pessoas que curtiram a publicação.

— Esse cara parece um babaca — comenta ela, enquanto olhamos a página de Jeremy Miller, um sujeito de cabelos ruivos cujo perfil é uma foto dele, em férias, com duas garçonetes do Hooters.

— E aquela garota? Quem é? — pergunto, apontando para uma Isabel Clarence que curtiu a publicação de Noah.

Sukhi vai até o perfil dela e eu relaxo quando vejo que Isabel tem pelo menos 60 anos, e a página cheia de postagens sobre os netos.

— Continue olhando — digo, incentivando-a a voltar para o perfil de Noah.

— E esse cara? Você o conhece? — pergunta ela, clicando em um Blake Argent.

Franzo a testa.

— Acho que reconheço o nome...

A foto de perfil aparece. Ele é meio gordinho, com barba rala e olhos verdes bem bonitos, mas não me diz nada.

— Talvez não o conheça — admito.

Ela está prestes a sair da página quando agarro seu braço.

— Pare! Aí! Role a página para baixo!

Sukhi vai até a postagem mais recente de Blake, compartilhada às 21h de hoje. Ele se marcou em um bar na região oeste de Londres, ao lado de outros quatro nomes. Um deles é Noah Coors.

Primeira parada da noite? Feita, parceiro. Segunda parada? Ballards. A caminho!

— Ai meu Deus — suspira Sukhi.

Dou uma olhada no relógio. São 21h27.

— Vou pra lá — digo, fechando o notebook bruscamente. — Vou à Ballards.

— Tem certeza de que é uma boa ideia? — pergunta, parecendo preocupada. — Agora mesmo?

— Estou bem. E estou indo, sim. Se sair já, chego lá em uma hora. Vou confrontar meu noivo mentiroso sobre a sua vida dupla. — Minha voz sai determinada e firme, e Sukhi talvez a confunda com bravura, mas eu a vejo como o que é: uma necessidade desesperada de respostas. Mágoa, confusão e um desejo de entender o que eu fiz para afastar Noah assim. E, entre as rachaduras de todas essas emoções, há uma fúria lenta e perigosa crescendo. Não vou deixar que ele jogue nosso relacionamento fora. Nós *vamos* resolver isso.

Estou vestindo meu *trench coat*, e minha bolsa já está apoiada no braço.

— Vou com você — afirma ela.

— Não, por favor, não precisa — começo, mas ela me interrompe.

— Você não vai fazer isso sozinha. Venha, vou chamar um táxi.

Sukhi apoia a mão nas minhas costas e me faz pensar em Noah me acompanhando em bares, quando sabe que me sinto deslocada. Eu me pego caminhando ao lado dela e esperando o táxi do lado de fora, com o coração batendo forte em meu peito enquanto aguardo para confrontar meu noivo.

Capítulo Dezessete

— Vai sair logo ou não?

O motorista do táxi se vira para nós, o cheiro de fumaça velha de cigarro escapando pelas frestas dos dentes. Ele parece entediado, como se este momento fosse um pontinho insignificante em sua vida, quando para mim significa *tudo.*

Sukhi está segurando minha mão.

— Um momento — responde ela, com um tom ríspido.

Pela centésima vez nas últimas trinta e seis horas, sou grata por tê-la comigo e a faço saber disso apertando levemente a sua mão. Olho para o espelho retrovisor e vejo meus olhos com sombra azul, manchas vermelhas, feias e marcadas, espalhadas pelo nariz e pelas bochechas, contrastando com a minha palidez. Não estou no meu melhor em termos de aparência, admito. Muito diferente da mulher que Noah conheceu no corredor de vinhos. Inspiro com dificuldade e tento acalmar minha mente para o que quer que esteja prestes a acontecer.

— Você já tem um plano? Sabe o que vai dizer? — pergunta Sukhi, gentilmente.

Balanço a cabeça negando.

— Nenhum plano.

— Nenhum plano é um bom plano — diz ela com um sorrisinho.

As luzes da cidade refletem nas janelas, brilhando nos olhos luminosos de Sukhi. Eu me envolvo firmemente com meu *trench coat*, abraçando minha barriga; ela se aproxima e dá um tapinha delicado na minha mão.

De repente, quero correr de volta para casa; enfiar-me na cama e fingir que o último dia e meio nunca aconteceu. Não costumo confrontar as coisas. Não entro em boates de forma intempestiva, sem um plano. Mesmo quando deixei Mãe, não fui corajosa. Apenas me afastei e, quando ela não me seguiu, continuei andando. Mas, desta vez, é Noah quem está se afastando, e tenho que encontrar algum tipo de força, dentro de mim, para encarar essa situação. Quero correr, mas minha boca diz:

— Vamos acabar logo com isso.

Abro a porta do carro.

— Finalmente — murmura o motorista enquanto saímos do táxi.

— Sem gorjeta para ele. — Sukhi tenta brincar comigo, mas não funciona. Será que vou rir de novo um dia?

Como se tivesse sido ensaiado, o som de risadas ecoa na noite quando a porta de um táxi à nossa frente se abre e um trio de homens desce na calçada ao nosso lado, acendendo cigarros e falando alto sobre coisas fúteis e estúpidas que não interessam a ninguém, muito menos a mim.

Dou um passo ao lado para me afastar deles; Sukhi e eu ficamos de pé, sem saber o que fazer, na fila da boate, enquanto tento descobrir como me mover, como pensar, como existir. O local é pequeno e tipicamente pretensioso, bem no estilo da zona oeste de Londres; vasos de plantas pendurados de forma convidativa ao longo de paredes externas elegantes, letras douradas, sem serifa, com o nome do lugar, e adesivos de vinil, combinando, colados nas janelas embaçadas pela condensação, através das quais posso ver corpos se contorcendo ao som monótono da batida.

— Tem um isqueiro? — pergunta um cara, os olhos vidrados de álcool.

Afasto-me do homem instintivamente, o cheiro de uísque, ardente em seu hálito.

— Não — responde Sukhi imediatamente, colocando um braço protetor ao meu redor e me afastando dele como se eu fosse uma paciente geriátrica.

O que vou dizer quando chegar até lá? Por onde vou começar?

O que vou perguntar? Com quem Noah está lá dentro? Com os novos amigos do trabalho sobre o qual nem se dignou a falar? Com a loira magra? Respiro fundo mais uma vez enquanto meu estômago se revira de nervosismo. A fila anda rapidamente. Para quem costuma frequentar clubes noturnos, ainda é relativamente cedo. O segurança ergue as sobrancelhas para a nossa combinação de jeans e tênis e, por um momento, entro em pânico, achando que vai nos mandar embora. Mas, obviamente, é uma noite tranquila, pois ele nos deixa entrar sem problemas.

Assim que entramos, recebemos um carimbo no pulso e um segurança vasculha nossas bolsas em busca de armas ou drogas. Depois disso, somos liberadas sem mais delongas e o cheiro no ambiente é uma mistura de álcool e pele suada.

— Lembrei por que nunca vou a boates — diz Sukhi, de nariz torcido.

Está escuro, uma iluminação azul nebulosa tinge a sala de uma forma ameaçadora. Aperto os olhos em busca de Noah em meio aos corpos que se contorcem e se enrolam uns nos outros na pista de dança, os membros se debatendo.

Começo a me sentir extremamente claustrofóbica, pois as pessoas continuam passando por nós para chegar à área principal, e Sukhi se agarra firmemente ao meu braço.

— Vamos sair da entrada — grita em meu ouvido, a batida da música quase engolindo a voz dela.

Assinto em silêncio e deixo que me conduza até o mezanino com vista para o andar inferior. Meus olhos examinam a sala freneticamente, procurando meu noivo. Meu coração está acelerado, e a música eletrônica alta dificulta meu raciocínio. Meus sentidos estão sobrecarregados e me agarro ao corrimão com força, consciente de como minhas mãos estão pegajosas.

— Talvez ele esteja na área de fumantes com alguém? — sugiro, embora o Noah que eu conheço não fume.

— Ai, Deus — exala Sukhi.

Sigo seu olhar pelo mezanino e, através da espessa neblina gerada por uma máquina, eu o vejo. Ele está em uma cabine forrada de veludo e, *claro*, está com a com a garota loira com covinhas. Ela joga a cabeça para trás, rindo de algo que ele diz. Os olhos dele brilham, alheios a qualquer outra pessoa naquele bar, ou na sua vida. Ela se inclina para a frente e eles se seguram pelas mãos sobre a mesa, o polegar dele circulando preguiçosamente pela palma dela, um gesto carregado de afeto. Não me atrevo a pestanejar. Ao meu lado, Sukhi se posiciona de maneira agressiva, cerrando os punhos.

Vejo Noah gesticular para o copo vazio da loira, já de pé para buscar outro para ela. Ela sorri para ele em agradecimento; então meu noivo se inclina e a beija, a mão repousando no pescoço dela. Não consigo me mover.

Não é um beijo hollywoodiano, mas, de certa forma, é pior. É familiar. É doce, quente e carinhoso, automático... um beijo que, claramente, eles já compartilharam antes.

— Filho da mãe — murmura Sukhi. As palavras dela me descongelam e, antes que eu saiba o que estou fazendo, começo a marchar em direção a ele.

Minha claustrofobia foi substituída por determinação. Empurro e dou cotoveladas para abrir caminho em meio à multidão que espera ser servida no bar, meus olhos examinando rapidamente os inúmeros financistas ávidos para matar a sede. Frustrada, vou até o lado onde ficam as cabines. Eu o vejo, ele voltou, e coloca dois drinques na mesa. *Que rápido, Noah.* Sukhi está atrás de mim, segurando a parte de trás do meu casaco. Não tenho certeza se é para que não me perca ou para poder me puxar de volta, se necessário. Vejo Blake, reconheço-o pela foto do Facebook, mas ele está mais adiante, flertando com uma mulher morena, a mão roçando o quadril dela enquanto se inclina para ouvi-la por cima da música. Meu olhar volta para o meu namorado infiel.

Os olhos de Noah se arregalam assim que me vê.

— Meu Deus! O que está fazendo aqui? — Mal consigo ouvi-lo, mas consigo ler os lábios e, pela linguagem corporal, está em pânico. Não esperava me ver aqui.

Ele se inclina para trás no próprio assento. Está pálido como um fantasma, os olhos saltando do seu rosto mentiroso.

Antes mesmo de eu ter a chance de responder, Sukhi ataca:

— Na verdade, acho que a pergunta é: que merda *você* está fazendo aqui?

Os olhos de Noah se arregalam mais um pouco, e quase sinto pena dele. Quase. À nossa volta, as pessoas param de bebericar com seus canudos para observar o show com interesse, sobrancelhas levantadas, garotas dando um sorriso malicioso e rapazes boquiabertos.

— Com licença? Quem diabos é você? — A loira com covinhas se intromete, as palavras cheias de indignação.

Estou prestes a lhe dizer que sou a *noiva* dele, quando Noah se mexe. É sutil, um suave movimento, mas a reação que ele desencadeia em mim é potente. Ele se move para que ela fique ligeiramente atrás dele, o braço esquerdo se abaixa de maneira protetora na frente dela.

Está protegendo essa mulher de mim. Ele preferiu escolhê-la a mim.

Quero dar um tapa no rosto de Noah. Quero arrancar o lindo colar da loira daquele pescoço delicado. Quero virar a mesa. Quero atacá-los como se fosse um rinoceronte atravessando uma parede de vidro, cortá-los e deixá-los ensanguentados, com pequenos cacos presos na carne e manchas vermelhas decorando meu corpo. É claro que não faço nada disso. Mas, Deus, quanto eu queria!

Sukhi deve ter percebido meu choque e minha indignação, porque se posiciona discretamente entre mim e meu noivo.

Desvio o olhar de Noah e foco a loira. Noto um único fio de cabelo grisalho bem na frente, um pouco mais grosso que os outros, caindo sobre os olhos. De alguma forma, isso a torna ainda mais bonita; essa pequena imperfeição prova que ela é tão humana quanto eu.

Arranco meu anel de noivado do dedo e o atiro contra ele com toda a força que consigo, acertando-o no ombro antes de vê-lo ricochetear para as profundezas da boate. Mais um pedaço de bijuteria sem sentido decorando o ambiente cafona.

— *Acabou* — grito, minha voz se transformando em um lamento desesperado. Viro-me para correr antes que as lágrimas cheguem. Sinto Sukhi ao meu lado na visão periférica. Ela pega um copo da mesa mais próxima e, com uma mira perfeita, joga o conteúdo contra Noah.

— Desculpe. — Ela dá de ombros para o atônito dono da bebida que agora escorre pelos cabelos de um dourado perfeito de Noah. Ele está vermelho de raiva. Avisto rapidamente a garota ao lado dele na cabine, encolhida, com os olhos em duas perfeitas circunferências e a mão cobrindo a boca.

— Que porra é essa? — ela grita atrás de nós.

Eu me viro para encará-la.

— O quê, não sabia que ele estava noivo? — grito de volta.

— Ele não é seu noivo, sua psicopata!

Neste momento, vejo Noah colocar a mão na cintura dela, inclinar-se e sussurrar algo. Está tentando tirá-la dali. Não quer que ela saiba a verdade.

— Vá embora, Claire — disse uma garota mais velha, com um olhar de desaprovação fixo em Laura e suas seguidoras, que me encurralavam no corredor. Eu tinha 13 anos.

— A pobre e patética Claire precisa ser defendida, coitadinha.

Minha principal atormentadora, Laura, zombava enquanto fingia enxugar lágrimas do rosto, fechando as mãos em punhos. As meninas que estavam com ela riam. Tentei manter a cabeça erguida e ser forte. Tentei não chorar.

Tentei me afastar e passar pela pequena multidão que se formava, mas ela puxou meu braço, trazendo-me de volta ao centro.

— Deixa ela em paz, Laura — insistiu a garota mais velha, e ouvi sua voz vacilar, tentando manter alguma autoridade na situação.

— Ou o quê? — debochou Laura.

Suas seguidoras cruzaram os braços, sobrancelhas erguidas para a minha defensora, esperando para ver o que aconteceria.

Meu coração estava na garganta.

A garota deu de ombros e se afastou.

Laura voltou-se para mim, sorrindo.

— Coitadinha da Claire, ela é tão triste, com sua mochila barata e esse cabelo oleoso. Eca! Aposto que ela fede também — gritou.

Vi chamas vermelhas e tentei passar novamente, mas alguns garotos bloquearam meu caminho, com a intenção de me confrontar, e fui mandada de volta, cambaleando, para Laura.

Comecei a me sentir irritada, presa como um animal selvagem.

— Vá se foder, Laura — falei.

— Ah, então, a Claire tem culhões — zombou ela, voltando-se para a multidão de espectadores.

Dei um passo à frente, cansada de ser pisoteada, pronta para um confronto.

— E ouvi dizer que sua mãe é uma escória imunda — sibilou.

Eu me lancei contra ela.

Então, perdi o controle. Ao meu lado, há uma mesa alta de bar e alguns copos vazios que algum grupo de pessoas deixou ali. Deslizo meu braço de forma descuidada por cima da mesa, e uma taça de vinho é lançada na direção de Noah e sua amante. Ele a empurra para fora do caminho no último minuto, e um grito irrompe dela.

— Que porra! — grita alguém, enquanto a taça se estilhaça contra a parede, os cacos cintilando sob as luzes azuis piscantes.

Alguns dos homens que estavam em volta começam a vir até onde estou, me puxando para trás e para longe.

— Já chega — diz um deles.

— Não toque nela! — cospe Sukhi, me soltando do aperto do homem.

Um enxame de pessoas cercou Noah e a loira, uma parede de corpos entre nós.

Não espero para ser expulsa ou ver o que vai acontecer a seguir.

Saio em disparada, Sukhi em meu encalço.

Não me lembro da viagem para casa.

Faço com que ela fique no táxi e me recuso a deixar que me acompanhe. Preciso ficar sozinha. Entro no apartamento e a primeira coisa que vejo é uma foto minha com Noah em Barcelona, pendurada na parede, o braço dele em volta dos meus ombros em Las Ramblas, nós dois olhando para a câmera. Pego o quadro e o arremesso para o lado oposto da sala, gritando ao mesmo tempo. Ele bate na parede e o vidro se estilhaça inteiro. Sou transportada de volta àquele momento na boate, em que arremessei a taça de vinho nos dois. Fico no chão, soluçando. Sinto Sukhi me levantar e me arrastar para a cama. Ouço ela dizer coisas suaves que não consigo entender, nem me importo. Ela entrou na minha casa assim mesmo, me seguiu desde o táxi. Quero agradecer por sua amizade, mas só consigo pensar em Noah; meu Noah, beijando aquela linda garota loira.

A mão dele repousada no pescoço dela. Minhas mãos no pescoço dela.

Capítulo Dezoito

Quando acordo pela manhã, a cama ainda está vazia. Isso não deveria me chocar, mas, ainda assim, sinto uma dor oca no meu peito. A lembrança de Noah beijando aquela mulher loira na noite passada me atinge outra vez e levo a mão ao coração porque quase posso senti-lo quebrar fisicamente, a dor espalhando-se pelas minhas costas.

Pressiono o espaço vazio em meu dedo onde, ontem mesmo, havia uma faixa dourada de amor. Parece terrivelmente vazio agora, o espaço roendo o osso do meu dedo. Fecho o punho com força. Não acredito que ele não voltou para casa. Ele *a* escolheu.

Cambaleando até a cozinha, vejo que, mais uma vez, Sukhi limpou minha bagunça, desta vez colocando a minha foto com Noah na lixeira junto com os cacos de vidro da moldura. Eu me retraio fisicamente quando a Claire que sorria para mim da lixeira se transforma em uma mulher loira, com o braço de Noah em volta dela.

Quem é essa mulher por quem Noah me deixou, e por que ele a escolheu? Tropeço até a pia e ignoro os copos, bebendo diretamente da torneira, desesperada para dar ao meu corpo o mínimo necessário para funcionar e assim poder retomar minha investigação nas redes sociais. Em seguida, sirvo-me um café, bebo rapidamente um copo de água para sanar minha dor de cabeça e arrasto o notebook para o meu lugar na mesa.

Ele a escolheu.

A familiar logo azul do Facebook ilumina minha tela. Ignoro o botão "Fazer login" e, em vez disso, clico em "Criar nova conta".

Quando o sistema pede meu nome, digito Emma Smith. Um nome genérico. Um nome fácil de esquecer. Com os dedos trêmulos, busco a página de Noah e confirmo que Sukhi estava certa. Lá está ele, o Noah adulto sorrindo na imagem de perfil, acompanhado do adolescente Noah Coors, ambas as fotos tiradas nos Estados Unidos. Ele havia bloqueado meu perfil de Claire Arundale. Mas Emma Smith conseguiu encontrá-lo e acessar a página. Nenhuma atualização nova desde a noite passada. Gostaria que fosse porque ele está chorando, perdido sem mim, pensando na melhor forma de me reconquistar e corrigir suas mentiras. Mas então imagino ele e a loira com covinhas da foto fazendo amor apaixonadamente, enquanto eu estou deitada, sozinha, em minha cama fria.

Cerro meus punhos. Tenho que admitir uma coisa.

Eu era virgem quando conheci Noah.

Os rapazes nunca haviam se interessado por mim na escola e eu era tímida demais para me aproximar deles. Estava convencida de que não era digna da atenção masculina. Pensar em sexo, para ser sincera, me deixava enjoada. Trazia de volta lembranças terríveis da minha infância, quando minha mãe, bêbada, trazia homens diferentes para casa depois de passar a noite fora. Deitada na cama, eu os ouvia gemer e grunhir, o colchão protestando através das paredes finas como papel.

Quando eu tinha 15 anos, houve um incidente particularmente horrível. Mãe tinha saído à noite e, pela primeira vez, não ouvi quando voltou para casa. Deve ter entrado em silêncio depois que dormi, e vinha acompanhada. O homem que havia trazido com ela estava tão bêbado que, depois de uma pausa para ir ao banheiro, entrou no meu quarto em vez do dela, subindo na minha cama ao meu lado, onde desmaiou.

O calor úmido do corpo dele me deixou tão desconfortável que acordei pouco tempo depois. Fiquei paralisada, confusa e com medo, uma mão grande segurando meu quadril por trás. Lembro que meu coração pareceu parar por um segundo, antes de entrar em ação, a adrenalina me impulsionando quando me virei e percebi que havia acordado com um corpo peludo e nu ao meu lado, o cheiro forte de Jack Daniel's saindo da boca aberta. Senti seu pênis macio e flácido pressionado contra as minhas costas.

Tentei gritar, mas o som saiu estranho e estrangulado, entre um gaguejo e um choramingo. Afastei-me dele tão rápido que caí da cama. Aterrissei com força e machuquei meu cóccix, mas continuei me arrastando para longe da cama até ficar contra a parede. Continuei tentando gritar, mas o grito saiu em um coaxar selvagem e ofegante. Ele acordou com um sobressalto, olhando para mim, confuso.

— Que mer...

— Saia daqui! — Eu estava ofegante, e meu peito doía por causa do pânico.

Ele se levantou grogue, pestanejando na escuridão e esfregando a nuca.

Meu coração batia forte no peito, a adrenalina fazia minhas pernas tremerem.

Meus gritos devem ter acordado Mãe, que correu para a porta do meu quarto em tempo recorde. Olhei para ela, aterrorizada, desesperada por algum conforto. Em vez disso, ela encarou a cena: eu, segurando a bainha da minha camiseta de dormir, os joelhos contra a porta do guarda-roupa, e ele, nu e confuso, em minha cama. Ela então riu, jogando a cabeça para trás como se toda a situação fosse uma grande piada. Ele, meio sem jeito, juntou-se a ela depois de um momento de confusão bêbada, enquanto eu, sentada lá, tremia em silêncio. Mas quando ele se levantou e saiu do meu quarto, cobrindo-se com um dos meus travesseiros, ela fez uma pausa antes de fechar a porta. Quando olhou para mim, os olhos dela estavam rígidos, e eu sabia que seria punida.

Assim que ouvi a porta se fechar depois que ele foi embora pela manhã, senti uma mudança no ar. Meu corpo ficou tenso, pronto para uma briga e, dito e feito: ouvi os passos de Mãe vindo em direção ao meu quarto. Eu me preparei. Ela abriu a porta, veio até mim rapidamente e me deu um tapa no rosto. Aquilo me pegou de surpresa, pois achei que levaria uma bronca. Ela raramente me batia, mas, quando o fazia, achava mais fácil de lidar com isso do que com as palavras que ela dizia. Engasguei, levando a mão para a dor quente em minha bochecha.

— Sua escória nojenta e ciumenta! — sibilou ela. — Como ousa sequer *pensar* que algum homem se interessaria por você. Você é patética, uma vergonha. Ninguém jamais a achará desejável... você é repulsiva — sussurrou, inclinando-se tão perto que a saliva salpicou meus olhos e tive que piscar. — Você nunca será amada por nenhuma outra pessoa que não seja eu — disse ela, com tanta certeza que senti isso em meu íntimo.

Na época, acreditava que ela tinha razão. Afinal de contas, eu não era nada como ela. Os homens elogiavam seus traços glamourosos e delicados, além de suas curvas voluptuosas. As bijuterias extravagantes e os saltos altos. O raciocínio rápido e as brincadeiras extrovertidas. Ela não era nada parecida comigo, então era lógico que nenhum homem me desejaria.

Até que conheci Noah.

Noah havia mudado tudo. Quando fizemos amor pela primeira vez, foi mágico. Não foi clichê, não havia fogos de artifício na janela, muito menos chamas de velas dançando nas sombras das paredes. Apenas eu, ele e a sensação de que era assim que minha vida deveria ser. Que tudo parecia estar *certo*.

Olho para a foto de perfil que Noah escolheu. Ele me encara da tela, e eu o imagino com a loira outra vez. Reimagino a noite em que perdi minha virgindade com ele, mas, em vez de ser eu ali, é ela. Não é a minha calcinha florida estilo biquíni que ele remove, é uma calcinha fio-dental preta rendada. Não são os meus quadris com suaves curvas que ele agarra com desejo, é a cintura fina e definida dela. Não são meus cabelos castanhos cheios que ele acaricia, mas as longas madeixas loiras dela.

Sinto-me enjoada.

Também estou consciente de meus pensamentos descontrolados, de que estou tirando conclusões precipitadas e de que só vi uma foto. Então, olho cada uma das fotos recentes. Sem ser amiga dele, só tenho acesso a algumas, e já vi a maioria delas ontem com Sukhi, então faço o que tenho que fazer.

Encontro uma foto de uma mulher qualquer no Twitter e a coloco como minha foto de perfil. Ela não é bonita, mas também não é feia. Nada memorável. Em seguida, adiciono pessoas de Londres, ao acaso, como amigos, para tentar fazer com que meu perfil pareça legítimo. Preencho a seção "Sobre mim" com bobagens e escrevo alguns status genéricos para que minha página fique cheia em meia hora. De acordo com a minha biografia, sou uma vegana viciada em cafeína, que trabalha em contabilidade e corre meias-maratonas. Noah adora animais e gosta de correr, então espero que isso desperte o interesse dele o suficiente para que aceite.

Então, respiro fundo e envio uma solicitação de amizade ao meu noivo.

Sei que é improvável que ele responda, então me afasto do notebook e, depois de verificar meu telefone pela milésima vez para ver se há alguma ligação ou mensagem dele, tomo outro copo de água e espero que a solicitação de amizade seja aceita.

Capítulo Dezenove

13 de novembro de 2024

Querido diário,

Sinceramente, nunca pensei que esse dia chegaria, mas aconteceu. Perdi minha virgindade. Quer dizer, honestamente, eu estava prestes a ser uma virgem de 30 anos. Dá até vergonha escrever isto, porque é algo que eu deveria ter escrito uma década atrás, fofocando com as amigas da escola. No entanto, não tenho ninguém a quem contar e me sinto aliviada que isso finalmente aconteceu, e que o estigma social de ainda ser virgem tenha sido eliminado, finalmente.

Mas, enfim, aconteceu com Noah. Ele esteve por aqui recentemente. Contei a ele sobre aquela vez com o cara peludo e Mãe — ele sempre me escuta quando falo sobre minha infância, o que é uma das coisas de que mais gosto nele — e foi muito compreensivo. Ainda tenho dificuldades em falar sobre essa lembrança; meu corpo reage de maneira visceral, mesmo que minhas emoções estejam desligadas. Ainda fico tensa e nervosa só de pensar nisso por muito tempo, me lembrando de como fiquei assustada. Até mesmo pensar em Jack Daniel's me dá vontade de vomitar. O almíscar picante e adocicado. Nunca contei isso a ninguém antes, e ainda tinha muita vergonha disso, ainda sentia que, de alguma forma, talvez parte disso fosse *minha culpa.*

Sei que parece ridículo, que eu tinha apenas 15 anos e que a responsabilidade de me proteger era de Mãe, mas esses sentimentos de que tudo é culpa minha estão tão enraizados em mim que é assim que reajo, instintivamente, sempre que estou chateada com alguma coisa.

Noah foi muito gentil e me ajudou a navegar por toda a lembrança. Eu falava e chorava e ele me abraçava. Isso me fez sentir tão perto dele.

— Sinto muito que tenha passado por isso, Claire — murmurou. Um contraste tão grande com a reação de Mãe que me deixou confusa, sem saber se deveria acreditar nele. Mas, depois que me livrei desse segredo, um peso saiu de mim. Parei de achar que a culpa era minha e me senti pronta para algo mais íntimo. Para confiar que um homem poderia me desejar. E foi assim que hoje aconteceu.

Noah não me pressionou, a decisão foi toda minha. Iniciei tudo e disse a ele que estava pronta — porque eu estava.

E foi perfeito. Pensando agora, estou feliz por ter esperado tanto tempo. Acho que não poderia ter encontrado um homem melhor. Ele foi muito gentil e compreensivo e ficava checando para ter certeza de que eu me sentia bem o tempo todo. Foi um pouco desconfortável no início, como eu sabia que seria, mas acabamos encontrando um ritmo e isso fez tudo ficar melhor.

No início, fiquei constrangida. Sei que ele deve ter muito mais experiência do que eu, deve ter visto tantos corpos, e comecei a me preocupar com o meu em relação aos outros. Mas os olhos dele se arregalaram e as mãos passearam suavemente e, naquele momento, pude perceber que ele claramente não estava pensando em ninguém além de mim. Eu me senti empoderada, atraente e desejada.

Para ser sincera, estou bem aliviada — quanto mais tempo eu permanecia virgem, mais apreensiva me sentia. Achei que nunca encontraria um homem que entendesse meus medos em relação à intimidade e fosse tão paciente comigo. Até agora, nunca havia conseguido estar em uma cama com um homem sem me lembrar daquele corpo carnudo e repugnante que encontrei ao meu lado ao acordar. Sinto-me uma nova mulher, por mais clichê que pareça, e acredito que isso tenha menos a ver com o sexo e mais com o fato de eu ter conseguido encerrar o assunto ao falar sobre esse trauma específico. Tenho que agradecer a Noah por me ajudar com ambos.

Claire

Capítulo Vinte

Ele aceita o pedido de amizade quase na mesma hora.

Tenho trinta e cinco "amigos" a mais do que na última vez que verifiquei minha conta no Facebook, e percorro os rostos aleatórios sem pressa até dar um suspiro de alívio quando vejo aquele que estava procurando: Noah.

Clico imediatamente no perfil dele e tenho o prazer de descobrir que meu palpite estava correto. Agora que somos "amigos", tenho acesso a muito mais postagens do que antes.

Começo pela página inicial de Noah. Ele não a atualiza desde a noite passada, mas examino cada uma das imagens até encontrar outra que ele mesmo postou, com a bela loira com covinhas. Parece que foi tirada na mesma noite da primeira que vi, a julgar pelas roupas. Outras fotos dessa noite mostram uma enxurrada de rostos que não reconheço.

Clico na imagem de Noah e da loira e vejo que, embora ele não a tenha marcado, alguém a menciona em um comentário logo abaixo, o que me dá acesso ao nome completo dela.

Lilah Andersson, você está fabulosa como sempre! Bjss

Franzo o nariz e clico no nome dela, pronta para absorver sua vida inteira em meu cérebro. Nascida na Suécia, um ano mais nova do que eu. Só podia ser sueca: aquela pele linda cor de mel, cabelo loiro-dourado, e olhos azul-esverdeados brilhantes. A mãe era modelo, de acordo com uma foto de Lilah junto com uma mulher mais velha, muito parecida com ela, marcada como Maja Andersson com a legenda Mamãe modelo e gostosa 😊.

Uma rápida olhada na página de Maja e percebo a semelhança instantaneamente. Lilah herdou aquelas covinhas adoráveis demais que emolduram seus lábios cheios e aquele narizinho arrebitado. Por uma fração de segundo, um pensamento invade minha mente. *Por que não herdei mais da aparência da minha mãe?*

Afasto o pensamento e me vejo no reflexo da tela do meu notebook, uma sombra distorcida fazendo uma careta. Como eu poderia competir com genes de uma verdadeira modelo?

Ligo a webcam do meu laptop e começo um doloroso processo de autoinspeção. Parece que estou me torturando, meu rosto refletido na câmera, com a foto de Lilah ao lado, ainda visível. Meus olhos passam rapidamente de mim para a fotografia, afogando-me em comparações. Minha pele parece pálida e flácida, já a dela é tonificada e bronzeada. Meus lábios, sem forma e sem graça. Os dela, suculentos, coroados por um perfeito arco de cupido. Minhas sobrancelhas bem cuidadas de repente parecem ultrapassadas; as dela são naturalmente espessas, combinando perfeitamente com os olhos. Como Noah conseguiu me achar atraente em comparação? Quanto mais olho para nós duas lado a lado, mais meu corpo se transforma em algo grotesco. Será que fui iludida o tempo todo? Sempre me disseram que eu era bonita, com um estilo calmo e intelectual. Será que essa era apenas a maneira de todo mundo dizer que, na verdade, sou repulsiva?

Porque a Lilah… ela é uma deusa. A Fantasia Masculina personificada. Continuo lendo, lendo, lendo, rolando pelo perfil dela, bebendo, como um elixir, a vida que ela leva.

Ela estudou em uma escola só para meninas até se mudar para o Reino Unido, e agora trabalha em uma varejista internacional de moda como diretora de conteúdo, seja lá o que isso signifique. Tem um mestrado em marketing pela Universidade de Exeter. É entusiasta do kickboxing. Adora animais. Bebe smoothies de folhas verdes. Pratica hot ioga (que nojo).

Fuma cigarros de mentol quando está bêbada. Edita todas as suas fotos para dar a impressão de que foram capturadas com uma filmadora de 8mm. Vai a um spa para fazer tratamento facial uma vez por mês e bebe spritzers feitos com vinho branco. Viaja com frequência para seu país para visitar os pais e a irmã. Faz alguns experimentos com pintura em aquarela.

E namora meu noivo desde antes de eu conhecê-lo.

Capítulo Vinte e Um

Eu sou amante de Noah. Não a Lilah perfeita.

Mas por quê? Por que ele sequer cogitaria a ideia de estar comigo quando esteve com ela esse tempo todo? E por que chegar ao ponto de me pedir em casamento? Minha mente percorre várias possibilidades para essa situação. Talvez seja um relacionamento abusivo e ele esteja tentando deixá-la há anos, atraído por minha submissão. Mas não foi isso que vi na boate. Esfrego o espaço em meu dedo anelar, esperando que um gênio apareça e me dê todas as respostas, mas nada acontece. Gostaria de não ter jogado o anel nele. Foi como se eu tivesse colocado um ponto-final e tomado a decisão de romper o noivado, quando, na verdade, quero resolver isso. Quero que ele volte para casa. Quero que tudo fique bem.

Pego um caderno em uma das gavetas da cozinha e começo a rabiscar nele, tentando colocar meus pensamentos no papel. Anoto a data do upload da primeira foto de Noah e Lilah juntos, escrevo a data em que nos conhecemos, o dia de nosso noivado, o dia em que ele supostamente deixou a Pulitzer Haas; escrevo sem parar até cobrir dois lados do papel com datas aleatórias, nomes aleatórios.

Olho para meus rabiscos frenéticos e fecho o caderno, chocada com a minha própria ignorância, minha busca desesperada por respostas agora permanentemente registrada em tinta para que todos possam ver.

Mas então algo que escrevi chama minha atenção.

Sentindo uma onda de determinação tomar conta do meu corpo, saio do apartamento. Conheço um lugar onde Noah *sempre* vai, e vale a pena dar uma passada para checar se ele está lá agora.

O cheiro de ar quente e suor velho me atinge ao entrar na academia. Sinto-me deslocada, corpos definidos passam por mim com uma confiança que me diz que costumam frequentar aquele local.

— Posso ajudá-la? — oferece a moça atrás do balcão. — Gostaria de inscrever-se?

— Não, na verdade, eu só queria saber se meu namorado esteve aqui esta semana.

Um rapaz atrás de mim solta uma gargalhada e sinto minhas bochechas esquentarem.

— Não quero checar se ele está se malhando ou algo assim — explico rapidamente. — Na verdade, ele tem mentido para mim sobre onde tem andado e estou tentando juntar as peças — digo, baixando a voz e mantendo contato visual.

— Ah! Entendo — responde a garota, e os olhos se movem de um lado para o outro enquanto morde o lábio. — Olha, eu não deveria fazer isso, porque é contra a política da empresa compartilhar informações de clientes, mas, cá entre nós, sei como é ser traída — confidencia ela, sussurrando.

Fico irritada com aquela suposição.

— Eu não disse que ele está me *traindo*. Provavelmente não é nada. Ele provavelmente tem uma boa explicação — digo a ela, corada, o choque de ver o beijo dele com Lilah atingindo-me outra vez.

— Claro — responde, e posso dizer que ela me acha idiotinha e ingênua.

Suspiro.

— Deve haver uma explicação para onde ele vai quando some, não é? Uma que não inclua um caso escandaloso.

Estou falando com ela ou comigo mesma?

— Qual é o nome dele? — indaga, obviamente não querendo me dizer o que pensa sobre a situação. Eu me pergunto quem a machucou e se ela se recuperou de uma dor semelhante à que estou sentindo agora.

— Noah Coors.

Ela me dá um pequeno aceno de cabeça e digita o nome no computador.

— Desculpe-me, mas não posso fornecer informações de clientes — fala em voz alta, provavelmente para que outras pessoas na área da recepção ouçam. — Posso ajudá-la com mais alguma coisa? — pergunta.

Franze a testa para a tela, depois abaixa a voz novamente.

— Ele deve ter se transferido. Mesma academia, mas em outra parte da cidade. Agora está registrado na filial de Limehouse — informa.

Contraio o nariz. Limehouse? Então me dou conta de que é onde o novo escritório dele está localizado.

— Você foi muito útil. Muito, muito obrigada — digo, juntando minhas mãos em forma de oração.

— Espero que tudo se resolva — responde ela. — Ou que você dê um pé na bunda dele e o jogue no meio da rua — acrescenta com um sorriso.

A ACADEMIA EM LIMEHOUSE É IDÊNTICA À DE CLAPHAM, COM o mesmo cheiro rançoso de suor seco e a condensação pingando dos painéis de vidro que dividem o espaço de treino da área de recepção. Sinto que fico suja só de respirar o ar.

— Posso ajudar? — pergunta o rapaz da recepção. Ele é jovem, mal saiu da adolescência e é magro.

— Sim, estou procurando meu namorado. Ele está inscrito nesta academia e acho que vem muito aqui. — Levanto meu telefone.

— Sim, eu o reconheço. Ele vem de manhã cedo ou bem tarde, certo?

— Sim — respondo, apesar de não saber quando meu namorado vai à academia porque nem sei onde ele mora.

— Então… o que quer que eu faça? — pergunta o rapaz.

Percebo, pela centésima vez hoje, que realmente não tenho absolutamente nenhuma ideia do que estou fazendo, ou o que eu esperava ganhar ao sair de casa. Estava tão desesperada para não ficar lá, para fazer *alguma coisa* que possa consertar meu relacionamento, que saí em busca de respostas.

— Acho que... Ele vem sozinho? — É o que acabo dizendo.

O garoto dá de ombros.

— Ele se inscreveu com um de nossos personal trainers e, por isso, tem sessões bastante regulares, que faz sozinho.

— Certo.

— Quer que eu diga algo a ele da próxima vez que ele vier? Posso deixar um recado em nosso sistema — oferece.

Dou um leve sorriso.

— Não, acho que ele já recebeu as mensagens. Só queria saber se ele está vindo, se exercitando e se mantendo saudável, sabe?

O garoto me olha fixamente quando digo isso.

— Hm, certo. Fazemos sessões de personal trainer conjuntas para casais. Quer se inscrever também? — pergunta ele.

— Não. Estou bem. Obrigada — digo.

Quando me viro para ir embora, do lado de fora da academia, vislumbro um brilho de cabelo dourado acima do grupo de funcionários que saem para almoçar.

— Noah — falo em voz alta, saindo correndo da recepção da academia.

— Noah? — chamo outra vez, abrindo espaço pela multidão. Ele está se afastando, um café para viagem em uma mão e um telefone que não reconheço na outra.

— Noah! — grito mais alto, e várias cabeças se viram em minha direção antes de voltarem, desinteressadas, ao almoço.

Ele se dirige até uma pracinha, e desvio das pessoas na calçada lotada antes de finalmente agarrá-lo pelo braço e fazê-lo se virar, sentindo meu coração na garganta e o peito explodindo de adrenalina.

Mas não é ele. É outro rapaz alto das finanças, franzindo a testa para mim.

— Ai meu Deus. Desculpe, achei que fosse outra pessoa... desculpe, desculpe! — falo, me afastando.

Ele já retornou para a sua ligação, dirigindo-se a um banco próximo:

— Não sei, uma garota esquisita — ouço-o dizer para a pessoa ao telefone, antes de apagar minha presença da própria mente.

Capítulo Vinte e Dois

Em casa, sinto-me envergonhada ao pensar nas maluquices que fiz na academia e por ter agarrado aquele estranho, como um morador do deserto sedento em busca de uma miragem. Seguro delicadamente a taça de vinho branco que eu mesma me servi para ajudar a relaxar. A garrafa está guardada na geladeira, fora de vista. Tenho receio de adquirir um hábito que nunca imaginei desenvolver, uma dependência de álcool que se assemelha demais à de Mãe para o meu gosto. Portanto, estou apenas tomando cuidado, ficando de olho nisso. Mais cedo, quando tomei meu primeiro gole, quase pude senti-la ao meu lado, respirando em meu pescoço e exigindo que eu lhe servisse uma taça também.

Esqueço-me de Noah por um momento ao me lembrar de Mãe, mas, por fim, minha mente volta cruelmente para ele: como ele me descartou ao telefone, sem se importar com quem eu era, ou como eu estava… e depois, novamente, no escritório. A crueldade, a exigência de que eu voltasse para casa sem ele. Foi assim tão fácil para ele me deixar?

Certa vez, fui convidada para uma festa de aniversário. Uma festa de 7 anos de um menino da minha classe; nem me lembro do nome dele. Toda a turma foi convidada, e eu, sem dúvida, tinha sido incluída por obrigação e não por vontade. Minha mãe encontrou o convite amassado no fundo da minha mochila e insistiu para que fôssemos, convencida de que não aparecer pegaria mal para ela, pois se importava muito com o que os outros pensavam.

— Não quero ir, Mãe — disse, sem muita força na voz, quando ela brandiu o convite em meu rosto.

— Por que não, Claire? É uma *festa*, pelo amor de Deus. Vai ser divertido, vai ter bolo!

Eu não sabia como responder, como explicar a ansiedade que tomava conta de mim ao pensar em socializar em um ambiente desconhecido. Afinal, eu só tinha 7 anos. Então, juntei minhas mãos em um gesto de súplica, esperando que, de alguma forma, ela percebesse minhas preocupações e as dissipasse.

— Vão achar que somos mal-educadas se não formos. Você não quer ser a esquisita, a única a ficar de fora — disse ela, enfatizando a palavra *esquisita* com uma ruga no nariz —, quer?

Ela olhou para mim como se estivesse interessada em minha resposta, mas senti a ameaça por trás das palavras.

— Não, Mãe — respondi obedientemente, evitando o contato visual.

No carro, a caminho de lá, eu apertava as mãos até doerem, preocupada com o que aconteceria quando chegássemos. Será que eu seria deixada de lado? Talvez caçoassem de mim? O que eu diria? Com quem eu falaria? Na melhor das hipóteses, acabaria de pé num canto, constrangida, sem saber como me comportar ou interagir. Na pior das hipóteses, seria o centro das atenções e zombariam de mim sem piedade. Quando chegamos à entrada para os carros, onde três balões tristes balançavam contra os portões, o pânico havia crescido tanto que me recusei a sair do carro, embora Mãe estivesse, de pé, do lado de fora. Eu agitava a cabeça de modo febril, agarrando-me com toda a força ao cinto de segurança.

— Vamos, Claire, querida, não seja ridícula.

Mãe ria alto, revirando os olhos para os outros pais que abriam sorrisos de compaixão ao deixarem seus anjinhos de bochechas rosadas. Mas ninguém veio até nós ou tentou me convencer a participar. As outras crianças passavam por mim depressa, segurando pacotes embrulhados para presente, sem sequer desviar o olhar na minha direção, enquanto eu me agarrava ao assento, tomada pelo medo e pelo desespero.

Por fim, para meu constrangimento, comecei a chorar, e vi os olhos de minha mãe se endurecerem.

— Tudo bem, amor. Se não está em condições, podemos voltar para casa — anunciou em voz alta, certificando-se de que os outros pais testemunhassem a demonstração de piedade.

Quando voltou para o carro, porém, ela beliscou minha coxa com força. Mordi o lábio para não gritar, pois sabia que isso só a deixaria mais irritada. Assim que o carro se afastou da entrada, ela explodiu em um ataque de fúria terrível, gritando que nunca mais me levaria a lugar nenhum, que eu havia desperdiçado sua tarde, que eu era uma criança inútil e chata.

Fiquei sentada, torcendo as mãos no colo durante o trajeto de volta para casa. Parte de mim estava aliviada porque logo estaria em casa, de volta ao meu quarto, sozinha. A outra parte de mim estava apavorada com aquele surto neurótico de Mãe, imaginando que talvez ela pudesse achar que beliscar minha coxa não fosse suficiente para satisfazer sua fúria. Comecei a examinar algumas ideias para me proteger. Esconder-me seria a opção mais segura? E, se sim, onde? No galpão do jardim, talvez? Mas, se descobrisse que eu estava me escondendo dela, certamente isso só aumentaria a sua raiva.

Percebi que eu era a criança e ela era minha mãe, e eu teria de suportar qualquer punição que ela decidisse, pois não havia como escapar. Quando chegamos, fui direto para o meu quarto. Para minha grande surpresa, ela não me seguiu; permaneceu na cozinha. Não ousei me mexer, caso ela me ouvisse e decidisse continuar seu ataque. Então, fiquei sentada na cama, ouvindo. Meus sentidos estavam em alerta, cada passo dela era seguido por uma rápida avaliação mental da distância entre nós e da direção em que se movia. Eu escutava o tilintar das panelas, o sibilo da chaleira no fogão, enquanto ela começava a preparar o jantar. Logo depois, ouvi o arranhar dos talheres no prato enquanto ela jantava, sozinha. Esperei que me chamasse para me juntar a ela, mas isso não aconteceu. Então fiquei onde estava, imóvel no meu colchão. Não jantei naquela noite.

Na manhã seguinte, entrei na ponta dos pés na cozinha, onde ela estava limpando após o café da manhã.

— Bom dia, Mãe — murmurei.

Ela não se virou, não reagiu de forma alguma. Simplesmente continuou esfregando seu prato, como se eu não tivesse falado.

— Posso... posso comer um pouco de cereal, por favor? — perguntei, o estômago dolorido de fome.

Mais uma vez, ela não respondeu, mas notei os dedos apertarem a esponja com mais força. Ela não queria que eu existisse naquele momento.

Muito lentamente, comecei a me movimentar pela cozinha, servindo-me de cereal. Quando ela se virou, eu me encolhi, esperando uma bronca. Ela me lançou um olhar feroz por um momento e, em seguida, saiu furiosa da cozinha e foi para o quarto. Comi meu cereal rapidamente, depois uma segunda tigela. Lavei tudo em silêncio, não querendo dar a ela mais motivos para ficar brava, e voltei para o meu refúgio.

Ela não falou comigo por dez dias.

Meu castigo finalmente terminou no décimo primeiro dia, quando começou a conversar novamente como se nada tivesse acontecido. Desnorteada e desesperada por receber seu afeto, continuei a atuar como se a última semana e meia nunca tivesse acontecido. Por dentro, eu me sentia desorientada, confusa e nervosa. Um erro poderia me mandar para aquele limbo terrível e solitário mais uma vez. Um fantasma na vida dela. Aprendi a me alimentar sozinha, aos 7 anos de idade, mas nunca fui a outra festa de aniversário de colegas de classe. Na verdade, não tenho certeza se cheguei a ser convidada para uma. Talvez eu não conhecesse o gosto de um bolo de aniversário, mas conhecia o gosto da fome, o gosto de ser ignorada por dias a fio em minha própria casa.

Era gosto de veneno.

As lembranças me inundam sem aviso, Mãe se desfocando em Noah. Frustrada, clico novamente na página da Lilah. Rolo a tela para cima e para baixo várias vezes até ter todas as fotos memorizadas. Cada detalhe da roupa estudado, cada nome e datas importantes aprendidos de cor. Cada imagem dela com Noah está gravada em minha mente. A linha do tempo do relacionamento deles me chocou; um catálogo de fotos registrando um longo histórico de engano.

A foto deles juntos no ensino médio; Noah usando o blazer do uniforme do colégio particular, gravata torta, e Lilah rindo ao lado dele, uma saia xadrez levantada, mais curta, realçando as coxas douradas dela. A foto deles no exterior, em Toulouse, em um famoso bar de vinhos; ela em um lindo vestidinho preto com sapatos *peep toe* de salto alto combinando, e Noah vestindo camisa e calça social. Na taça de vinho, há uma marca perfeita de lábios vermelhos. Uma foto deles em algum tipo de passeio no campo. Mesmo sem maquiagem, sorrindo para a câmera ao subir uma colina irregular, ela é o símbolo da perfeição. Está usando leggings que aumentam seu bumbum, um sutiã esportivo que deixa um pedaço de barriga lisa à mostra, uma mochila pendurada nos ombros, segurando uma garrafa de água na mão. À frente dela está Noah, que não olha para a câmera, mas para Lilah, orgulho e admiração estampados no rosto. Olho para a foto como se eu estivesse lá com eles. Imagino como seria agarrar Lilah e a jogá-la morro abaixo, vendo-a rolar para bem, bem, bem longe de mim e de Noah.

Quando me dou por satisfeita por ter absorvido tudo o que o Facebook pode me dizer sobre Lilah, mudo para o LinkedIn, vasculhando as conexões dela. Rapidamente, busco o nome da empresa em que trabalha e pesquiso os escritórios no Google. Não está muito longe da minha, em um bairro mais chique do oeste de Londres. Guardo essa informação para mais tarde. O ronco do meu estômago me interrompe. Dou uma olhada no relógio e me dou conta de que é hora do almoço e que tudo o que ingeri até agora foi metade de um café e aquela taça de vinho. Um gemido de frustração me escapa, pois não quero fazer uma pausa nas investigações. Percebo que estou com uma aparência péssima; estava com tanta pressa de ir para a academia que saí com as roupas de ficar em casa: uma camiseta velha, tamanho grande, com a logo de uma banda e uma calça de moletom bem larga. Mas, movida pela fome, vesti meu casaco, enfiando os pés no par de tênis que está ao lado da porta antes de sair.

Achei que a falta de comida me deixaria vacilante, mas o breve sopro de ar fresco alivia a dor de cabeça e descubro que me sinto bem, apesar do álcool ter se misturado à minha corrente sanguínea. Entro no mercadinho mais próximo, que fica a cerca de quarenta passos da minha porta. O homem no caixa mal olha para mim; vou até o freezer nos fundos a fim de pegar uma refeição pronta para poder jogar dentro do forno e cozinhá-la sem nenhum esforço, além de outra garrafa de vinho.

Faço uma pausa no caminho de volta ao caixa e me viro abruptamente, as pontas do meu casaco voando para trás de forma dramática. Devolvo o vinho, trocando-o por um novo pote de café, e seleciono o leite com o prazo de validade mais longo. Não vou recorrer à bebida para lidar com essa situação, como fazia Mãe. Preciso manter a cabeça limpa se quiser resolver tudo com Noah. Não quero que ele chegue à nossa casa e me encontre bêbada no chão, apenas os cacos de uma mulher.

Coloco todos os meus produtos no caixa de forma descuidada e o funcionário os examina sem interesse, sem julgamento e sem nenhuma preocupação no mundo. Que sortudo! Provavelmente fica sentado e escaneia o dia todo, tão envolvido na própria vida entediante que nem pensa em se preocupar com os clientes que passam por ali, ou com a mulher desarrumada diante dele, que compra uma lasanha congelada em uma tarde de quinta-feira.

— Valeu — digo, assim que o pagamento é processado, não esperando por uma sacola, segurando a refeição embrulhada em papel alumínio na dobra do braço, o café em uma mão e o leite na outra, marchando para fora da loja e voltando para casa.

Assim que estou de volta ao meu apartamento, coloco a chaleira para ferver; fico impaciente e acabo despejando a água meio aquecida da chaleira em uma caneca com café solúvel e leite, antes de voltar ao Facebook e, desta vez, checar os perfis de todos os amigos e da família de Lilah.

Ela tem uma irmã, Olivia, que parece dividir o tempo entre Londres e Estocolmo. Ela não tem o mesmo brilho de Lilah, e sua página é uma mistura entediante de compartilhamentos sobre competições e fotos de torradas com abacate. Ela não parece usar aquela conta com frequência, e certamente não registra nenhum detalhe sobre Lilah, por isso rapidamente sigo adiante.

As amigas de Lilah são todas parecidas com ela, mulheres que me fariam sentir insegura se estivesse sentada ao lado delas em um restaurante. São magras e glamourosas, bem-sucedidas e *divertidas*. Elas *exalam* diversão. Perfis repletos de saidinhas para fazer manicures juntas, piadas internas divertidas que mais ninguém entende, excursões de um dia a cafés badalados no Instagram e noites em bares de karaokê. É tudo tão incansavelmente alegre.

Enquanto minha refeição esfria em um prato ao meu lado, estou no Instagram, onde a mãe de Lilah, Maja, postou uma foto de si mesma em uma bela casa em Londres, com tapetes em tom creme perfeitamente aspirados atrás dela, as linhas destacadas pelo lustre de cristal que ilumina o cômodo em que ela se encontra. Não conheço ninguém cuja mãe tenha uma conta no Instagram. Fico pensando se Mãe usaria Instagram e acho que teria adorado. Consigo visualizar o feed dela, repleto de selfies com edições exageradas, aperfeiçoando a si mesma e sua imagem a níveis de influencer. Pergunto-me quanto das imagens de Maja contam a história real da vida dela.

Nesta foto, ela está sentada em um sofá creme, os tornozelos cruzados como se fosse da realeza, um braço em volta de Lilah, ambas sorrindo. Pela segunda vez, eu me pego observando como Lilah se parece com a mãe, embora o rosto de Maja tenha algumas linhas a mais ao redor dos olhos e da boca. O cabelo está um ou dois tons mais claro, devido à idade. Mesmo assim, sua aparência é muito elegante, complementada por pérolas adornando o pescoço.

Penso em minha própria mãe durante os últimos dias de sua vida: os dentes amarelados, tingidos por décadas de cigarros Marlboro, o delineado preto borrado que sempre cobria seus olhos, os saltos altos de gosto duvidoso, e as meias-calças sempre desfiadas.

Olho novamente para a foto de Lilah e Maja. À frente delas, há uma mesa de centro com tampo de vidro e pés dourados, elegantemente curvados, decorada com um buquê de peônias em um vaso de cerâmica. Pergunto-me se terá sido Noah quem as presentou.

Leio a legenda. Visitando minha linda garota em Londres.

Dou uma olhada na localização. Marcado: Chelsea, Londres, Reino Unido. Quase consigo ouvir a voz de Sukhi e sei o que ela dirá quando eu lhe contar tudo isso na próxima vez que nos falarmos: *É claro que a Lilah mora em Chelsea. Deveríamos ter feito uma lista dos bairros mais ricos, pretensiosos e perfeitos de Londres e adivinhado a partir daí.*

Salvo a foto em um arquivo que criei em minha área de trabalho chamado "A vida dupla" e continuo vasculhando o feed de Maja. Por fim, volto o suficiente e encontro uma foto dela com Lilah no mesmo quarto creme perolado — mas está vazio, com caixas de mudança espalhadas por toda parte, e Lilah e a mãe estão segurando taças de champanhe para a câmera.

Legenda: Dia da mudança! E um presente de sua mãe... Você pode tirar a garota da Suécia, mas não pode tirar a Suécia da garota! ;)

Deslizo o dedo para a próxima foto no carrossel e vejo um livro chamado *Lar Hygge: Dicas para um ambiente escandinavo aconchegante onde quer que esteja no mundo.*

Reviro os olhos e volto a encarar a foto delas, cercadas por caixas e segurando taças de champanhe. Atrás, há uma janela grande e bonita, do tipo com moldura em arco. Dou zoom o máximo que posso e consigo enxergar o rio. Estão em Chelsea, em algum lugar perto da margem.

Engulo um pedaço de comida, que desce lentamente, como se fosse piche. Aquela casa deve ter custado uma fortuna.

Estreito os olhos para enxergar a fotografia, agora toda pixelada por causa do zoom que dei para ver o rio, mas consigo distinguir uma placa de trânsito e algumas letras.

Sentindo-me uma verdadeira detetive de um programa sobre crimes reais. Abro uma nova aba e começo a explorar o Google Maps, iniciando em Chelsea e procurando uma rua perto do rio com o mesmo número de letras que vejo na placa pixelada da foto. Logo encontro o que estou procurando: Av. St. Margaret. O *Av.* e o *St.* tornaram a busca mais fácil, e consigo distinguir o *M* borrado de Margaret. Faço uma busca no Google pelo nome da rua e sinto um leve enjoo ao ver que o primeiro resultado revela o preço médio das casas ali localizadas. É mais do que eu poderia sonhar ganhar em uma vida inteira como RP.

Com um movimento brusco no mousepad, alterno para o modo Street View. Reconheço de imediato a vista da janela de Lilah.

Antes que eu perceba o que estou fazendo, fecho a porta atrás de mim, o casaco envolvendo meu corpo. É uma caminhada de quarenta minutos da minha casa, em Clapham, até a avenida St. Margaret, em Chelsea, e acho que estou mesmo precisando respirar um pouco de ar fresco.

Capítulo Vinte e Três

Olho ao redor, boquiaberta. Depois de discutir comigo mesma e questionar minha sanidade durante toda a caminhada até Chelsea, consigo chegar ao meu destino. Quando estava quase me convencendo a voltar atrás, avistei, à minha frente, a rua que estava procurando e sabia que precisava ver a casa. A casa de Lilah.

A rua é linda. É uma versão com cara de cartão postal de Londres, o tipo de rua pela qual já passei centenas de vezes sem pensar muito; mas estar aqui agora, a poucos passos do Tâmisa, e conhecer alguém que mora nesta rua, saber que *Noah* tem estado aqui, faz com que enxergue a rua de modo completamente diferente. Eu não queria, mas estou impressionada. Na verdade, não apenas impressionada; sinto uma pontada de inveja. A cada novo detalhe luxuoso que vejo, essa sensação vai se acumulando em mim lentamente, até transbordar.

Todas as casas exibem belos ladrilhos incrustados com padrões complexos que levam a fachadas com pórticos; janelas francesas elegantes ocultam lounges lindamente pintados em tons creme e espaços em plano aberto que se estendem para fora em direção a pátios e terraços rodeados de vegetação exuberante. Cerejeiras enfeitam o pavimento impecável, e não se vê um só panfleto jogado nem qualquer embalagem de comida para viagem. Não fico nem um pouco surpresa ao ver duas adolescentes fazendo uma sessão de fotos improvisada do lado de fora de uma das casas, rindo enquanto conferem as poses juntas, as cabeças inclinadas sobre o celular.

Então é assim que a outra metade vive. É assim que a outra *mulher* vive.

Sou grata pela presença das adolescentes ao fundo — sem elas, eu me sentiria dolorosamente deslocada, esperando que alguém irrompesse pela porta da frente e me mandasse embora, dizendo que não pertenço àquele lugar.

Aceno educadamente para uma mulher que passa por mim, caminhando com confiança em um par de sapatos de sola vermelha, enquanto um cãozinho fofo com uma jaqueta de couro caminha ao lado dela e me olha com desconfiança quando nos cruzamos.

Range Rovers e Porsches brilham nas entradas de garagem, e eu contemplo todos com um toque de inveja, até que algo me faz parar abruptamente. É o carro do Noah. Seu reluzente BMW preto está estacionado em uma das entradas, e a placa C00R5 parece zombar de mim. Meu queixo treme, mas aperto os lábios e continuo andando, aproximando-me da casa.

É linda. A hera se espalha pela fachada de estuque branco, enquanto glicínias em flor emolduram graciosamente a porta da frente, pintada em um suave amarelo-manteiga. Um número 48 reluzente está gravado na parte superior: 48, St. Margaret's Avenue.

Vejo um movimento na janela e, instintivamente, me abaixo, escondendo-me atrás do carro de Noah. Meu coração dispara. Depois do que parece ser uma eternidade, ouso espiar por cima do capô e vejo um gato laranja no parapeito, observando-me pela janela da casa de Lilah, a cauda balançando suavemente. Solto um suspiro de alívio e até dou risada da minha própria tolice. Olha só para mim, escondida atrás de um carro, com medo de um gato.

Depois percebo que Noah agora compartilha um gato com essa mulher, um ser vivo que ele cuida e ama ao lado dela, e isso me atinge. O gato laranja olha para mim, como se me provocasse. *Estou vendo você*, pensa ele. *E aqui estou eu, morando nesta casa com seu noivo e a Perfeita Lilah, enquanto você está aí fora, se contorcendo como uma lesma de jardim.*

Encaro o gato, imaginando-o enrolado no colo de Noah, Lilah ao lado, acariciando sua cabeça laranja enquanto assistem TV juntos. Vejo o gato pulando na cama king-size deles pela manhã, esfregando-se contra ambos para chamar a atenção, enquanto riem, nus. Imagino Noah chegando à casa depois do trabalho, Lilah mandando mensagens para ele e pedindo que alimente o gato.

Ele poderia muito bem ter um filho com ela. Só de pensar nisso meu sangue gela, mas sacudo a cabeça rapidamente. *É só um gato.* Não encontrei nenhum sinal de criança em tudo o que pesquisei no Facebook. Deve ser só o gato. O que já é irritante o suficiente, porque sei que Noah gosta de cachorros. Ele sempre quis um pastor alemão, então esse gato deve ser Coisa da Lilah, algo que ela lhe impôs e que ele não suporta. Sim, deve ser isso. É o gato da Lilah.

Faço uma careta infantil, mostrando a língua para o gato, que apenas me olha com indiferença.

Ainda estou semiagachada ao lado do carro de Noah. Quero desesperadamente ver mais do interior da casa, mas as luzes estão apagadas, e tudo o que vejo são os reflexos dos últimos raios de sol de setembro no vidro. Preciso me aproximar, mas tenho medo. O carro estacionado ali indica que Noah provavelmente está em casa. Não sei se consigo lidar com a ideia de vê-lo agora. Muito menos aqui, no território *dela*.

A súbita percepção de onde estou me chacoalha, e recuo instintivamente em direção a uma das cerejeiras.

Agarro-me ao tronco e me movo lentamente ao redor dele, de tal modo que, se alguém olhar pela janela do número 48, eu estaria praticamente oculta. Encosto-me no tronco com os olhos fechados, respirando fundo, tentando me acalmar. *O que estou fazendo aqui?* O que eu realmente esperava conseguir vindo até aqui? Será que me sinto melhor por descobrir que Lilah mora em uma casa incrível, com um gato estúpido e que o carro do meu namorado infiel está estacionado na frente?

Nem um pouco.

Sem olhar para trás, caminho apressada pela rua, de cabeça baixa, rumo ao meu solitário apartamento studio.

Capítulo Vinte e Quatro

Em casa, ando de um lado para o outro na cozinha, como um animal enjaulado e inquieto. Sukhi já tentou me ligar duas vezes, mas não consigo falar com ela, nem com ninguém. De punhos cerrados, meus olhos continuam voltando involuntariamente para o notebook, que desliguei e coloquei debaixo do sofá, tentando resistir à vontade de vasculhar o perfil do Facebook da Lilah de ponta a ponta, comparando-me incessantemente com ela.

Como se isso fosse possível, com aquele corpo perfeito, personalidade perfeita e vida perfeita. *Por que* fui até aquela casa? Isso só serviu para alimentar minha imaginação autotorturante, criando um cenário ainda mais nítido para esse caso de longa data que, agora, consigo ver com mais clareza em minha mente. A porta da frente, por onde eles entram juntos, cambaleando, depois de alguns drinques no bar-restaurante local, Lilah, rindo ao tropeçar, e Noah, que a segura antes que ela caia. A fachada da casa, onde ela posa para fotos do Instagram antes de um evento, com Noah orgulhosamente encostado no próprio carro para capturar a imagem. Tantos cenários que antes eu via apenas como formas de me atormentar. Agora, ao menos, há uma pitada de verdade neles.

Apesar das minhas boas intenções anteriores, ver a bela casa onde Noah mora me fez mergulhar na autopiedade e tiro o resto do vinho branco da geladeira. Despejo-o preguiçosamente no primeiro recipiente à vista, mas percebo, tarde demais, que o servi na caneca com as iniciais de Noah. Paro de beber, empurro a caneca para longe e bebo direto da garrafa — a caneca só estava me atrasando, de qualquer forma —, mas está vazia. Pego minhas chaves e a bolsa, decidida a me reabastecer. Será uma longa semana. Quando estou entrando na loja da esquina meu celular vibra. Desbloqueio-o rapidamente, mas é só a Sukhi.

Em Clapham, quer tomar um drinque?

Olho fixo para a mensagem, hesitante. Olho para as prateleiras de vinho com uma nova sensação de desejo, depois volto para meu telefone. Penso na Georgia e, com um suspiro, me pego respondendo:

Claro. O Falcon?

Te vejo em dez minutos.

— Meu Deus, Claire, está tudo bem? — pergunta Sukhi, os olhos arregalados.

Só então percebo que enquanto ela está vestida para um happy hour — sem o blazer, mas ainda com o vestido casual chique, combinando com sapatos brogue — eu estou usando um agasalho sujo, que nem me lembro de ter colocado. Também não tenho certeza se usei desodorante hoje. Faço uma careta para ela em resposta.

— Jesus, fique aqui, vou pegar uma bebida para você... Quer Coca-Cola? — pergunta ela, as sobrancelhas ligeiramente franzidas.

— Vinho, por favor — digo, sem levantar o olhar.

Ela me conduz até a poltrona ao lado da dela antes de quase correr até o bar. Apoio-me na mesa pegajosa, pensando em quanto tempo preciso ficar aqui antes de inventar uma desculpa para ir embora, voltar para casa e pesquisar mais sobre Lilah.

Sukhi volta logo, segurando uma tacinha de vinho branco em uma mão e um copo de água encardido na outra.

— Achei que, já que não consigo convencê-la a tomar um refrigerante, posso pelo menos tentar evitar que fique de ressaca mais tarde — proclama solenemente, empurrando o copo de água para mim.

Não digo a ela o quanto bebi desde a última vez que a vi. Em vez disso, levanto a água para ela com gratidão e brindo:

— Aos mentirosos de merda!

Ela sorri ao ouvir meus palavrões e, em seguida, ergue seu próprio copo de Coca-Cola.

— Que se dane o brinde a ele. Aos *amigos* — diz ela incisivamente, e a palavra me ilumina de dentro para fora. *Amiga.*

— Então, como você está hoje? — pergunta ela, tomando um gole da bebida.

Franzo a testa, tentando descobrir como compartilhar meus sentimentos — e o que tenho feito —, sem parecer um psicopata.

— Um pouco confusa — decido, antes de esvaziar o copo de água e passar para o vinho.

— Ah, com certeza. Quem pode culpá-la? Eu ficaria arrasada — admite ela.

Sukhi me *entende*. Sukhi me *compreende*. Não há problema em me sentir um lixo, afinal o amor da minha vida tem uma vida dupla secreta. Não há nada de errado em estar usando calças velhas e malcheirosas em público. Se alguém tem direito a um colapso, esse alguém sou eu.

— E *estou* arrasada — confesso, tomando um gole um pouco maior de vinho antes de continuar. — Fico pensando naquela garota e me comparando a ela, sabe? Tipo, por que eu? Por que ele está fazendo isso comigo?

— Ai, querida — diz Sukhi, concordando com a cabeça em um gesto de compreensão. — Não deveria ficar pensando na outra mulher. Ficar se comparando com outras pessoas só vai te levar a um lugar sombrio e te fazer sentir péssima. O problema não é ela, é *ele*. Foi ele quem mentiu, quem traiu sua confiança.

Traiu minha confiança?

— Eu não tinha pensado nisso — murmuro, olhando para o copo.

— É fácil focar a outra mulher porque não conhece a história dela. É fácil sentir raiva dela. Mas a traição real veio de seu namorado, é ele quem merece toda sua negatividade — afirma.

Estou franzindo a testa, bebendo para ganhar tempo antes de responder.

— Sei que dói aceitar que ele te feriu, mas foi isso o que aconteceu. Ele não foi roubado de você, ele virou as costas para você. Não distorça isso. Lembre-se, quem perdeu foi *ele*.

— Mas por quê? — Minha voz sai como um gemido, minha taça já vazia.

O copo de Coca-Cola da Sukhi ainda está quase cheio, então dou uma olhada rápida no bar, torcendo para que ela não perceba.

Ela percebe.

— Acho que você já bebeu o suficiente por hoje, Claire — diz ela, gentilmente.

Eu a ignoro.

— Por que ele faria isso comigo? Achei que me amava — falo, os olhos transbordando de lágrimas.

Alguns rapazes devem estar olhando, porque Sukhi lança um olhar por cima do meu ombro e grita:

— Tirem uma foto, que tal? — E levanta o dedo do meio.

Ouço algumas vaias e, em seguida, ela revira os olhos e volta a focar em mim. Eu me recuso a olhar para trás, não quero ver ninguém se divertindo com minha dor. A crueldade dos desconhecidos parece demais para suportar, além de todo o resto.

— Alguns homens são uns idiotas — diz Sukhi, e demoro um momento para perceber que ela está falando de Noah, não dos caras atrás de mim.

— Mas Noah não é assim — insisto. — Ele é *perfeito*.

Deixo minha cabeça cair nas mãos, derrotada.

— Ninguém é perfeito, Claire.

Mas ele era. Ele *é*. Ele me amou e me protegeu. Ele me mostrou como acreditar que Mãe, os que faziam bullying comigo na escola... estavam todos errados. Ele me ensinou que eu e meus sentimentos importamos. É o mesmo que Sukhi me faz sentir: segura e valorizada. Pergunto a mim mesma se eu teria sido amiga dela na escola. Acho que, infelizmente, é provável que não.

— Clairy Peluda, Clairy Peluda! — Laura cantava com uma voz estúpida e aguda, junto ao bando de garotas malvadas que jogavam pedaços de papel rasgado em mim enquanto eu caminhava pelo corredor da escola, segurando minha mochila como se ela pudesse me proteger daquelas palavras. Suas risadas cruéis ecoavam em meus ouvidos. O papel podia não atingir o alvo, mas a crueldade delas, sim.

— Você tem tanto cabelo lá embaixo quanto tem nos braços, Clairy Peluda? — perguntou um dos cães de guarda de Laura, olhando rapidamente para a líder da matilha para obter aprovação. Laura deu um sorriso torto, e o da garota se alargou.

— Ninguém saberia, ela é tão virgem — respondeu Laura com uma careta exagerada, enxugando lágrimas de mentirinha dos olhos.

— Clairy Virgenzinha Peluda! — gritou uma das meninas do bando.

Ao ouvirem o novo apelido, caíram em uma gargalhada tão alta que senti que meus tímpanos poderiam se romper. Meu rosto estava queimando e, àquela altura, só queria ir embora, escapar daquilo. Então, abandonei todo o orgulho que me restava e corri. Saí correndo pelo corredor e elas correram atrás de mim, cantarolando:

— Clairy Virgenzinha Peluda!

E continuaram até que não conseguiram mais correr de tanto rir. Consegui segurar minhas lágrimas durante todo o caminho para casa, mas, assim que passei pela porta da frente, elas escorreram pelo meu rosto, e desabei no chão, segurando minha mochila e soluçando.

— Claire, querida, é você? — Mãe gritou do quarto dela.

Enxuguei os olhos depressa, levantei-me e tentei me endireitar, mas ela já estava enfiando a cabeça na porta e me olhando com curiosidade.

— Está chorando, Claire? — perguntou, a voz suave.

Por um momento, pensei ter visto o lado dela que raramente aparecia, o lado gentil e carinhoso.

— O que aconteceu, querida?

Ela entrou na sala e se acomodou na poltrona, os olhos fixos em mim, a cabeça inclinada, como se eu fosse um drama de TV fascinante do qual ela não conseguia desviar o olhar.

— Nada, Mãe. Só algumas garotas da escola, não é nada importante — tentei me esquivar, jogando minha bolsa no ombro, pronta para me trancar no quarto e esquecer. Mas eu podia ver o brilho nos olhos dela, o deleite pelo drama que emanava ao inclinar-se em minha direção.

— Que garotas? O que elas disseram? Devo ir à escola, falar com o diretor? — perguntou, elevando a voz e assumindo o papel da mãe heroica, a guardiã aflita de uma jovem vítima de bullying.

A ideia de Mãe aparecendo na escola e fazendo cena na frente de Laura e suas amigas me fazia querer me enterrar de vergonha.

— Não! Mãe, por favor, não. Não foi nada, só uma provocação boba!

— Bem, se foi só uma provocação, por que você está tão chateada? Por que estavam te provocando?

Fiquei em silêncio, olhando fixo para meus sapatos.

— Claire, querida, por que estavam te provocando? — repetiu, a voz mais baixa, a falsa preocupação de mãe desaparecendo. A máscara caiu, e ela voltou ao que sempre foi, alguém esperando conseguir o que queria.

— Elas inventaram uma música — murmurei, sabendo que ela não largaria o assunto até que eu contasse tudo.

— Uma música. Uma música sobre o quê? — perguntou, e senti que ela tinha quase perdido o interesse, os olhos nas unhas, que agora examinava cuidadosamente.

— Elas... estavam me chamando de virgem peluda — admiti, as palavras como sal em minha língua. Senti o rosto queimar tanto que pensei estar com febre, tomada por uma mortificação absoluta.

Esperei por um momento, paralisada pelo medo de levantar o olhar, até que Mãe começou a rir. Um riso alto, cruel, ecoando nos meus ouvidos de maneira tão dolorosa quanto as gargalhadas de Laura momentos antes.

Quando Sukhi me deixa na porta de casa, já estou cambaleando. Preciso de duas tentativas antes de acertar a chave na fechadura e lhe faço um sinal de positivo ao finalmente entrar. Ela acena e o táxi vai embora, levando-a de volta à sua vida organizada, sem complicações.

Tropeço pelo apartamento, e toda a determinação que tinha mais cedo se dissolve. Tiro o notebook do seu esconderijo patético, ligo-o e vou direto para a página do Noah, meu primeiro destino.

Uma nova atualização. Um novo status, publicado hoje à tarde:

Estou pensando em aumentar a família...

Meu coração dá um tranco e para de forma dolorosa.

Abaixo, há uma foto de uma ninhada de filhotes, e ele marcou Lilah. Minha visão fica turva por um momento, e o gosto do vinho na minha boca se transforma em ácido. Ele não sente vergonha? Que *família*? *Eu* sou a família dele. Sua família sou *eu*, aqui, neste apartamento cheio de lembranças e um ano de compromisso.

Uma segunda conta foi marcada e, ao clicar, sou levada para uma página que parece ser de um criador de cães chamada Rottweilers da Rosie. A postagem mais recente anuncia uma ninhada de filhotes — deve ser a foto que Noah compartilhou —, mas vejo que eles não estarão prontos para adoção por meses.

Reviro os olhos e volto a rolar a página para cima.

— Meses! — murmuro, furiosa, para a tela.

Rottweilers da Rosie, que é uma criadora e treinadora de cães de guarda da raça rottweiler. Nossos cães são treinados desde o nascimento por uma equipe de segurança licenciada, para se tornarem cães de defesa adequados para famílias. Somos especialmente conhecidos entre celebridades e clientes de prestígio. Para consultas sobre treinamento ou filhotes, entre em contato conosco por e-mail. Obs.: Preços a partir de £10.000.

Fiquei espantada. *Dez mil libras?* Noah está gastando *dez mil* em um cachorro? E nem sequer é um pastor alemão! Isso só pode ser uma piada! Por que ele faria isso? Há tantos cães precisando de um lar em abrigos de resgate. Por que alguém desembolsaria essa quantia por um animal?

Fecho o Facebook e pesquiso no Google por Rottweilers da Rosie. Encontro o site oficial e começo a ler. Parece que esses cães são feitos para pessoas com muito dinheiro, que precisam se sentir seguras ou garantir a proteção de suas mansões e riquezas. Sinto um arrepio ao assistir a um vídeo ilustrativo que mostra um enorme cachorro parecendo um urso, que afirmam ter apenas nove meses, mordendo alguém. Ao comando, o cão fecha suas mandíbulas ao redor do braço cuidadosamente acolchoado do homem. Ele o sacode com tal ferocidade que a camada de proteção é rasgada, fazendo com que o homem acabe tropeçando para a frente, tentando manter a posição. Finalmente, quando o treinador manda que pare, o cão o solta imediatamente, a saliva pingando de suas mandíbulas.

Será que eles foram assaltados recentemente?

Penso naquela casa perfeita, naquela rua elegante, onde meu noivo vive uma vida dupla, cheia de segredos.

Fico imaginando o que naquela casa justifica o investimento de dez mil libras para ser protegido.

Capítulo Vinte e Cinco

17 de novembro de 2024

Querido diário,

Não acredito que estou escrevendo isto, mas Noah me pediu para morar com ele, o que me pegou totalmente desprevenida. Eu estava fazendo minhas compras semanais no supermercado Tesco. Então ele colocou o braço ao redor da minha cintura enquanto eu empurrava o carrinho e disse:

— O que acha de irmos morar juntos?

Parei o carrinho e fiquei olhando para ele.

— Quer dizer, tipo, de forma permanente?

Ele sorriu.

— Eu não me mudaria pensando em sair em seguida, se é isso que quer dizer.

Sorri nervosamente.

— Você quer morar comigo?

— Quer dizer, faz sentido, não é? Passamos todos os dias juntos, estamos aqui fazendo as compras semanais juntos para comprar todos os ingredientes dos jantares que vamos comer juntos. Não tem muita lógica pagar por dois locais separados, não é?

Abri um sorriso radiante.

— Vamos nos mudar para sua casa? — comemorei.

Noah tem um apartamento lindo em Balham.

— Bem, na verdade, eu estava pensando em vendê-lo e usar o dinheiro para comprar um lugar novo para nós, para que pudéssemos começar do zero.

Senti borboletas no estômago.

— Você... quer comprar uma *casa* para a gente?

— Claro, não um castelo ou algo assim, mas, sim, um lugar que combine com nós dois. A minha se parece um pouco com uma casa de solteiro, e está claro que meus dias de solteiro acabaram — disse ele, sorrindo.

Abracei-o e disse que sim, é claro.

— Mal posso esperar para começar a procurar por uma casa! Você quer continuar em Balham?

Ele deu de ombros.

— *Você* quer morar em Balham?

Enrolei uma mecha do meu cabelo castanho em um dedo.

— Sempre gostei muito de Dulwich — admiti, pensando no parque enorme, onde frequentemente há cavalos da escola de equitação próxima.

— Então será em Dulwich — declarou.

Dei um gritinho e o abracei, empolgada.

Antes de conhecer Noah, sinceramente, nunca me imaginei morando com alguém de novo. Mãe sempre dizia que ninguém me aturaria como ela me aturava, e isso me marcou profundamente. Costumava acreditar que qualquer relacionamento que eu tivesse iria desmoronar assim que passássemos a morar juntos, que a convivência se tornaria sufocante quando a pessoa percebesse todos os meus defeitos e imperfeições. Gosto de pensar que sou limpa e organizada (afinal, cresci com uma mãe que gritava comigo se eu deixasse meus sapatos perto da porta), mas o medo é mais profundo do que isso. É uma sensação estranha e incontrolável de que, convivendo tão de perto, a pessoa enxergaria minha alma, veria o quanto sou quebrada e complicada, totalmente sem valor. E, então, essa pessoa perceberia que odeia morar comigo, porque veria como sou 'nojenta', e essa percepção a afastaria de mim.

Nunca compartilhei esses sentimentos com Noah. Sei que ele diria que estou sendo ridícula, e me parece demais admitir algo assim para ele. Acho que, se eu dissesse isso em voz alta, pareceria que me odeio tanto que ninguém acreditaria; que só estaria dizendo isso para receber elogios. Por isso, guardei tudo para mim e decidi que valia a pena arriscar morar com ele. Tenho certeza de que podemos fazer com que funcione, já que ele é tão compreensivo e sabe perdoar meus defeitos.

Para ser honesta, estou nervosa com a ideia geral de morar com um homem e todas as partes superficiais de mim que ele pode perceber e odiar também.

Mas sei que preciso tentar. Faria qualquer coisa para estar com Noah. Poucos dias depois, ele me enviou um link para uma linda casa em Dulwich, que precisava de reformas.

— Estamos pagando pelo espaço, na verdade. Não conseguiríamos pagar por uma casa desse tamanho de outra forma. Vamos precisar reformá-la — advertiu.

Mas concordamos que seria perfeita, um novo começo para nós dois. Então lhe disse que, enquanto a reforma estivesse sendo feita, ele poderia ficar na minha casa. Talvez não seja o ideal, já que é um apartamento studio minúsculo e sem graça, mas ele pareceu animado com a ideia, que achou agradável e aconchegante. Isso soa até um pouco romântico, se você parar para pensar. Adoro o fato de que ele sempre sabe o que me deixa insegura, percebe e transforma isso em algo positivo. Tenho muita sorte de tê-lo em minha vida.

Ele vai se mudar para cá neste fim de semana, e sinto que tenho tanta coisa para organizar antes que chegue. Quero que se sinta bem-vindo, então fui ao supermercado comprar algumas das coisas que ele mais gosta; quando estava lá, vi umas lindas canecas com letras do alfabeto estampadas, então comprei uma com um *C* de Claire e outra com um *N* de Noah, para que, quando ele abrir o armário, saiba que o apartamento não é mais só meu, que mais alguém mora aqui, que agora o espaço é tão meu quanto dele. Espero que ele goste. Espero que ele goste de mim. Espero que ele goste de mim tanto quanto eu gosto dele. Não consigo imaginar Noah agindo de uma forma que me fizesse deixar de gostar dele, mas tenho medo das pequenas ações que posso praticar e que poderiam afastá-lo. Por exemplo, deixar, sem querer, pelos das pernas na banheira depois de me depilar, ou ouvir Taylor Swift bem alto em um domingo de manhã. Ou simplesmente ser eu mesma. Mas acho que isso faz parte de um relacionamento adulto, no qual os parceiros vivem juntos. Tenho muito a aprender sobre navegar por esse mundo, o que é assustador e, ao mesmo tempo, gratificante.

Claire

Capítulo Vinte e Seis

Não sei se é o álcool, a adrenalina ou o manto de escuridão que faz com que o número 48 da St. Margaret's Avenue pareça tão diferente à luz da lua. Tudo parece mais nebuloso, onírico e, se possível, ainda mais perfeito do que antes. Saí de meu esconderijo atrás de uma árvore em frente à casa deles e, quando dei por mim, tinha atravessado a rua correndo e me agachado ao lado do maldito carro do Noah mais uma vez, ainda estacionado em frente à casa de Lilah. Sem nem mesmo perceber o que estava fazendo até que já estivesse acontecendo, pego a chave da porta da minha casa e a arrasto com força pela lateral do precioso BMW, antes de me aproximar da propriedade. O som agudo do arranhão é tão satisfatório que faz os pelos da minha nuca se arrepiarem. *Espero que goste disso, Noah.*

A sala da frente está iluminada, emitindo um brilho quente e cintilante pela janela. As persianas estão fechadas, mas só pela metade e eu provavelmente conseguiria espiar por entre as ripas se me aproximasse o suficiente. Parte de mim pensa: *que diabos você está fazendo aqui, Claire? Isto é ridículo, vá para casa.* Mas, então, penso no site do rottweiler e uma curiosidade avassaladora toma conta de mim, um desespero para saber o que acontece por trás daquela porta amarela, para descobrir qualquer segredo obscuro que Lilah possa estar guardando. Algo não está certo. Casais normais de classe média não gastam dez mil libras em um cão de guarda se não estiverem guardando algo muito valioso. Também não acho que seja algo tão simples quanto um cofre. Talvez a questão não seja o dinheiro, mas a origem desse dinheiro. Não sei muito sobre o pai da Lilah, mas tenho certeza de que nenhuma modelo ganha o suficiente para instalar a filha em um lugar como este em Londres, a menos que seja a Cindy Crawford.

Lentamente me aproximo da faixa de arbustos sob a janela da frente, arrastando-me desajeitadamente até me agachar sob o peitoril, prendendo a respiração. Para quê? Não sei. Para o caso de alguém de repente puxar as persianas, abrir a janela e, por acaso, se inclinar para fora e me encontrar? Convenço a mim mesma de que estou exagerando no cuidado, mas o vinho me deixou tonta. Um barulho alto e repentino poderia acabar com minha missão investigativa. Preciso manter a calma. É melhor pecar pelo excesso de cautela do que ser pega de surpresa.

Passo a ouvir lá dentro, os dedos estendidos na terra à minha frente para manter o equilíbrio, percebo o zumbido baixo e monótono de uma televisão. Devagar, tão devagar que parece até cômico, começo a me levantar até que minhas mãos agarram o parapeito da janela e eu posso ver por cima das flores e através das ripas, recurvada na escuridão. Inspiro bruscamente quando vejo Noah recostado casualmente naquele luxuoso sofá creme das fotos, com o corpo dela aninhado ao seu lado, a cabeça descansando em seu peito enquanto assistem a um programa de jardinagem juntos. Ele não faz *jardinagem*. Está errado, tudo *errado*. Esse não é o tipo de coisa de que ele gosta. Ela o transformou. Ele nunca gastaria seu tempo livre assistindo a algo tão sem graça como um programa de jardinagem. Estou rangendo os dentes e me inclinando tanto no vidro que meu nariz quase toca nele.

Nenhum dos dois se mexe, com exceção do polegar de Noah, que traça preguiçosamente círculos no ombro de Lilah. Fora isso, eu poderia quase fingir que estou olhando para uma fotografia, mais uma daquelas fotos postadas no vistoso álbum do Facebook dela. Eu a encaro, desafiando-a a me ver. Depois, tento afastar o ódio venenoso que sinto e lembro a mim mesma de me concentrar no cenário, nas pistas que posso encontrar sobre o motivo de Noah ter me trocado por essa mulher horrível. Qualquer pista sobre por que eles precisam de um cão de guarda. Noah está bem de vida, mas este é outro nível de riqueza. É claro que não sei quanto ele ganha no novo emprego, mas, mesmo com um salário muito mais alto, uma casa assim seria demais para ele. Por outro lado, toda a decoração é claramente dela, o que grita riqueza de família tradicional. Por uma fração de segundo, me pergunto se é por isso que ele está com ela, mas rapidamente descarto a ideia. Ele tem dinheiro. Não é o tipo de homem que depende de outra pessoa para pagar as contas, então não pode ser essa a razão. É apenas uma feliz coincidência para ele, tenho certeza.

Sob a TV (que agora está entrando em detalhes sobre *tipos de sementes*, pelo amor de Deus) há uma linda lareira de mármore. Algumas fotos emolduradas estão dispostas na parte superior. Aperto os olhos, tentando forçar as imagens a ficarem mais nítidas, mas os efeitos do vinho embaçam tudo um pouco demais. Consigo ver uma de Lilah com duas outras lindas garotas loiras — primas, talvez? — e duas que mostram ela e Noah, os braços dele ao redor dela em ambas. Inspiro lentamente pelo nariz, fechando os olhos por um momento, tentando acalmar minha mente como meu aplicativo de mindfulness me ensinou. Conto até cinco e depois até dez, deixando o ar sair. Quando termino, me sinto melhor. Mais leve, mais no controle e, de certa forma, mais sóbria também.

A sala de estar fica ao lado da sala de jantar, dividida por portas duplas de vidro, que estão abertas. A bolsa de mão de Lilah está visível sobre a mesa e, claro, é uma linda bolsa Prada preta, que provavelmente custou uma fortuna.

Reviro os olhos, de maneira infantil, diante de sua previsibilidade.

Deus, eu a odeio. Sinto o ódio literalmente borbulhando sob minha carne, enquanto a observo se debruçar sobre meu namorado como se fosse dela. No entanto, volto a focar quando Noah lhe diz algo e, em seguida, se levanta e sai da sala. Ele deve estar indo ao banheiro. Observo-a por um momento, enquanto ela troca o corpo quente e musculoso dele por uma almofada de sofá confortável, mantendo-se encolhida na mesma posição, com a cabeça apoiada no travesseiro de veludo macio. Ela está usando pijama e, como era de se esperar, é de seda. Calças creme, enfeitadas com renda, a parte de cima combinando e chinelos da marca Ugg no chão, ao lado dela. O cabelo dourado está preso em um coque bagunçado, que precisaria de uma equipe inteira de cabeleireiros para ser reproduzido na minha cabeça. Sua pele brilha e seus cílios são escuros, embora pareça que não está usando nada de maquiagem. Estou prestes a analisar sua estrutura óssea com mais detalhes quando, ao meu lado, a porta da frente se abre com força. Meu corpo inteiro se congela em choque e expectativa, meu coração está na boca e o vinho parece desaparecer do meu corpo devido ao susto. Momentos depois, o gato laranja aparece pelo caminho da frente, onde se estica preguiçosamente, antes de olhar para mim com interesse. A porta se fecha novamente. Noah estava deixando-o sair. Meu corpo se afunda de alívio. Não fui vista, mas passou tão perto que não consigo relaxar.

Vou recuando devagar, afastando-me da casa e do meu noivo infiel.

PASSO A NOITE ME REVIRANDO NA CAMA. ÀS CINCO HORAS DA manhã, não aguento mais. Quero mandar uma mensagem para minha única amiga, mas, obviamente, Sukhi deve estar dormindo. Então, assisto a um filme e tento me distrair. Não funciona. Estou sobrecarregada de pensamentos e emoções depois de minha excursão à St. Margaret's Avenue e agitada demais para dormir, embora esteja exausta.

Por volta das nove horas da manhã de sexta-feira, percebo a luz do sol entrando pelas minhas janelas.

Devo ter cochilado por algumas horas. A TV está mostrando um programa qualquer, e o filme já acabou há muito tempo.

Na mesa de centro, meu telefone pisca com uma notificação. Lilah fez o upload de uma nova foto.

Capítulo Vinte e Sete

30 de novembro de 2024

Querido diário,

Passamos o dia visitando uma das feiras natalinas em South Bank. Estava frio, mas nos agasalhamos bem e tivemos um dia adorável. Noah gosta de sidra de maçã quente, mas eu optei por um chocolate quente, e ficamos passeando e olhando todas as barracas e as bugigangas natalinas juntos. Havia uma pequena barraca com lindas peças feitas à mão, como anéis com pedras preciosas e pingentes delicadamente esculpidos, que fiquei examinando.

— Quer alguma coisa? — perguntou Noah.

Retirei minha mão rapidamente, envergonhada por ter desperdiçado o tempo do dono da barraca.

— Não, não. Só estou olhando — dei uma risadinha. — São bonitos, não são? — falei, olhando para um dos anéis. Nele, havia pequenos pássaros esculpidos na faixa de ouro, com uma pedra brilhante de algum tipo no meio.

— Sim, parecem únicos — concordou ele, dando uma olhada por cima do meu ombro.

— Venha, vamos patinar — sugeri, puxando-o comigo.

Eu era terrível. Como o Bambi no gelo: muita vontade, mas sem saber o que fazer. Acabei me agarrando à grade durante a maior parte do circuito. Noah se saiu um pouco melhor do que eu, mas não muito.

— Você não foi um daqueles skatistas na adolescência? — perguntei.

— Olha quem fala! Fica aí falando bobagens da arquibancada. Que tal largar a barra? — provocou ele.

Eu o observei se movimentar para a frente, todo duro, as pernas retas e o corpo tenso. Nós dois éramos péssimos, mas pelo menos não caímos!

Claire

Capítulo Vinte e Oito

Talvez eu tenha ativado as notificações das contas da "Emma Smith" no Facebook e no Instagram, para me alertar sempre que Noah ou Lilah postarem alguma coisa nova, e assim conseguir acompanhar o relacionamento deles. Não me orgulho disso, pois faz com que me sinta sórdida e desesperada, mas sei que mereço algum tipo de explicação, uma que Noah claramente não vai me dar.

Preciso entender o que fiz de errado, por que ele me deixou. Se estão juntos desde crianças, então talvez ele só fique com ela por algum tipo de lealdade mal orientada? Ou medo de mudanças? Quero dizer, se estivesse feliz com ela, realmente feliz, por que teria me convidado para sair? Por que teria criado essa vida linda comigo, colocado uma aliança em meu dedo, se estava satisfeito com ela? Não consigo evitar sentir uma ponta de esperança com o fato de que a mão esquerda dele está claramente nua. Então, ele deve gostar mais de mim. Ela deve estar ameaçando-o com algo, mantendo-o com ela contra sua vontade. Só preciso descobrir o que é. Você pode achar que agiria de maneira diferente, mas, na hora do aperto, em uma situação tão bizarra como essa, não duvido que faria o mesmo.

Clico na notificação e abro a foto. Ela mostra um buquê gigantesco de flores que deve ter custado uma pequena fortuna. Por um momento, sinto uma pontada de pânico — será que ela está noiva? *Grávida?* Mas não, meu ritmo cardíaco diminui quando vejo a legenda.

Uma surpresa adorável de clientes. Então, observo o ambiente e percebo que, é claro, se trata de trabalho. O fundo não é um ambiente doméstico; consigo ver a iluminação em fita, que indica um escritório; além disso, a mesa em que o buquê está exposto não é o tipo de peça de design shabby-chic que se encaixaria no imaculado número 48. Ela está claramente trabalhando.

Talvez haja segredos que possam ser extraídos observando o escritório dela. Não havia sequer considerado isso até agora, mas, se Lilah quisesse guardar algo para chantagear Noah e mantê-lo ao lado dela, faria sentido que o escondesse em algum lugar ao qual ele não tem acesso. Volto para o LinkedIn, onde digito o nome completo dela e clico na página da empresa. Ela trabalha para a Sparxx, uma marca de roupas femininas de luxo da qual já ouvi falar, mas que nunca comprei. Para mim, é um pouco cara demais e parece moda para donas de casa, com muitos suéteres de cashmere em tons pastéis e calças cigarrete bege. Abaixo da seção "Sobre", o endereço da sede da empresa está listado em Notting Hill. Não é *tão* distante do meu escritório. Da minha casa, é um pouco mais longe do que eu gostaria e não costumo ir tão para o oeste, mas tenho o dia inteiro de folga. Talvez eu possa dar uma olhada nas vitrines enquanto estiver lá. Digo a mim mesma que isso faz sentido, que vou apenas dar uma olhada na área. Considero qual é o melhor caminho para chegar até lá.

Visto-me com uma de minhas roupas básicas de trabalho: camisa azul-clara, calça cinza com botas e meu longo casaco camelo. Coloco também um par de óculos escuros e um cachecol preto na minha bolsa de mão antes de ir para a estação de metrô. Não é que eu busque um *disfarce* em si, mas não quero me destacar. Lilah pode estar andando pela região e me reconhecer devido à discussão no clube.

Outro pensamento me ocorre: quanto será que ela sabe sobre *mim*? O que Noah disse a ela para explicar o incidente em que uma estranha jogou um anel nele em uma boate? Talvez ela pense que foi apenas um caso de uma noite, ou talvez ele tenha conseguido esconder tudo isso dela. Quero dizer, por que ficar com alguém que esteve te traindo por mais de um ano? Ela não tem nenhum respeito por si mesma? E, durante todo esse tempo em que Noah esteve comigo, onde Lilah achava que ele estava? Ao longo de todo o caminho até a estação de metrô, fico me perguntando o que *realmente* está acontecendo atrás da porta fechada do número 48.

Capítulo Vinte e Nove

Quando saio da estação de metrô Notting Hill Gate, o sol brilha intensamente. A área está movimentada, cheia de pessoas querendo aproveitar o dia e fazer compras nas butiques, então me aproximo da porta de um banco para recuperar o fôlego e acalmar meus pensamentos. Estou refletindo sobre o motivo de Lilah ter ficado com Noah, apesar de minha explosão pública no clube. Há tantas perguntas e pontas soltas que minha mente não consegue ignorar. Sinto que preciso de um caderno, daqueles com diagramas em formato de teia de aranha, e um painel de anotações ao estilo de filme de suspense, com fios vermelhos ligando fatos e provas, para me ajudar a descobrir o que diabos aconteceu e o que Noah está pensando.

Os turistas se aglomeram em ondas à minha frente, todos seguindo na mesma direção rumo ao Portobello Market. Junto-me à multidão e me deixo levar, seguindo a fina trilha azul do Google Maps. Normalmente, ficaria agitada com o grande número de pessoas, mas hoje agarro firmemente minha bolsa e meu telefone, concentrando-me apenas em chegar ao meu destino.

Quando chego ao escritório da Lilah, preciso checar novamente se é o endereço correto. Estou surpresa; para uma empresa tão sofisticada, o escritório é pequeno, localizado acima de um restaurante qualquer. Não há nenhuma sinalização até você chegar à porta da frente e, então, o logotipo da empresa está discretamente afixado na campainha que leva ao terceiro andar. Fico me mexendo, indecisa, sem saber o que fazer agora que estou aqui. Decido entrar no restaurante que fica abaixo do escritório e tentar ser racional com relação às coisas, descobrir por que estou aqui e o que espero ganhar.

Fico aliviada ao ver que não é um típico restaurante supervalorizado de Notting Hill, mas sim uma pequena cafeteria tradicional. Como são apenas 11h, ainda está calmo, antes da correria do almoço. Um sininho toca quando abro a porta e uma moça de aparência alegre me cumprimenta.

— Para comer aqui ou para levar? — pergunta ela, animada.

— Vou comer aqui. Posso pegar aquele assento na janela? — pergunto, acenando com a cabeça para uma mesa alta que dá para a rua.

— Claro, sem problemas! Quando quiser pedir, basta ir até o caixa.

Eu me acomodo, olhando para fora e me perguntando se essa é a mesma vista que Lilah tem o dia todo da mesa em que trabalha. Lojas e butiques independentes estão alinhadas ao longo da rua no nível da calçada, e os apartamentos acima delas têm janelas enormes e bonitas, que se abrem para a cena movimentada. As fachadas das casas estão pintadas em tons pastéis, tons de creme e azul, fazendo com que tudo pareça parte de um cenário alegre. Pequenas barracas pop-up vendem joias boêmias e bolsas de couro nas calçadas. Tudo parece muito pitoresco para ser Londres.

Acabo pedindo um sanduíche e um cappuccino, e os saboreio com calma, enquanto analiso os possíveis cursos de ação agora que estou aqui. Eu havia imaginado um escritório enorme, no qual eu poderia me infiltrar sem ser anunciada, semelhante ao de Noah, mas está claro que não é o caso.

Termino meu sanduíche, passo um dedo sobre as migalhas e as coloco na boca. Estou prestes a ir embora e voltar para casa, quando, de repente, levo um susto. Ali, diante de mim, está Lilah. E está entrando na cafeteria.

Deslizo para baixo em meu assento, abaixando a cabeça e puxando rapidamente meu cachecol para cima, de modo que metade do meu rosto fique coberto. A garçonete escolhe esse exato momento para vir até mim e praguejo em silêncio, esperando que isso não atraia olhares na minha direção, justo quando a campainha toca, anunciando a entrada de Lilah.

— Tudo certo? Gostaria de fechar a conta?

Concordo rapidamente com a cabeça, sem dizer nada, temendo que minha voz seja reconhecida pela cena no clube. Até agora, Lilah está alheia, no balcão, segurando o telefone afastado do ouvido enquanto pede um café grande com leite, para levar. Preciso manter minha cabeça abaixada até que ela vá embora. A garçonete está tagarelando, mas não estou ouvindo, apenas assentindo, e estendo meu cartão por aproximação. Enquanto esperamos a máquina imprimir o recibo, dou uma olhada rápida para cima. Lilah está de costas para mim, mas a bolsa Prada está pendurada em um dos ombros, e ela usa um terno azul-ovo-de-pata perfeitamente ajustado, com sapatos de salto creme, de couro macio e aparência cara.

— Sim, sinto muito, por favor, diga a Hannah que vou me atrasar quinze minutos para nosso almoço. Tivemos uma reunião de equipe que acabou se estendendo, mas estou indo para lá agora. Chegarei o mais rápido possível — diz Lilah ao telefone, enquanto seu café é entregue. A voz dela é suave e feminina, com um leve sotaque. — Estou indo para a estação agora mesmo. Se ela puder segurar a reserva, estarei lá assim que puder.

Ela se vira diretamente para mim, e eu olho para baixo logo em seguida, para o que sobrou do meu café. Fico totalmente imóvel, assustada demais até para respirar, esperando que ela pare, olhe e diga: *Ai meu Deus, é a garota do clube!*

Mas nada acontece. Respiro aliviada e me levanto da cadeira, agradecendo à garçonete, sem prestar atenção, enquanto Lilah sai da cafeteria e eu a observo, ainda ao telefone, indo em direção à estação de metrô.

Ela ficará fora por uma hora, no mínimo, se for um almoço de negócios. Isso me dá tempo de sobra para entrar em seu escritório e dar uma olhada rápida. É uma oportunidade que parece ter sido enviada pelos deuses, tenho certeza disso. Posso entrar e sair em vinte minutos, no máximo.

Capítulo Trinta

Meu dedo treme levemente ao tocar a campainha que diz "3º andar".

— Alô, Sparxx? — responde uma voz.

— Oi, sim, meu nome é Hannah. Receio ter havido uma pequena confusão com a Lilah. Deveríamos estar almoçando, mas nos confundimos quanto ao local... Enfim, ela está voltando para me encontrar agora, mas me pediu que eu suba e espere no escritório.

Parece que aquele momento dura uma eternidade, e meu coração bate forte no peito por causa da expectativa. As palmas das minhas mãos estão suadas, e estou tentando calcular a velocidade com que posso fugir quando a porta faz um clique.

— Ok, suba — responde a voz, claramente entediada.

Relaxo os ombros e limpo uma linha de suor do lábio superior. Quando chego ao terceiro andar, o suor já se depositou ali outra vez. Tiro o meu casaco. Uma empresa que cobra £300 por um suéter deveria ter um elevador no escritório. Ao alcançar o terceiro andar, uma grande parede de vidro com o logotipo da Sparxx me mostra todo o escritório. É muito pequeno, e parece não haver ninguém por perto, exceto a recepcionista, que folheia uma revista.

— Oi — diz ela, sem levantar o olhar. — Você disse que a Lilah já está voltando para encontrá-la, então não preciso ligar para ela, certo?

Entro para além da parede de vidro.

— Sim... não, não se preocupe! — Forço uma risada, meus nervos fazendo minha voz falhar. Engulo em seco. — Ela mandou uma mensagem quando estava voltando de metrô. Não vai demorar.

Dou o meu sorriso mais convincente, mas a recepcionista já voltou a olhar para a revista.

— Bem, pode se sentar aqui ou esperar no escritório dela.

Ela aponta para uma pequena sala com três mesas.

— Sem problema — digo casualmente, dirigindo-me ao escritório.

Meu timing é perfeito — todos saíram para almoçar. Observo a recepcionista mais uma vez. Ela agora está concentrada em um site de horóscopo, a revista esquecida no colo. Totalmente distraída. Ótimo. Fecho a porta silenciosamente atrás de mim. Examino as três escrivaninhas da sala rapidamente. A primeira tem uma foto de duas crianças, então logo a descarto. A seguinte exibe um cartão de aniversário com a mensagem: "Harriet tem 30 anos!" Só sobra uma mesa, e lá está um enorme buquê com um cartão de agradecimento.

Corro até lá. Espio o cartão e ele confirma o que eu pensava.

Querida Lilah, obrigado por todo o seu trabalho árduo conosco na campanha do Instagram e por sua paciência. As fotos ficaram perfeitas! Mal posso esperar para trabalhar com você de novo. Bella bjsss.

Reviro os olhos como a Sukhi faria, fecho o cartão e o coloco de volta entre as flores. A mesa em si é sem graça, mas muito mais organizada que as outras duas, com materiais de papelaria sofisticados e bandejas organizadoras de papel decorando a superfície. Eu deveria saber — é claro que ela seria super organizada.

Sento-me de forma a experimentar a cadeira estofada de Lilah. Posso sentir o leve resíduo de um perfume floral adocicado, nada parecido com o meu perfume cítrico picante, que Noah adora. *Adorava.* Tento mexer no computador dela, mas, é claro, está protegido por senha. Sem tempo ou habilidade para hackear, passo rapidamente para as gavetas, atenta a qualquer som que possa indicar passos se aproximando da porta.

A primeira gaveta está cheia de correspondências e arquivos de "quadros de visualização", seja lá o que for isso, além de recortes de revistas. A segunda gaveta parece mais pessoal — há um desodorante, um batom e uma escova de cabelo. Olho o nome da cor na parte de baixo do batom e quase dou risada: *Amante Obsessiva*. Mexo nos fios de cabelo da escova com interesse. São uma pequena parte dela que posso destruir. Puxo um chumaço das cerdas, enrolando-o no meu dedo até que a ponta começa a ficar vermelha, então dou um puxão forte. Sinto um prazer doentio ao vê-lo partir-se ao meio. Coloco a escova de volta na gaveta, menos aquele chumaço, e continuo minha busca.

Entre os papéis, a maioria parece entediante por tratarem de assuntos profissionais, mas então algo chama minha atenção: uma cópia de seu contrato de trabalho. Parece um pouco estranho ter isso na gaveta, mas estou curiosa para saber o salário e os horários dela. Tiro o documento com cuidado, verificando como estava organizado para depois poder devolvê-lo ao lugar exato. Passo os olhos pelas informações, na maior parte coisas que já sei, como cargo, nome, endereço, e tento engolir o nó na garganta que se formou pela inveja ao ver quanto ela ganha. Nem preciso dizer que faz o meu salário parecer uma ninharia. Ainda assim, não é suficiente para justificar uma casa na St. Margaret's Avenue, então acho que posso confirmar minha teoria sobre dinheiro de família.

Folheio distraidamente mais algumas páginas e paro abruptamente quando noto algo que faz meu sangue gelar. Na página seis, ela circundou com um marcador de texto a seção sobre licença maternidade.

Meu cérebro entra em parafuso, imediatamente tirando conclusões precipitadas e, ao mesmo tempo, tentando manter a calma e a racionalidade. Mas ela também escreveu algo ao lado em uma caligrafia cursiva irregular, que me obriga a apertar os olhos para entender melhor o que diz: "Transferência 2025".

Transferência? O que isso significa? Ela planeja usar a licença-maternidade para ser transferida? Ou tirar uma licença consecutiva? Será que está planejando com antecedência? Mas ela não pode estar grávida — eu a vi bebendo em uma maldita boate há poucos dias! Minha cabeça está a mil por hora quando algo mais na gaveta chama minha atenção, algo que eu devo ter tirado do lugar quando puxei o contrato. Com cuidado, recoloco-o no lugar e levanto a pilha de papéis para alcançar a borda de uma fotografia que está aparecendo no do fundo. Eu me esforço para pegá-la, ouvindo o movimento do outro lado da parede, que se aproxima. Não tenho muito tempo. Pego a fotografia e, ao ver a imagem nela, meu estômago revira.

Olhos castanhos, cabelos castanhos e uma boca pequena me olham fixamente.

Lilah tem uma foto minha na gaveta da escrivaninha.

Capítulo Trinta e Um

Dou um salto para trás na cadeira, batendo a gaveta da escrivaninha no exato momento em que uma figura aparece na sala.

Ai meu Deus.

Não é a Lilah.

Sinto que vou desmaiar de alívio. Minha boca se abre involuntariamente e estou ensopada de suor depois da descoberta que fiz. *Por que a Lilah tem minha foto na sua gaveta do escritório? Por que ela circulou a seção de maternidade do contrato?*

— Ah! Oi. Posso ajudá-la? — pergunta a moça. Ela se aproxima da mesa ao lado, a que tem o cartão de aniversário, deixando cair uma bolsa de mão e tirando o casaco.

— Não, obrigada, estou bem. Eu tinha uma reunião marcada, mas acabou de ser cancelada — explico, segurando o telefone sem propósito.

— Certo — ela murmura. Percebo que ela me olha com curiosidade, estreitando os olhos como se estivesse tentando me reconhecer.

Os pelos da minha nuca se arrepiam. Não sei por que, mas algo na minha cabeça está gritando: *Saia daqui agora, rápido, saia daqui agora!*

— Ok, bem, é melhor eu ir — digo, saindo apressada, sem me permitir entrar em uma conversa, mantendo a cabeça baixa enquanto me retiro. A recepcionista com a revista olha para cima e começa a dizer algo, mas eu já passei por ela, descendo rapidamente as escadas, com as pontas dos dedos no corrimão para o caso de eu tropeçar na pressa. Saio em disparada pela porta da frente. Antes que perceba, estou correndo o mais rápido que posso, afastando-me daquele prédio, com a foto brilhante de mim mesma ainda comigo, meu sorriso tímido amassado na parte onde agarro a foto com um dos punhos.

Minhas pernas estão doendo e meus pulmões queimando até que me permito parar. Estou respirando fundo e arfando, curvada ao lado de um banco.

— Você está bem?

Uma mulher com ar preocupado se aproxima de mim. Gesticulo com as mãos e a cabeça para que ela se afaste. Ela retrocede, parecendo perplexa. Não sei se foi a longa corrida ou o pânico crescente em meu peito que causou isso, mas demorei alguns minutos até conseguir me sentar no banco, tremendo, e sentir minha respiração começar a se acalmar. Olho para a foto amassada em minha mão e sinto uma avalanche de emoções que me cegam; minha visão se turva de raiva, medo, pânico, ciúme e desejo.

Aperto o punho em volta da foto novamente e peço um Uber para minha casa. Permaneço em silêncio durante toda a viagem.

Ao chegar, sento-me à mesa e olho para a foto mais uma vez. É o meu rosto em primeiro plano, cortado de forma que quase tudo o que se vê é uma foto do tamanho daquelas de passaporte, com um sorriso estúpido. Observo-a atentamente, tentando reconhecer o fundo. Há um mar azul cristalino e, ao longe, ao lado da minha orelha direita, consigo ver a silhueta minúscula e sombreada de um barco. Franzo a testa.

Rapidamente, entro na minha conta do Facebook — a verdadeira, não a conta falsa — e começo a vasculhar meus álbuns de fotos. E lá está. Eu de férias na Espanha, postada há cerca de dois anos. Na foto original, é possível ver toda a minha roupa: uma bermuda cargo mal ajustada e uma regata branca lisa. Minha pele pálida se mistura ao algodão branco de uma forma feia e turística. Estou sozinha. Pedi a alguém que passava para tirar a foto para mim.

Agora me sinto envergonhada. Mal reconheço a garota da foto. A pele leitosa que Noah sempre beijava suavemente tem um aspecto pouco saudável sob a forte luz do sol espanhol. Minha roupa de praia confortável é ridícula. Sinto vergonha por ter postado essa foto no Facebook para que todos a vissem, tão cega para meu antigo eu. Sinto vergonha por, antes de Noah, ter sido tão solitária que precisava viajar sozinha, porque não havia ninguém para convidar.

Sinto algo molhado tocar minhas mãos. Estou chorando. Quando isso começou? Fecho o notebook e me sirvo de uma taça de vinho, mas não a bebo. Logo estou soluçando tão alto e incontrolavelmente que tenho certeza de que meus vizinhos vão chamar a polícia. Enrolo-me como uma bola no sofá; choro e grito até a almofada ficar encharcada e meu rosto tão vermelho e manchado que mal me reconheço no espelho. Choro como se estivesse de luto, e de certa forma estou mesmo. Sinto-me humilhada, solitária e com raiva. Estou de luto pela minha vida com Noah, porque, sem ele, volto a ser aquela garota triste e patética da fotografia.

A foto que Lilah, por alguma razão, guardava na gaveta de seu escritório.

Inspiro fundo e me recomponho, enquanto as engrenagens do meu cérebro — o meu lado racional — se preparam para lutar contra meu lado emocional. *Como Lilah conseguiu essa foto?*

Ela foi postada há dois anos, ou seja, antes de Noah e eu começarmos a namorar. Então, ela a encontrou naquela época ou a achou mais tarde? E por que *essa* foto específica?

Será que ela sabia que ele estava saindo comigo desde o início? *Ela* estava me *vigiando*? Um arrepio percorre minha espinha ao pensar nisso.

Por fim, vou para cama sem beber o vinho e me enfio debaixo das cobertas, fechando os olhos. Tento limpar a mente e me manter focada e racional, esperando que alguma explicação me venha; uma que não me faça ter medo de Lilah ou, pior ainda, de Noah.

Está claro que o único lugar onde Lilah poderia ter encontrado a foto é no meu perfil do Facebook. A culpa é minha por tê-la postado e por manter as configurações de privacidade pouco restritivas. Portanto, as principais perguntas a responder são: por que ela estava me procurando? Quando ela esteve fazendo isso? Por que se deu ao trabalho de manter uma cópia impressa em seu escritório?

O único motivo que ela poderia ter para me procurar no Facebook seria Noah, já que não temos amigos em comum, nenhum vínculo anterior. Ou ela descobriu sobre nós dois de alguma forma e quis saber quem eu era, ou ele contou a respeito — embora isso não faça sentido. A menos que ela tenha visto uma mensagem de texto ou algo assim e tenha pesquisado meu nome...

Mas isso ainda não explica por que ela imprimiu a foto e a guardou no trabalho. Estou franzindo a testa, ainda de olhos fechados, tentando juntar as peças do quebra-cabeça. Depois de mais algumas horas deitada, analisando cada possibilidade, algo fica claro: a única maneira de conseguir respostas será confrontando-a e abordando isso diretamente.

Penso na última vez em que confrontei alguém, e sinto um buraco no estômago.

FOI HÁ CERCA DE UMA DÉCADA, QUANDO EU TINHA 18 ANOS. Havia economizado o salário do meu trabalho de fim de semana em uma banca de jornal durante dois anos, guardando cada centavo como um esquilo se preparando para o inverno. Aquela lojinha de esquina havia sido minha salvação, meu refúgio longe de casa, e eu aceitava todos os turnos, substituindo colegas doentes e trabalhando tarde da noite. Isso me mantinha fora de casa, ocupada, e, *além disso*, eles me pagavam.

Depois de dias de preparação, estava fazendo o jantar. Minha mãe estava sentada à mesa, aguardando ansiosa. Respirei fundo e disse a ela que iria me mudar.

Senti uma súbita quietude na sala. Meus ombros ficaram tensos enquanto eu continuava cortando uma cenoura, tentando desesperadamente evitar observá-la, embora sentisse seu olhar ardente nas minhas costas.

Então, o silêncio foi quebrado por sua risada seca.

— Ah, Claire, querida, você quase me enganou por um momento! Você é muito engraçada, não é? — brincou ela.

Continuei cortando a cenoura, com muito medo de me virar para encará-la.

— Mãe, sinto muito, mas não estou brincando. Estou falando sério. Encontrei um apartamento pequeno, tenho 18 anos e acho que chegou a hora de não depender mais de você.

— Bobagem! Do que está falando? Você não tem dinheiro, não pode se dar ao luxo de se mudar! — Ela riu novamente, mas, desta vez, pude ouvir a dúvida por trás, a voz vacilando um pouco.

— Tenho economizado bastante, Mãe. Da loja.

— Economizado? — Ela cuspiu a palavra como se fosse arsênico. — Bom, então é meu! Você me deve por tê-la criado por 18 anos, não acha justo? Como ousa ter economizado todo esse dinheiro enquanto eu gasto o meu para alimentá-la?

Senti meu corpo ficar tenso. Não, *não*. Ela não podia fazer isso, não podia tirar meu dinheiro. Era minha única chance de escapar.

— Mãe, já falei com o agente imobiliário e paguei o depósito, desculpe — disse eu, tentando manter a voz calma e controlada. O silêncio no ambiente após esse anúncio durou um instante a mais do que deveria.

— Sua cadela ingrata! — gritou ela de repente, levantando-se. Pegou um copo da mesa e o atirou contra mim. Abaixei-me e fiquei encolhida vendo-o se estilhaçar ao meu redor.

— Sua pirralha ingrata e mimada! Como se *atreve* a decidir uma coisa dessas sem me contar? E guardar esse dinheiro todo pelas minhas costas, sem sequer pensar em pagar as contas aqui, as suas despesas?

Ela veio em minha direção e eu me encolhi, recuando contra a pia. Meus olhos se voltaram para a faca que eu havia deixado em cima da tábua de cortar. Deveria tê-la mantido na minha mão, não tê-la largado, deixando-a ao alcance dela. Bastou um olhar, mas ela viu e o seguiu até a lâmina.

De repente, toda a sua atitude mudou.

— Ai, meu DEUS, Claire! Acha que eu a machucaria? Eu *nunca* faria isso, não da maneira como você está fazendo comigo! Eu *amo* você. Sou eu que estou sofrendo, não é? Minha primeira filha, minha única filha! — Ela começou a chorar, soluçando de forma histérica conforme afundava na cadeira mais próxima, levando uma mão trêmula à testa, em um gesto dramático de desespero.

Fiquei ali, imóvel como uma estátua, sem saber como agir sempre ela ficava assim.

— Como pôde fazer isso comigo? Como pôde fazer isso com sua pobre mãe? Eu a amo tanto, Claire, querida, sabe disso. Ninguém jamais a amará tanto quanto eu! Por que fazer isso comigo se tudo que fiz foi amá-la e cuidar de você?

Senti minha irritação crescer com suas palavras, mas fiquei calada, tentando não demonstrar reação alguma. Era disso que ela se alimentava: reação.

Ela continuou:

— Não tenho marido, nem família, e você vai me abandonar aqui, completamente sozinha? — disse ela, chorando e respirando fundo, de forma exagerada.

O que saía da boca de Mãe raramente combinava com suas ações. Com cuidado, coloquei a faca atrás de mim. Não confiava que ela não a pegaria e a cravaria na lateral do meu corpo antes mesmo de perceber o que tinha feito. Ela era imprevisível demais.

— Mãe, não estou te abandonando, não estou indo para longe. Ainda vou vê-la o tempo todo...

— Acha que eu gostaria de vê-la? Depois de me deixar assim? Depois de me *trair* assim? — Ela cuspiu em mim, as lágrimas de crocodilo desaparecendo instantaneamente.

Ela se levantou novamente e veio em minha direção. Recuei mais uma vez contra a pia. Pude sentir sua borda pressionar a parte inferior das minhas costas. Ela agarrou meus pulsos com força, prendendo-me ali, e fiquei surpresa com sua força. Perguntei-me se ficaria com marcas azuladas em torno do pulso na manhã seguinte, tamanha a pressão que as pontas de seus dedos exerciam. Então, engasguei de surpresa quando ela cuspiu em meu rosto. Não conseguia limpá-lo, as mãos dela ainda me seguravam; sentia-o escorrer lentamente pela minha bochecha. Mantive contato visual, recusando-me a desviar o olhar.

Esperava que ela pudesse ver o ódio ardendo nos meus olhos.

— Você nunca sobreviverá sem mim, Claire, querida. Ninguém jamais prestará atenção em você ou cuidará de você como eu tenho feito. Passará a vida inteira sendo invisível. Se não for eu, que razão alguém terá para notá-la? Para pensar em você? — sussurrou, aproximando-se ainda mais. Ela estava tão perto que eu podia sentir seu hálito no meu rosto, seus olhos contraídos, fixos nos meus.

— Claire, querida. Ouça com atenção enquanto eu lhe digo algo muito importante — disse ela, com a voz baixa e ameaçadora. — Se me deixar, se sair de casa e me abandonar, você vai se arrepender.

Fui embora naquela noite.

Capítulo Trinta e Dois

Estou parada do lado de fora do número 48 da St. Margaret's Avenue, tremendo como uma vara verde. Não consigo acreditar no que estou prestes a fazer. É sábado de manhã e, embora o carro de Noah ainda esteja em frente à casa, sei que todo sábado de manhã, sem falta, ele sai para correr. E não é uma corrida curta, pois Noah é muito saudável e se mantém em forma. Não, ele corre por pelo menos uma hora, geralmente cobrindo doze quilômetros. Presumo que o fato de estar na casa da Lilah não tenha mudado isso.

Mas, obviamente, programei chegar mais cedo, para garantir que o veria sair antes de fazer minha jogada. Sem surpresas, às nove da manhã, a porta se abre e lá está ele, lindo como sempre. Está usando calça de ginástica, uma camiseta velha e fones de ouvido. Fico agachada atrás de uma árvore, do outro lado da rua, e finjo amarrar um cadarço, enquanto o observo mexer no Fitbit, o dispositivo de monitoramento de fitness.

No entanto, em vez de começar a correr, ele faz algo estranho. Olha de novo para a casa, como se estivesse verificando algo, e se dirige ao carro. Ele o destrava e abre o porta-malas. De onde estou, olhando ao redor da árvore, posso vê-lo tirar uma velha bolsa de ginástica e remexer nos bolsos dela. Em seguida, tira de dentro um celular. Mas não é o celular *dele*. Não, o telefone dele está no ombro, preso por um daqueles cintos de corrida sofisticados. Esse outro telefone parece um tijolo estranho, como aqueles descartáveis usados por traficantes. Meu coração dispara quando o vejo colocar o aparelho dentro da calça de moletom.

Enquanto está de costas, mexendo na bolsa, eu me afasto rapidamente da casa. No fim da rua, abaixo-me novamente atrás de uma árvore e espero, prendendo a respiração.

Noah aparece alguns minutos depois, tal como esperado. Ele franze a testa para o celular e o leva ao ouvido, ainda caminhando. Está vindo em minha direção, e me preocupa que, se eu o encarar, ele sentirá meu olhar e me verá, então mantenho a cabeça baixa, tentando me enfiar no menor espaço possível.

Ouço sua voz dizendo:

— Ei... Sim, eu sei, me desculpe... Eu sei, vou compensar... Sim, eu sei. Mmm...

Sinto o estômago na boca. *Com quem ele está falando?*

— Ouça, preciso resolver algumas coisas antes — diz ele, e eu engatinho cuidadosamente, tentando segui-lo sem ser notada. Meu estômago ainda é um nó. — Eu sei, eu sei, mas eu...

E então ele já está longe, do outro lado da rua, e não há como segui-lo sem que ele me veja. Solto um gemido de frustração e caio no chão, com as costas apoiadas contra uma parede, tentando processar o que acabei de descobrir.

Noah tem um celular que esconde de Lilah, e que também escondeu de mim. E o está usando para falar com ao menos uma pessoa, embora eu não faça ideia de quem seja. Depois, tem Lilah, essa nova camada na vida dupla de Noah, e tem eu. Nada disso faz sentido, e nada disso se encaixa. Como ele arruma *tempo* para tudo?

Olho novamente, por cima do muro, e o vejo ao longe. Ele parece ter terminado a chamada porque as mãos estão livres e ele corre com confiança até virar em direção à margem do rio, e eu não o vejo mais.

É preciso muita força para me conter e não sair gritando atrás dele, exigindo saber com quem estava falando, implorando para que volte comigo. Mas não, hoje não se trata de Noah, e sim de Lilah. Espero mais cinco minutos, caso ele tenha esquecido algo e volte mais cedo, mas, após esse tempo, sinto-me com coragem o suficiente para retornar à porta amarela. Fico parada do lado de fora, em pânico, durante pelo menos três minutos. Não sei do que tenho mais medo: de ouvir o que ela tem a dizer sobre Noah, de descobrir por que ela tinha minha foto na gaveta ou por que estava circulando informações sobre direitos de maternidade. Seja o que for, algo me prende pela garganta, impedindo-me de bater na porta.

Então, fecho os olhos e respiro fundo.

Eu estava morando sozinha há sete meses quando comecei a receber as ligações telefônicas de Mãe. Ao contrário do que havia prometido a ela, não tinha feito o menor esforço para visitá-la desde que saí de casa. Inicialmente, senti uma ponta de culpa e dei uma chance a ela na forma de alguns e-mails breves, informando que estava em segurança e perguntando se ela estava bem. Recebi páginas e páginas como resposta, breves *romances*, todos com enredos diferentes. Em alguns, ela estava deprimida, incapaz de sair da cama sem a querida filha, que era a sua razão de viver, ao seu lado, em casa. Em outros, dizia estar se divertindo como nunca, que tinha três novos namorados e estava curtindo de maneiras que jamais poderia ter imaginado se eu continuasse morando com ela, porque eu sempre havia sido um obstáculo para seu verdadeiro potencial. E, em alguns momentos, dizia que estava feliz por eu ter ido embora, porque ela nunca havia me amado de verdade. Eu tinha sido uma presença negativa na vida dela, e esperava que eu percebesse agora o quanto precisava dela, o quanto lhe devia, porque deveria ser óbvio para mim que, sem ela, eu não era nada.

Então, parei de enviar e-mails.

E, três meses depois, recebi a ligação.

Lembro-me de sentir a mesma sensação de aperto na garganta ao ver o nome dela na tela, o que limitava minha respiração, o dedo pairando sobre o botão de aceitar. Até que, finalmente, a curiosidade venceu.

— Claire? — A voz dela soava muito fria e clara.

— Oi, Mãe — respondi, tentando não parecer tão receosa quanto me sentia.

— Bem, é só uma ligação rápida — começou ela, soando curta e grossa em comparação ao drama habitual. — Quero que saiba que estou com câncer. Estágio 4, incurável, nos pulmões. Não adianta nem tentar quimioterapia e, para ser sincera, não vale a pena o incômodo. Se eu for morrer, vou fazê-lo com a cabeça cheia de cabelo, muito obrigada. Então, de qualquer forma, agora você sabe — disse ela, despreocupadamente. — Adeus, Claire, querida.

E, após isso, desligou.

Fiquei olhando para o telefone em minhas mãos por um longo tempo, sem saber o que fazer. Seria mais um jogo? Um truque? Mãe adorava truques; era capaz de fazer qualquer coisa que chamasse minha atenção e me fizesse correr de volta para ela. Rapidamente avaliei os prós e contras de chamá-la de volta e decidi que tinha de fazê-lo. Uma grande parte de mim acreditava que se tratava apenas de mais uma mentira, mais um ardil para que eu corresse para o lado do leito dela, com flores e desculpas. Mas eu sabia que não conseguiria viver comigo mesma se estivesse errada.

Então liguei de volta, mas ela deixou a chamada cair na caixa postal. Então gravei uma mensagem de voz. E enviei uma de texto. E um e-mail. Todos com o mesmo conteúdo: perguntei quanto tempo ela tinha, se eu poderia visitá-la e como estava se sentindo. Disse que sentia muito, que eu sabia o que se esperava de mim. Após uma semana, sem resposta para nenhuma das tentativas, enviei um enorme buquê das flores favoritas dela à sua casa, ainda com receio de visitá-la sem aviso, apreensiva demais com o que poderia encontrar lá. Tinha medo de vê-la fraca e frágil, doente e moribunda, prova de que eu a havia deixado sozinha, doente e desamparada. Tinha igual medo de encontrá-la, forte e saudável, encenando outra mentira para manipular minhas emoções, como se eu fosse um fantoche sem sentimentos próprios. Temia ser empurrada para longe dos momentos finais da minha própria mãe. Temia todos os cenários possíveis quando se tratava dela.

Quando não recebi resposta aos meus gestos, fiquei irritada.

Ela estava me punindo. Essa mulher malvada e mentirosa não tinha câncer. Estava certa disso. Era exatamente o tipo de coisa que Mãe faria para chamar a atenção, para me forçar a voltar. Uma vez, comunicou à minha escola que ela tinha torcido o tornozelo e me manteve em casa por uma semana, fazendo-me correr para lá e para cá como uma criada, servindo-lhe comida e vinho na cama e ajeitando-lhe os travesseiros nas costas. Eu a peguei no meio da noite indo ao banheiro, andando confiante, sem nem mesmo uma pontada no tornozelo, mas fingi não ter visto nada e continuei cuidando dela por mais três dias depois disso.

Ela estava fazendo a mesma coisa agora, só que de maneira mais extrema, porque o fato de eu tê-la desafiado e saído de casa foi uma atitude extrema, então ela precisava me punir à altura. Sim, tudo isso era um ardil, disse a mim mesma.

Mas não era.

Capítulo Trinta e Três

11 de setembro de 2025

Querido diário,

O aniversário da morte de Mãe me atingiu com mais força do que eu esperava. Não sei bem como deveria ser o meu luto. Acho que deveria estar chorando desesperadamente, mas nada acontece. E, então, fico cheia de culpa e me sinto horrível. Que tipo de pessoa sou para não sentir falta de Mãe? Ela não era perfeita, mas fazia o melhor que podia, não é?

Nem contei ao Noah sobre a data, ainda não queria falar sobre isso, não queria que as lembranças dela invadissem esta minha nova vida. Mas acho que, de alguma forma, ele descobriu — não sei como. E então, pela manhã, lá estava ele, com um buquê de flores, dizendo que me levaria ao cemitério onde ela está enterrada para deixarmos as flores.

Para ser honesta, fiquei um pouco chateada. Achei um pouco invasivo. Ele não entende meu relacionamento com ela ou os sentimentos conflitantes que ainda tenho em relação à Mãe. Eu não queria passar o dia inteiro pensando nela quando, durante grande parte da minha infância, fui forçada a colocá-la em primeiro lugar. Hoje, queria colocar a Claire em primeiro lugar, colocar *Mãe* em segundo plano na minha mente. Apenas passar um dia normal e entediante com meu noivo.

Noah me disse que achava que essa atitude não era saudável, que eu precisava processar a morte dela de forma adequada. E, mesmo que não me sentisse realmente de luto, poderíamos levar as flores juntos e depois sair para almoçar em algum lugar. Fiz uma cena, disse que não queria ir e que ele não tinha o direito de me pressionar. Ele reconheceu que isso era verdade e pediu desculpas. Fiquei sentada na cama, amuada, por cerca de dez minutos, antes de lhe dizer que provavelmente estava certo: eu deveria ir e fazer as pazes com a situação. Agradeci a consideração.

Ele me levou de carro até o cemitério onde eu havia dito que ela estava enterrada, um campo de lápides decadentes do lado de fora de uma igreja em ruínas, isolada em meio a intermináveis ruas residenciais no sudeste de Londres. Não visitava o túmulo desde o funeral e, conforme passávamos por todos os outros, com flores e mensagens, senti uma nova pontada de culpa.

Quando chegamos à lápide, ficamos em silêncio e eu olhei para ela, lendo as palavras repetidamente.

TRINA
ARUNDALE
1971-2024
Mãe amorosa, amiga e anjo

Não fui eu quem as escolheu. Foi o pessoal da funerária. Eu havia decidido que não me importava em absoluto com o que a lápide dissesse. Mas, ao lê-la várias vezes e pensar que os restos mortais dela estavam em algum lugar lá embaixo, apodrecendo e alimentando a terra, comecei a soluçar.

Curvei-me, chorando, as flores ao meu lado, enquanto Noah esfregava silenciosamente minhas costas.

Ele esperou calado até que eu terminasse, depois pegou minha mão e a segurou durante todo o caminho de volta para o carro.

Quando entramos, ele me disse que estava orgulhoso de mim.

Ainda não tenho certeza se eu estava chorando de tristeza ou de raiva.

Claire

Capítulo Trinta e Quatro

O MOMENTO DE SENTIR MEDO JÁ PASSOU. NÃO POSSO CONTINUAR vivendo neste limbo de suposições e meias-verdades. Pelo menos, isso vai me dar o empurrão que preciso para superar Noah e seguir em frente. Mesmo que só de pensar nisso minha boca comece a tremer. Respiro fundo e bato três vezes, com força, na porta cor de manteiga.

Ouço passos leves se aproximando, e Lilah abre a porta. Assim que me vê, seus olhos se arregalam e ela tenta fechar a porta na minha cara, mas dou um passo à frente e enfio o pé na abertura.

— Lilah...

— Você precisa ir — diz, trêmula. — Vou chamar a polícia!

Então ela sabe quem eu sou.

— Por favor, Lilah. Só quero conversar — digo, tentando manter minha voz calma e controlada.

Vejo-a hesitar, mas seus dedos continuam brancos de tanto apertar a borda da porta, e tento parecer o menos ameaçadora possível, enquanto ela me olha por aquela pequena abertura, com seus olhos grandes e arregalados, como os de uma corça.

— Eu só quero conversar. Eu... estou tentando entender. Processar o que aconteceu — explico.

— Não posso deixar você entrar — diz ela baixinho, com os olhos inquietos, indo de um lado para o outro.

— Não tem problema. Podemos conversar aqui fora? — sugiro. Mas vejo seus olhos se virarem para um vizinho do outro lado da rua, que está podando uma roseira na calçada, e sei que uma parte dela não quer uma plateia para esta conversa, na qual teria que admitir que roubou meu noivo.

— Olha, eu realmente só quero conversar. Talvez possamos tomar uma xícara de chá ou algo assim? — tento novamente.

Minha voz é suave e razoável, o mesmo tom que usava quando ia a zoológicos de animais domesticados e tentava convencer carneirinhos a se aproximarem o suficiente para que eu pudesse acariciá-los. Estou desesperada por respostas; preciso entender por que Noah fez isso comigo. Vale a pena me humilhar dessa forma.

Noto que ela está hesitante, mas, por fim, deve sentir pena de mim, porque abaixa a cabeça e abre a porta para que eu possa entrar. Entro devagar, com medo de assustá-la, e esfrego meus sapatos no capacho, educadamente.

— Vou ligar a chaleira — diz ela. — Pode sentar-se.

— Obrigada. — Assinto com a cabeça e me acomodo desajeitadamente na beirada do gigante sofá creme onde vi os dois se aconchegando algumas noites atrás.

Esfrego as mãos nas pernas para cima e para baixo; meu coração bate de forma descompassada e meu corpo inteiro antecipa a dor que certamente virá após a conversa. A casa está impregnada com o cheiro dela. Doce e floral. Não há muitos sinais de Noah por perto: um par de sapatos ao lado da porta, o casaco pendurado no cabideiro. Tudo está organizado e parece ter um lugar próprio. Objetos decorativos em cores neutras, cuidadosamente escolhidos, arrumados em prateleiras e nichos. Bagunça não tem espaço na vida dessa mulher.

Um ou dois minutos se passam, e posso ouvir Lilah abrindo a torneira e tirando canecas do armário. Algo está estranho, mas não sei o que é. É como se meus sentidos estivessem em alerta máximo, cada som amplificado, e todo o meu corpo estivesse tenso, esperando que o perigo se manifestasse. *Corra*, dizem meus instintos. *Fique*, exige outra parte de mim. *Fique e ponha um fim a tudo isso. Descubra a verdade. Descubra o que estão escondendo.*

— Gostaria de creme ou açúcar? — pergunta ela.

Reviro os olhos. É *claro* que ela serve chá com creme e não com leite semidesnatado, como o resto da população britânica. Imagino as risadas que darei mais tarde com Sukhi e sinto uma explosão de força, endireitando-me um pouco mais.

— Só açúcar, por favor, uma colher — respondo, mudando de posição no assento e torcendo as mãos no colo.

Lilah aparece logo em seguida, com duas canecas nas mãos. Noto que ela coloca a minha na mesa de centro à minha frente, em vez de entregá-la diretamente para mim.

— Obrigada — digo, forçando as palavras. Pego a xícara fumegante com as duas mãos, feliz por ter algo para segurar, disfarçando minha inquietação.

Lilah olha para tudo na sala, menos para mim, desviando o olhar para cá e para lá. Percebo que ela também trouxe o celular, que está ao lado dela, no braço da cadeira onde se sentou. Ela era linda em suas fotos, mas de perto, na vida real, é de tirar o fôlego. Parece digitalmente retocada, pelo amor de Deus! Sinto uma pontada de inveja. É claro que Noah preferiria uma mulher como essa. Qualquer homem preferiria. Como posso culpá-lo por ter se apaixonado por ela? Sinto o calor subindo pelo meu pescoço e meu rosto começa a arder de vergonha por ter pensado que poderia competir com uma mulher assim.

— Por que eu? — pergunto em voz baixa, tentando não deixar minha voz falhar.

— O quê? — ela pergunta, olhando diretamente para mim pela primeira vez.

— Por que eu? Por que fez isso comigo?

— Olhe, Claire, não sei o que você acha que aconteceu, mas eu não…

— Você roubou meu noivo! — interrompo, sem conseguir evitar elevar minha voz. Lilah se encolhe na cadeira.

— Eu…

— Ele era tudo o que eu tinha! Olhe para você, Lilah. *Olhe para você.* — Eu me irrito, momentaneamente chocada com o quanto me pareço com Mãe, mas continuo. — Olhe para tudo o que você tem!

Tiro uma das mãos da xícara para gesticular ao meu redor.

— Você é linda, tem esta casa maravilhosa, tem dinheiro, uma família amorosa. Noah era *tudo* o que eu tinha, e você o tirou de mim.

Meus olhos começam a lacrimejar, e sinto a raiva fervendo dentro de mim por toda aquela injustiça.

— Olhe, Claire, não é assim. Sei que parece injusto, mas não é o que está acontecendo.

— Então, o que *está* acontecendo? — explodo.

— É... difícil de explicar — diz ela, quase murmurando.

— Besteira — murmuro baixinho.

Sinto uma súbita necessidade de machucá-la, de feri-la como ela me feriu.

— Você sabe sobre o telefone descartável dele? — pergunto.

Ela respira fundo.

— Telefone descartável?

— Sim, o que ele guarda no porta-malas do carro.

Observo, com um fascínio mórbido, Lilah fechar os olhos por um momento, como se estivesse exausta, e as sobrancelhas se franzem, parecendo entristecidas, antes de voltarem ao habitual arco perfeito.

— Eu sei. Achei que ele tinha se livrado dele.

Parte de mim está confusa por ela saber do segredo. Isso torna minha grande revelação muito menos grandiosa e significativamente menos satisfatória. Queria que Lilah sentisse o mesmo choque e a mesma traição que senti dias atrás, quando descobri sobre ela.

— Não é da sua conta, é algo que vou discutir com ele. Se ele tem outro telefone, sei para o que está usando e... bem, teremos que lidar com isso, suponho.

Observo o rosto de Lilah se contrair, mas isso não parece diminuir em nada a beleza dela. Achei que vê-la sofrendo faria com que eu me sentisse melhor, mas descobri que não é assim. Nem um pouco. Ela pode estar se sentindo mal consigo mesma, mas isso não muda o que aconteceu. Não traz Noah de volta para casa, nem apaga todas as mentiras e enganos.

Apesar disso, ela se recompõe rapidamente.

— Sinto muito. Por ter dito isso. — Não sei por que estou me desculpando, mas há algo na familiaridade da traição que me faz sentir pena dela. Nós duas fomos enganadas pelo mesmo homem, afinal.

Ela dá de ombros.

— Para que isso? — pergunto.

Ela abre a boca, como se fosse responder, mas a fecha novamente. Seus lábios se afinam em uma linha dura, e os segundos passam de forma audível, o relógio de pêndulo no canto da sala acentuando o silêncio que se arrasta.

— Você foi ao meu escritório — diz ela, quebrando o silêncio com uma mudança de assunto. Agora parece muito mais confiante.

Olho para ela. Não adianta negar, ela claramente sabe. Dou de ombros.

— Queria ver se encontrava alguma evidência sobre por que Noah me deixou.

Ela fecha os olhos por um momento, as narinas dilatadas, como se estivesse tentando manter a calma. Isso me irrita, porque se alguém aqui deveria estar lutando para manter a calma, sou eu. A noiva esquecida, não a amante ladra.

— Foi, não foi? — insiste ela, o que me surpreende.

— Na verdade, sim, fui.

Coloco a mão no bolso e pego a minha foto, segurando-a na frente dela, triunfante. Vejo seus ombros ficarem tensos.

— Pode me explicar isto? — pergunto, jogando-a sobre a mesa de centro.

— Eu a imprimi para mostrá-la aos demais no escritório — murmura ela.

— Bem, isso é óbvio. Por quê? — pergunto.

Eu a vejo lutar consigo mesma para encontrar a resposta correta. Finalmente, ela coloca os ombros para trás e me encara nos olhos.

— Para que eles soubessem que não deveriam deixá-la entrar.

Solto um riso irônico.

— Por que você faria isso? Foi a primeira e única vez que fui até lá. Eu não sabia seu nome até o outro dia! E quando conseguiu essa foto?

— Quando você conheceu Noah — admite.

Seu tom mudou, e há algo estranho nele. Os pelos da minha nuca se eriçam e a apreensão me invade diante dessa situação, com o rumo que a conversa está tomando. Cheguei me sentindo confiante, pronta para encontrar respostas, mas, de repente, sinto que quero sair daqui, como se agora tivesse mais perguntas do que antes.

Ao lado dela, o celular pisca sem parar. Alguém está enviando uma mensagem atrás da outra. Os olhos dela se voltam para ele rapidamente, então ela estende a mão e vira a tela para baixo, de modo que eu não possa mais vê-lo. Fico irritada.

Eu tinha 15 anos. Fechei rapidamente o notebook quando Mãe entrou no meu quarto para que ela não pudesse ver a tela. Normalmente, eu conseguia sentir a presença dela, ouvir os passos. Mas estava tão imersa no que estava lendo que não tinha notado que ela estava se aproximando.

— O jantar está pronto — disse, mantendo os olhos fixos em mim. — O que estava vendo, Claire, querida? — perguntou, dando um passo mais perto.

— Nada — respondi rapidamente. Rápido demais.

— Tudo bem, então. Vá lavar as mãos e sente-se para comer — disse, de pé, muito quieta.

Eu hesitei, não querendo sair dali. Essa hesitação momentânea foi o suficiente. Ela pulou em direção ao notebook com uma velocidade alarmante, arrancando-o da minha cama e correndo para a cozinha, onde o abriu e viu a aba que eu acessava, a luz da tela iluminando seu rosto. Corri atrás dela, dizendo que era um trabalho da escola, as desculpas saindo da minha boca como bile.

Levou a mão ao peito, como se eu tivesse lhe tirado o ar dos pulmões.

— Claire? O que é isso? — Ela virou o laptop, com a tela voltada para mim. A página da web que eu estava olhando foi revelada. EMANCIPAÇÃO LEGAL DE MENORES.

— É para um trabalho da escola, Mãe. Só isso.

— A escola está ensinando como se *divorciar* de seus pais? — disse ela, a voz muito calma.

— Sim — respondi.

— Você é uma mentirosa, Claire — falou.

— Não, Mãe. Juro — comecei, embora pudesse ouvir as mentiras em meus lábios e elas tinham um gosto amargo, como veneno.

— Você não me ama? Não sabe o quanto *eu* amo *você*?

Mal tive a chance de processar o que estava acontecendo antes que ela levantasse meu notebook e o jogasse com toda a força contra mim. Dei um passo para trás, mas não rápido o suficiente. Ele bateu em minha canela com um forte estalo, a tela se quebrou e minha perna cedeu sob mim. Rastejei para trás como um caranguejo até a segurança do meu quarto, com lágrimas escorrendo pelo rosto e o corte em minha perna deixando gotículas de sangue no chão da cozinha. Ela não me seguiu. Abracei minha canela machucada e ensanguentada e chorei em silêncio, ouvindo os soluços e lamentos altos dela pela porta do meu quarto.

— Então você sabia? Sabia esse tempo todo que ele tinha começado a me ver? O que era? Algum tipo de jogo doentio de casal? Ele chegou a me amar? — soluço. Estou chorando abertamente agora, mas não consigo parar depois que comecei. — Era algum tipo de jogo perverso para testar até que ponto ele conseguiria seduzir uma mulher patética? Vocês dois me escolheram juntos? Que porra é essa, Lilah?

Ela se encolhe e olha para o celular, o que de alguma forma me enfurece ainda mais.

— Não, Claire, por favor, não foi assim… — começa ela, mas estou com muita raiva para continuar ouvindo. O som do meu nome em seus lábios me faz sentir mal. *Claire, querida, por favor*, dizia minha mãe enquanto eu fazia minhas malas para deixá-la para sempre.

— E o contrato que está na mesa do seu escritório? — pergunto.

Lilah empalidece.

— O quê?

— Por que esteve circulando a seção de benefícios de maternidade? Está grávida de um maldito bebê do meu noivo? — grito.

— Não! Não, não estou grávida — diz Lilah apressadamente. Ela já está pegando o telefone, uma mão nele.

— Então, por que esteve circulando a parte de direitos de maternidade?

Levanto do sofá, ainda segurando meu chá. Ela está chorando agora. Ela parece uma porra de um quadro, um anjo derramando lágrimas pelos entes queridos, os lábios tremendo delicadamente. Nada parecido comigo, a fera furiosa, vermelha e manchada diante dela.

— *Por que esteve circulando benefícios de maternidade?* — grito mais uma vez.

— Estamos tentando! Estamos tentando ter um bebê! — ofega ela em meio a soluços desesperados.

E então tudo se torna nebuloso à medida que cada átomo de mim se transforma em uma fúria escura e purulenta.

Capítulo Trinta e Cinco

Antes que eu perceba o que estou fazendo, minha mão se estende e arremesso a xícara de chá fervente em direção ao rosto de Lilah. Ela grita e se inclina para trás, mas dou um passo à frente e a puxo para cima e para fora da cadeira com uma facilidade surpreendente. Ela é pequena e leve.

— Sua puta maldita! — grito.

— Deus, por favor, Claire, você não entende... — começa ela, choramingando enquanto tenta limpar o chá dos olhos para poder me ver. — Não consigo explicar esta situação direito — ofega.

Não sei explicar por que ele nos deixou, querida. Nada além do fato de que foi por sua causa. Porque ele não queria você, ouço Mãe dizer na minha cabeça, falando sobre meu pai.

— Eu daria todo meu amor ao meu bebê. Eu o desejaria, abraçaria e protegeria — digo a ela. — Você já tem o mundo. Não merece ter o bebê dele também.

— Por favor, Claire — tenta ela, novamente, a voz pouco mais que um sussurro. O ranho começou a escorrer de suas narinas.

Sinto nojo dela, repulsa por toda essa situação horrível. Não quero tocá-la, para que ela não se torne esse estranho objeto intermediário que tanto Noah quanto eu tocamos, um com amor e o outro com ódio. Então, eu a empurro, desesperada para sair da casa, mas um estalo alto me paralisa. Percebo que ela bateu a cabeça na borda da lareira de mármore.

— Lilah? — sussurro.

Olho para o corpo dela caído no chão, desajeitado e retorcido, o sangue escuro acumulado sob a cabeça. Encaro fixamente a poça reluzente de cor vinho, tentando forçar em mim mesma algum sentimento, qualquer coisa. Alívio? Culpa? Arrependimento? Medo? Mas, estranhamente, e pela primeira vez em muito tempo, não sinto nada. Isso faz de mim um monstro ou é assim que o choque funciona?

Lilah está completamente imóvel. Eu me pergunto se deveria tentar estancar o sangramento, mas até eu consigo perceber que é inútil. A cabeça dela está afundada de um lado, quase deformada, e ela espuma pela boca. Não há como desfazer isso.

Ai, Deus.

Dou um passo para trás e cambaleio, perdendo o equilíbrio. Observo a cena. Chá derramado por todos os lados, uma mulher morta e eu, no meio de tudo isso.

Meu cérebro começa a ficar acelerado. O vizinho do outro lado da rua com certeza me viu entrando na casa. Porra, *puta que pariu.*

E então o celular da Lilah vibra; olho para baixo e vejo uma mensagem do Noah.

Por que diabos você a deixou entrar em casa, Lilah? Estou indo para casa agora.

E foi então que ouvi as sirenes da polícia.

Capítulo Trinta e Seis

3 de fevereiro de 2025

Querido diário,

ESTOU NOIVA!
VOU ME CASAR COM NOAH COORS!
SEREI A SRA. COORS!

Não consigo acreditar. Não consigo parar de tremer e chorar. Este é o dia mais feliz da minha vida! Noah me pediu em casamento. Mesmo registrado aqui, parece bizarro, como se fosse a notícia de outra pessoa e não a minha. Isso me pegou completamente de surpresa — eu realmente não achava que ele estaria pronto tão cedo. Afinal, não faz tanto tempo que estamos juntos, se pararmos para pensar. Mas cheguei do trabalho e havia uma música romântica tocando, uma daquelas antigas da Etta James; ele tinha acendido velas por toda parte. Havia velas literalmente em todas as superfícies, um risco enorme de incêndio, mas tão deslumbrante... Do teto pendiam dezenas e dezenas de pássaros de papel branco — uma revoada de pombas em diferentes níveis, flutuando acima de nós com as asas cuidadosamente dobradas, parecendo pássaros em pleno voo. Ele também tinha preparado um jantar romântico. Entrei pela porta, atônita com a visão das pombas de origami, das velas e dos pássaros, perguntando--me o que estava acontecendo. Acho que meu coração parou de bater no peito de tanta apreensão.

E então ele se ajoelhou e me pediu em casamento. E foi com o anel que tínhamos visto juntos, o do mercado de Natal, com pássaros gravados no aro. Eu não conseguia acreditar, mal conseguia entender o que estava acontecendo quando ele falou.

— Claire, eu sei que ainda é cedo, mas quando a gente tem certeza, tem certeza. Eu não quero esperar. Quero ser seu marido e construir uma vida com você. Você é o amor da minha vida. Quer se casar comigo?

É claro que comecei a soluçar histericamente e a gritar "sim" imediatamente, antes que ele pudesse mudar de ideia ou voltar atrás. Eu mal conseguia comer de tão empolgada que estava, mas ele tinha se esforçado tanto e preparado uma mesa tão linda — uma tábua de frios com o vinho que eu lhe havia recomendado quando nos conhecemos, um queijo pelo qual nos apaixonamos em Veneza, uvas, carnes e pãezinhos crocantes daquele quiosque caro no Borough Market que tanto amo.

Ele me disse que queria me amar para sempre, que tinha voltado ao mercado, buscado o anel e que o estava guardando enquanto preparava a cena do pedido de casamento. Fiquei profundamente comovida com tanta delicadeza. Eu não precisava de um diamante grande ou chamativo, e Noah sabia disso. Sabia que o que eu queria era algo atencioso, algo escolhido com carinho só para mim, que evocasse uma bela lembrança nossa.

Uma parte de mim ficou triste por não ter ninguém para ligar e contar a empolgante notícia — mas esse sentimento foi passageiro. Não preciso de mais ninguém, não agora que tenho o Noah. Estou tão feliz... Tão feliz que uma pequena parte de mim teme que seja bom demais para ser verdade, como se tudo fosse desmoronar logo. Mas essa sou só eu deixando meu pessimismo falar mais alto. Mereço essa felicidade. Mereço o Noah.

Claire

PARTE DOIS

Oito meses depois

Capítulo Trinta e Sete

15 de maio de 2026

Querida Sukhi,

Desculpe-me por ter demorado tanto para responder à sua última carta. Obrigada por tê-la enviado. Receber notícias suas é uma das poucas coisas que aguardo ansiosamente, e as notícias sobre a vida do lado de fora me ajudam a manter a sanidade. Desculpe-me por responder tão raramente — às vezes, sinto tanta vergonha da situação em que você se encontra, tendo que escrever para alguém na prisão, que não consigo me obrigar a ir até a caixa postal. Mas agradeço suas cartas e guardo cada uma delas, mesmo quando não as respondo. Como estão todos no escritório? Minha cobertura na mídia ainda é terrível? Quase tenho medo do que vou encontrar quando sair daqui. As coisas que dirão sobre mim... Duvido que eu tivesse conseguido ficar longe das redes sociais por tanto tempo se não fosse... bem, por estar na prisão!

Tenho uma nova colega de cela. Minha última colega foi libertada na segunda-feira, e a nova se chama Ella. É talvez um pouco mais velha do que eu. Fiquei apreensiva no início, quando me perguntou que porra eu estava olhando no primeiro dia, mas agora temos um ritmo mais tranquilo. Não tenho interesse em tornar meu tempo aqui ainda mais desgraçado por não me dar bem com minha colega de cela. Já é desconfortável o suficiente ter que ir ao banheiro na frente de uma estranha sem que alguém ainda lance olhares maldosos enquanto você está lá. Ela foi presa por agressão durante uma saída noturna. Perguntei por que está sendo mantida em prisão preventiva e ela apenas disse:

— Antecedentes criminais.

Não perguntei mais nada — não tenho certeza se quero saber. Na maioria das vezes, ficamos em silêncio, mas é bom ter companhia. Durante os poucos dias entre a saída de minha antiga colega de cela e a chegada de Ella, fiquei sem nada além dos meus pensamentos. Eles voltaram a se descontrolar.

Estou com dor de cabeça quase que constantemente e daria tudo por um ibuprofeno. Infelizmente, a prisão não distribui muitos medicamentos aos prisioneiros, então estou tendo que massagear minhas têmporas o tempo todo para tentar afastar a dor. De qualquer forma, por favor, continue escrevendo para mim. Quanto mais nos aproximamos da data do julgamento, mais nervosa fico. Não sei se tenho mais medo de ser considerada culpada de assassinato e apodrecer aqui para sempre, ou de ser libertada e ter que encarar a realidade depois de tudo o que aconteceu. Parece que não há uma solução em que eu me sinta vitoriosa.

Claire

Capítulo Trinta e Oito

Grosvenor, minha advogada, tira um fiapo do meu blazer; os olhos cor de caramelo se contraem em crítica ao me observar. Ela franze a testa, pensativa. Eu me arrumei da maneira mais elegante possível, com um vestido preto discreto na altura dos joelhos e sapatos baixos, como ela recomendou, para parecer mais submissa e insignificante. Prendi meu cabelo em um rabo de cavalo baixo e despretensioso. Grosvenor está usando um vestido semelhante ao meu, mas dá para ver que o dela é mais caro pelo corte. É bem moderno, o que não me surpreende. Ela deve ter uns trinta e tantos, talvez 40 anos. Complementou-o com um blazer, sapatos de salto bloco de altura média, e o cabelo liso e elegante, que é a marca registrada dela, caindo sobre os ombros como um véu protetor. A maquiagem é sutil, com um batom nude contrastando com a pele pálida. Ela parece pronta para o trabalho.

— Certo, hoje não vai ser fácil, ok? — diz ela com severidade, segurando meus ombros.

Assinto com a cabeça. Estou emocionalmente esgotada, completamente exausta, mas meu corpo parece tenso como uma corda prestes a arrebentar. Agora, meu destino está diretamente nas mãos de outras pessoas, que não posso controlar ou persuadir.

Todo mundo pode ser persuadido a fazer o que queremos, querida, diria Mãe, levantando as sobrancelhas de maneira sugestiva. Mas eu sou a Claire, e nunca tive o controle sobre os outros que ela tinha.

— Eles vão cair matando em você, com força. Mas sabemos o que vão dizer — afirma Grosvenor.

— Sabemos? — arrisco.

— Sabemos. E tenho contra-argumentos prontos para todas as prováveis linhas de ataque. Então, não se estresse, não fique emocional e não reaja, entendeu? Isso é muito importante. Independentemente do que for dito, *não* reaja. A última coisa de que precisamos é algum jornalista tirando uma foto sua com uma expressão de raiva e espalhando-a por todo o *Daily Fail Online*. Podemos discutir tudo em particular depois, ok?

Essa explicação está me deixando ainda mais nervosa e, desta vez, quando assinto com a cabeça, é de forma mais hesitante. Eu não deveria ter olhado as pastas de redes sociais ontem — isso só me deixou mais ansiosa. Acho que, se Grosvenor estivesse na sala, não teria permitido, mas ela tinha saído para ir ao banheiro, e perguntei educadamente à jovem e nervosa advogada-assistente, que atendeu ao meu pedido. Essas são as pastas em que Grosvenor mantém arquivadas todas as postagens nas redes sociais sobre páginas de pessoas relevantes desde O Acidente. Tenho vivido neste limbo bizarro pelos últimos oito meses, e minha única compreensão do mundo exterior vem dela. Mas ver as postagens das redes sociais impressas no papel me deu o duro golpe de realidade de que eu tanto precisava. Aquilo me fez perceber a gravidade do que aconteceu e as possíveis repercussões que estou enfrentando.

NOAH COORS
01:43
Vou me sentir bem de novo algum dia?
12 comentários 56 curtidas

NOAH COORS
13:35
Fui comprar comida e vi os chocolates favoritos da Lilah — aqueles que só são lançados na Páscoa. Comprei para ela por hábito. Ainda sentindo muita falta dela.
8 comentários 48 curtidas

NOAH COORS
04:12
Não consigo dormir. Não consigo desligar meu cérebro. Queria ter estado em casa para salvá-la. Queria nunca ter saído para correr.
28 comentários 32 curtidas

NOAH COORS
08:19
Por quê???????
2 comentários 8 curtidas

Estava desesperada por informações sobre Noah desde o terrível acidente — ansiosa para saber como estavam todas as pessoas envolvidas. Mas ler a página dele era doloroso. Sentia um vazio no estômago e uma punhalada de dor por todas as coisas que eu esperava que ele tivesse escrito, mas que não escreveu. Nenhuma palavra de compreensão ou aceitação. Nenhuma menção ao meu nome. Era evidente, a partir das folhas impressas com suas mensagens de luto de fim de noite, que ele havia basicamente tido um colapso público pela perda de sua namorada perfeita, seguido de um longo período de silêncio sobre qualquer outra coisa ou pessoa.

Grosvenor também tem minhas páginas nas redes sociais cuidadosamente organizadas, é claro. Tanto a da minha conta, de Claire, quanto a da conta fictícia que fiz de Emma, embora, obviamente, ambas tenham ficado paradas nos últimos oito meses.

Já a página de Lilah, se comparada à de Noah, era barulhenta como uma banda marcial. Estava cheia de mensagens de amor e luto, todos os dias, desde que a notícia se espalhou. Fotos e histórias antigas eram compartilhadas em seu feed, como se fosse um álbum de recortes desabrochando.

FELICITY NEWARK
16:34
Você se lembra deste dia no ano passado? Foi tão engraçado. Não acredito que não haverá mais dias como aquele. Sinto muito a sua falta, meu anjo lindo. Te amo sempre bjsssss

KEVIN MARKWELL
09:10
RIP bjssssssssss Saudades bj

MICHAELA ELLIS
17:08
Não consigo parar de pensar em você hoje. Sinto muito a sua falta. Não acredito que nunca mais sairemos juntas à noite. Você era boa demais para este mundo, Lilah. Amo você, bjs

KIM LEE
19:12
Ainda pensando em você. Desculpe-me por não ter estado presente o suficiente no final. Espero que esteja brilhando lá em cima, garota anjo bjjjj

Ela não tinha tantos comentários antes de morrer. Agora, parece que as pessoas estão usando o perfil dela no Facebook como um diário para compartilhar as próprias emoções e culpas. Culpa por ter deixado de vê-la por tanto tempo, culpa por não ter atendido sua última ligação, culpa por ter cancelado o último jantar... O que vejo ali são pessoas culpadas tentando aliviar os próprios fardos.

Mas eu, não. Com a ajuda de Grosvenor, revisei o que aconteceu naquele dia terrível no número 48 da St. Margaret's Avenue inúmeras vezes, e estou convencida de que não sou culpada de nada além de dar vazão às minhas emoções. Deveria ter mantido a calma e a frieza. Mas não consegui, perdi o controle, provocada pela ideia de Noah ter com outra mulher o bebê que ele me negou. E isso levou àquela terrível morte acidental. Sinceramente, ainda bem que Noah chamou a polícia enquanto corria, porque eles vieram imediatamente. Se não tivessem aparecido, eu teria tido que me recompor e lidar com o ferimento dela sozinha, enquanto providenciava uma ambulância e tudo mais. É como se ele estivesse lá para me ajudar sem nem saber.

Grosvenor discorda.

— Você deveria ter feito a ligação. Isso teria ajudado muito no nosso caso. Teria parecido que fez tudo ao seu alcance para conseguir ajuda — disse ela.

— Mas eu não tive tempo de buscar ajuda, mal tive tempo de registrar que ela havia caído — argumentei.

— Pois é, não adianta ficar pensando em "se". Temos que trabalhar com os fatos.

Bufei, irritada, exausta de discutir com ela.

Temos discutido muito, o que me dá esperança de que teremos uma chance de lutar no julgamento, porque Grosvenor é *excelente* argumentando. Discutimos sobre por que eu não chamei uma ambulância quando Lilah bateu a cabeça. Discutimos quando tive que admitir que a havia empurrado. Eu havia omitido isso inicialmente, muito assustada, consciente de como isso me fazia parecer culpada.

— Não acha que poderia ter me dado um desconto e falado isso desde o começo? Agora temos que revisar tudo de novo — disse Grosvenor, a voz carregada de uma irritação fria.

— Desculpa — murmurei, mexendo os pés debaixo da mesa.

— Você sinceramente não achava que acabaríamos descobrindo, mais cedo ou mais tarde?

Eu me encolhi na cadeira.

— Ela devia se machucar como um pêssego, eu não a empurrei com tanta força. Não era para feri-la — só queria que ela ficasse longe de mim!

— Legítima defesa? — perguntou Grosvenor.

— Eu não disse isso — murmurei. — Estava com raiva por causa do bebê. Não aguentava mais olhar para ela e só queria sair daquela casa perfeita. Não empurrei com tanta força.

— Não importa a força que usou, Claire. O fato é que empurrou uma mulher, fazendo com que a cabeça dela se abrisse ao bater na lareira e ela morresse. Se não fosse por esse empurrão, ela ainda estaria aqui. Acha que a promotoria vai descartar essa acusação de homicídio e dirá: "Nada demais, não foi um empurrão muito *forte*?"

Comecei a chorar.

— Espero que sejam lágrimas de arrependimento — falou Grosvenor com um suspiro.

Por um momento, achei que ela estava se referindo ao arrependimento por ter mentido para ela. Demorei um instante para perceber que ela se referia ao arrependimento por ter empurrado Lilah.

Nós até discutimos sobre Mãe. Ainda não entendo por que ela está envolvida de alguma forma neste caso, por que isso é algo que eu deveria examinar com Grosvenor. Ela chama isso de fator atenuante, mas eu lhe disse que não preciso de desculpas estúpidas e lamentáveis sobre minha infância difícil, porque *eu não tive a intenção de matar Lilah.*

Grosvenor discorda. Ela realmente gosta de cobrir todas as bases.

— Sua mãe alguma vez bateu em você? — perguntou ela um dia.

Franzi a testa.

— Algumas vezes.

— Com frequência?

Dei de ombros.

— Não consigo me lembrar.

— Pode tentar?

— Não entendo o que Mãe tem a ver com este caso — argumentei mais uma vez.

— Por favor, Claire. Pode simplesmente fazer o que estou pedindo?

— Onde está meu colar?

Eu tinha 16 anos e minha mãe estava na porta do meu quarto, encostada no batente com os braços cruzados. Ela havia perguntado casualmente, em um tom que sugeria que não estava nem aí, mas eu podia ver aquele brilho de raiva contido por trás dos olhos dela, e meu coração afundou ao perceber que mais uma discussão estava por vir.

— Que colar? — ousei perguntar.

— Você sabe que colar. — Os lábios dela se contraíram.

Mordi minhas bochechas por dentro, sem saber o que fazer em seguida, e meus dedos se contorceram em antecipação a um ataque. Se eu perguntasse de novo, ela ficaria mais irritada. Se ficasse quieta, ela começaria a me provocar. Lambi meus lábios rachados.

— O colar que David comprou para mim — continuou ela, quando não consegui decidir o que fazer.

Meu cérebro começou a percorrer a lista de todos os homens que ela namorou, tentando lembrar qual deles era David e se eu sabia de algum colar que ele lhe havia dado.

— Era de ouro e tinha pequenas borboletas penduradas — prosseguiu.

Olhei para o chão. Eu nunca tinha visto um colar de borboletas.

— Por que ainda está sentada aí? Ajude-me a procurá-lo — ordenou ela.

— No meu quarto? — perguntei.

— Sim. Já procurei em todos os outros lugares e não consigo encontrá-lo, então só pode estar aqui.

— Não está — assegurei. Essa foi a coisa errada a dizer.

— Você o roubou, não foi?

Ela estava furiosa, dando um passo para dentro do meu quarto. Instintivamente, eu me encolhi, como se, com aquele passo, ela tivesse cruzado uma barreira invisível, e, agora que estava no meu espaço pessoal, eu estava mais vulnerável do que antes.

— Não fiz isso, Mãe — falei, sabendo que não adiantaria nada.

— Você é uma mentirosa nojenta, sei que você o pegou! Era tão bonito que o roubou! — gritou ela, dando mais um passo na minha direção.

— Mãe, eu realmente não sei de que colar está falando — implorei.

— *Mentirosa!* — berrou. — Ele nunca ficaria bem no seu pescocinho roliço de jogador de rúgbi. Você sentiu inveja de como ele ficava em mim, então o pegou, não foi?

Levantei uma mão de forma constrangida até meu pescoço e, mentalmente, adicionei-o à lista de características físicas das quais devia me envergonhar. *Talvez eu devesse comprar alguns lenços*, pensei comigo mesma.

— Não peguei seu colar — tentei de novo. — Por que eu faria isso se você iria vê-lo em mim, caso eu o usasse? — argumentei.

Não adiantava — não se podia argumentar com Mãe. Não quando ela ficava assim.

— Bem, então você o pegou para escondê-lo de mim, para me irritar. Estava com ciúmes de que um homem pudesse gostar de mim o suficiente para me dar algo tão adorável e especial, sendo que você nunca teve um namorado, muito menos ganhou um presente de um! Por isso o pegou e o escondeu, não foi? — continuou ela, cada vez mais histérica.

Então ela começou a jogar minhas coisas por todo lugar, vasculhando rapidamente minha patética coleção de bijuterias, antes de arremessar o suporte para o outro lado do quarto e revirar as gavetas da minha escrivaninha, fazendo os objetos voarem enquanto eu implorava para que ela parasse.

Em um momento de loucura, corri e agarrei o braço dela, tentando impedi-la de virar todas as gavetas no chão. Ela sibilou como um gato, deu meia-volta e bateu na lateral do meu rosto, com o punho fechado. Foi a primeira vez que ela me deu um soco em vez de um tapa.

Mal registrei a dor antes que ela se virasse novamente e continuasse a procurar o colar.

Quando meu quarto já estava completamente revirado, sem nenhum sinal do precioso colar, ela saiu furiosa, um dedo de advertência apontado para mim.

— Quando eu encontrar esse colar, Claire, querida, você vai pagar caro. Está me ouvindo, sua vaquinha ladra?

— Sim, Mãe.

Uma semana depois, mais ou menos, ela o encontrou. Não sei onde, mas estava no pescoço dela no café da manhã, e ela olhou para mim, sorrindo por cima da caneca de café, como se me desafiasse a fazer um comentário. Meus hematomas já estavam de um amarelo sujo, naquela altura.

Falei:

— Bom dia, Mãe.

Então me sentei, mantendo meus olhos afastados daquelas borboletas douradas, desejando que a corrente se apertasse em torno daquela garganta longa e fina.

Grosvenor queria uma resposta. Eu não podia evitá-la. Se fechasse meus olhos com força, poderia enxergar a mim mesma em vários estágios diferentes da minha vida. Aos 6 anos, chorando no meu quarto, rabiscando em um diário de ursinho: "Eu odeio a mamãe", minha bochecha direita quente e avermelhada. Anos mais tarde, estou com 15, olhando-me no espelho para examinar meu lábio superior inchado, segurando um cubo de gelo sobre ele.

— Lembro-me de ela ter me batido várias vezes — acabei dizendo, com a testa franzida. — Lembro-me mais claramente dos momentos que se seguiram do que da violência em si.

Grosvenor assentiu com a cabeça, o rosto não demonstrando nenhuma emoção. Ela é boa em esconder os próprios sentimentos. É boa em se manter distante de mim enquanto desnuda minha alma e me força a reviver traumas e horrores que vão muito além da morte de Lilah.

— Será uma travessia difícil, Claire — avisou ela.

Esperei que dissesse *querida* logo depois do meu nome, mas isso não aconteceu.

Capítulo Trinta e Nove

— Esse é Rick Dodgson representando a promotoria — diz Grosvenor, acenando com a cabeça para um homem baixo, atarracado, com a pele brilhante. Manchas estranhas contornam sua fronte sob a peruca branca encaracolada; ele coça distraidamente uma erupção no pescoço, enquanto conversa com um membro de sua equipe. Tem o mesmo olhar penetrante e predatório de Grosvenor.

Estamos de pé em um corredor triste e maltratado do Old Bailey, o tribunal criminal central de Londres, esperando que a sala de audiência designada se esvazie para que o julgamento possa começar. Fico inquieta, incapaz de permanecer parada, puxando a bainha do meu vestido. Estou ciente de que, embora ele antes ficasse bem em mim, agora está solto, devido à minha recente perda de peso, o que me faz parecer magra e desleixada.

Um pensamento me ocorre:

— Veremos Noah hoje? — pergunto a Grosvenor, estremecendo ao perceber como minha voz soa pateticamente esperançosa.

— Não, Claire. Ele foi chamado como testemunha, portanto não pode estar presente em um tribunal aberto até que tenha dado seu depoimento. Essas são as regras.

— Ah.

— Tente se concentrar — diz ela gentilmente.

Leio nas entrelinhas. *Concentre-se em você, pelo menos uma vez, e não em Noah e no que ele está fazendo.*

— Você se lembra de como tudo isso funciona? — pergunta ela.

Solto um murmúrio incoerente, a garganta apertada.

— O que foi isso? — pergunta.

— A família... da Lilah estará lá? — fico envergonhada de perguntar, de ser tão egoísta, mas a ideia de enfrentá-los me faz querer dar meia-volta e sair correndo.

Grosvenor franze ligeiramente a testa.

— A mãe dela foi chamada como testemunha, você a verá então, mas olhe só para a frente e mantenha os olhos no juiz ou na testemunha no banco. Não se vire para a galeria destinada ao público, não procure pela família da vítima. É a última coisa de que alguém precisa e só trará transtornos a todos os envolvidos — adverte.

— Certo. O que mais?

— O velho e escorregadio Dodgson será o primeiro. Não vou mentir, já trabalhei com ele antes, e ele vai atacar com força e jogar sujo, por isso você precisará manter a calma e lembrar que teremos nossa oportunidade. Tudo o que ele disser, por mais frustrante que seja, cerraremos os dentes e rebateremos quando for a nossa vez.

— Nós rebateremos — respondo, com a voz trêmula.

Ela assente, firme, e gira sobre seus saltos pretos. Eu a sigo, sentindo-me como um cordeiro indo para o abate.

— A promotoria acredita, Meritíssima, que Claire Arundale foi à casa de Lilah Andersson com toda a intenção de causar grande dano, e, por isso, pedimos que seja condenada por homicídio, com pena de prisão perpétua — afirma Dodgson, voltando a se sentar.

Grosvenor se levanta do assento.

Ela se mantém firme e confiante, e eu fixo o olhar em uma mecha do meu cabelo para disfarçar a tensão nervosa que está me fazendo tremer.

— O caso da defesa é que Claire Arundale matou acidentalmente a vítima, Lilah Andersson, em um momento de provocação, com baixa culpabilidade. A srta. Arundale era, até então, um membro irrepreensível da sociedade, sem condenações anteriores. Portanto, pedimos que lhe seja imputada a acusação de homicídio culposo em decorrência de perda de controle, Meritíssima.

Ela se senta novamente, dando-me um tapinha sob a mesa para me tranquilizar. Já discutimos isso várias vezes, e ela me assegurou que, se a negociação do acordo for bem-sucedida, só serei condenada a alguns anos de prisão. Ela disse que é o melhor que posso esperar.

A juíza me observa atentamente, e abaixo os olhos para o chão, para não parecer que estou buscando confrontá-la. Depois de um momento, a Excelentíssima Abigail Black assente.

— A primeira testemunha que a acusação chama é a médica legista Dianne Campbell, que realizou a autópsia da vítima — informa Dodgson.

Tento engolir, mas minha garganta se recusa a funcionar.

Capítulo Quarenta

5 de abril de 2025

Querido diário,

Tenho estado tão ocupada no trabalho recentemente, tentando impressionar todo mundo e evitar qualquer erro bobo, mas agora posso respirar aliviada porque Noah e eu vamos viajar juntos hoje. Sei que venho falando sobre isso sem parar há algum tempo, mas finalmente chegou e, em breve, estarei aproveitando o sol italiano. Estamos conversando sobre aonde ir faz algum tempo e, na verdade, foi Noah quem escolheu Veneza — disse que seria romântico. Nunca estive lá antes, mas mal posso esperar! Ele sugeriu que poderia ser uma espécie de comemoração pelo meu novo emprego, o que achei super bacana. Parece um ótimo momento para nos aproximarmos ainda mais ao fazermos nossa primeira viagem juntos.

De manhã (eu mal tinha dormido, estava muito animada), ele me surpreendeu com prosecco e suco de laranja na cama. Parecia que era Natal, como quando Mãe abria uma garrafa e tomava Buck's, e eu bebia apenas suco de laranja, mas tudo parecia chique em uma taça de champanhe.

Depois, me arrumei para ir ao aeroporto. Normalmente, só viajo de leggings e suéter, mas queria estar bonita para o Noah, então me esforcei um pouco mais e usei um vestido de algodão (ainda assim confortável) e sandálias. Passei um pouco de batom vermelho de última hora, porque me pareceu muito elegante e apropriado para a Itália.

Quando estávamos embarcando no avião, fiquei um pouco constrangida. Havia muitos outros casais britânicos como nós, mas também algumas italianas bonitas de pernas longas, e não pude deixar de me sentir meio pálida e desajeitada ao lado delas. E mal-vestida – batom à parte. Mas Noah foi tão gentil que nem chegou a olhar para elas; ficou segurando minha mão o tempo todo, conversando comigo e fazendo com que eu me sentisse relaxada e cuidada. Odeio os pensamentos intrusivos que tenho, a voz de Mãe sibilando palavras desagradáveis. Eles me fazem achar que eu nunca sou boa o suficiente, e não consigo evitar de me comparar com outras pessoas, mesmo sabendo que isso me faz mal. Noah diz que minhas diferenças são o que me tornam especial e o que fez com que ele se interessasse por mim, mas, às vezes, eu gostaria que essas diferenças fossem um pouco mais... convencionalmente atraentes.

Mãe sempre foi bonita – por fora, para compensar o veneno interior. Quando eu era pequena, costumava desejar ser mais parecida com ela. Sempre que alguém elogiava meu cabelo castanho espesso ou dizia como meus olhos escuros eram lindos, Mãe absorvia tudo, como se estivessem elogiando-a.

– Sim, essa é a minha Claire! Uma verdadeira beldade!

Mas, quando estávamos sozinhas, ela dizia:

– Não se ache demais, Claire, querida. Seus olhos são adoráveis, são como os meus, mas um pouco mais escuros. E você pode me agradecer pelo seu cabelo volumoso, embora a cor seja um pouco sem graça em comparação com a minha.

De qualquer forma, não sei por que estou sentada aqui, escrevendo sobre Mãe, quando estou a caminho da Itália com um homem lindo. Vou preparar uma lista das coisas que quero fazer para que, quando aterrissarmos, possamos consultá-la juntos e marcar os itens conforme os completamos.

1. Tomar um bom vinho tinto
2. Comer uma ótima pizza
3. Comer uma ótima massa
4. Fazer um ótimo sexo (obviamente)
5. Visitar um mercado ao ar livre
6. Andar de gôndola
7. Um passeio turístico?
8. Visitar o Palácio Ducal
9. Um passeio de barco ao pôr do sol
10. Caminhar pela Ponte de Rialto

Consegue ver a estranha mancha vermelha na lateral da página aqui? De alguma forma, cortei meu dedo tentando abrir uma lata de *aranciata* com gás em uma loja do aeroporto. O metal devia ser velho, porque a parte que a gente puxa para abrir retorceu-se, rasgou-se ao meio e cortou meu dedo. Noah levou a lata até o balcão e reclamou; me deram um curativo, mas o sangue escapou mesmo assim. Brincamos sobre isso e dissemos que provavelmente é um sinal de que algo terrível e macabro acontecerá comigo quando chegarmos lá, algum tipo de acidente trágico de barco no qual perderei um membro!

Afinal, as coisas não podem ser perfeitas para sempre.

Claire

Capítulo Quarenta e Um

Dra. Dianne Campbell

O júri fica em silêncio enquanto cada um deles examina os documentos e as fotografias que Dodgson apresentou ao tribunal. Grosvenor tenta virar o corpo de costas para mim, para me proteger de ver as fotografias à sua frente, mas percebo um lampejo de carmesim e me lembro de estar naquela sala creme perfeita, com o crânio de Lilah esmagado, sangrando no carpete.

Sinto-me momentaneamente tonta e me agarro à mesa com as mãos para não balançar.

— Tome um pouco de água. — Grosvenor desliza um copo em minha direção, a voz mais gentil do que o costume. — E tente nao olhar para as fotografias.

Fecho os olhos, recompondo-me, quando a Dra. Campbell começa a falar. Seu forte sotaque escocês me faz franzir a testa para me concentrar.

— É possível ver aqui — diz ela, apontando para uma ilustração médica para a qual me recuso a olhar —, que o crânio foi amassado no ptério, bem perto da têmpora. Esse foi o principal ferimento que teria levado à morte por sangramento no cérebro.

— É comum ocorrer esse tipo de lesão? — pergunta Dodgson.

— Não é um ferimento incomum na cabeça e, de fato, há uma artéria que corre logo abaixo do ptério aqui — aponta ela novamente —, o que significa que qualquer tipo de impacto traumático nessa área do crânio pode facilmente levar a aneurismas ou hematomas.

Estou tentando acompanhar o melhor que posso, mas a linguagem médica me confunde e não tenho certeza do que está acontecendo. Olho para Grosvenor para me tranquilizar, mas ela está escrevendo em um bloco como se tudo fizesse sentido. Arrisco dar uma olhada em direção ao júri e vejo que alguns franzem a testa enquanto tentam acompanhar.

— Então está dizendo que a causa da morte foi uma lesão ou impacto no crânio? — confirma Dodgson.

— Estou, sim.

— E acha possível que a lesão tenha sido causada pela batida da cabeça da vítima contra a lareira, como mostrado? — pergunta ele, exibindo uma foto da cena do crime para os presentes no tribunal avaliarem.

A lareira se destaca no centro da sala, e tudo o que consigo pensar é como os cantos parecem afiados, como Lilah deve ter sentido a borda de mármore dura ao bater o crânio contra ela.

— Sim, acho que, se uma pessoa batesse a cabeça no canto dessa lareira, ela poderia facilmente impactar o crânio com força suficiente para causar sangramento no cérebro — confirma a Dra. Campbell.

— Pode nos falar sobre os outros ferimentos dela? — pergunta Dodgson.

Respiro fundo — essa é a evidência com a qual estou mais preocupada.

— Encontramos alguns hematomas leves no ombro direito, que indicariam uma mão pressionada contra ele — diz.

— Pode nos mostrar o que quer dizer? — pergunta Dodgson, e me pergunto, por um momento, se ele está tentando especificamente me fazer ter um colapso em público. Respiro fundo e com dificuldade, mais uma vez.

Uma fotografia do ombro minúsculo de Lilah aparece diante de nós, com uma leve impressão lilás da palma da mão visível na carne exposta.

— Isto aqui corresponde ao formato de uma palma — explica Dianne.

— Então é correto supor que ela foi empurrada? — confirma Dodgson.

— Sim, é minha opinião profissional, com base no contorno desse hematoma, que a vítima foi empurrada no dia de sua morte.

— Uma ação violenta o suficiente para fazê-la cair e bater a cabeça? — pergunta Dodgson.

— Sim.

— Levando-a à morte?

— Sim.

— NÃO CONSIGO ACREDITAR QUE VOCÊ TENHA SUGERIDO QUE eu não a amo.

Mãe chorava histericamente, com lágrimas escorrendo pelo rosto. Eu tinha 13 anos e aquela havia sido uma de nossas primeiras discussões de verdade, a primeira vez que realmente ousei dizer a ela como me sentia.

— Bem, você não age como se me amasse — falei mal-humorada, a angústia adolescente me invadindo e não querendo recuar diante de suas lágrimas de crocodilo.

— Claire, querida, eu te *amo*. Você é minha primeira e única filha, isso não é prova o suficiente?

Estreitei meus olhos para ela.

Isso não prova nada. Só prova que você não quis ter outro filho.

— Por que eu faria isso, se a que tenho é perfeita e faz com que eu me sinta completa? — soluçou, curvando-se para parecer pequena e vulnerável.

Mordi a língua, engolindo todas as respostas que surgiram em mim naquele momento: o fato de ela nunca ter dito que me amava, a menos que fosse para me manipular; o fato de que nunca se comportou como se quisesse uma filha; o fato de que sempre colocava a si mesma e os próprios sentimentos em primeiro lugar. Em vez disso, cerrei os punhos e fiquei em silêncio.

— Estou dizendo que te amo, Claire, e isso deveria ser o suficiente — insistiu, as lágrimas secando e a raiva começando a surgir na voz.

Dei de ombros e respondi:

— Claro.

Por dentro, eu me imaginava batendo nela de forma vingativa, gritando com ela. *Ainda me ama agora, Mãe?*, perguntaria, sentindo a carne dela tremer sob meus punhos.

Inspiro lentamente quando Grosvenor se levanta. Dodgson lança-me um olhar presunçoso, as sobrancelhas erguidas de leve, enquanto passa por mim para se sentar.

Grosvenor faz contato visual confiante comigo por apenas uma fração de segundo, e sinto que ela está tentando me dizer: *Não se preocupe, vai dar tudo certo.* Aceno com a cabeça, inclinando-a bem de leve.

— Dra. Campbell, pode confirmar se o ptério que foi fraturado, causando o sangramento no cérebro da vítima e identificado como a principal causa da morte, é de fato o ponto mais fraco do crânio? — pergunta Grosvenor, mantendo a voz suave e objetiva.

— Confirmo que é a parte mais fraca do crânio — responde a Dra. Campbell.

— Então, seria correto dizer que não foi necessária muita força para causar essa lesão? Que é hipoteticamente possível que a vítima tenha simplesmente tropeçado e sofrido a lesão sem que nenhuma força externa tenha causado a queda? — questiona Grosvenor.

— É possível que uma pessoa tropece, bata a cabeça e sofra um sangramento no cérebro sem nenhuma força externa aplicada, sim.

— Obrigada — diz Grosvenor, e ouço um sussurro entre os membros do júri, fazendo os pelos da minha nuca arrepiarem-se.

— Ordem — a juíza repreende, o que aprecio.

— E para confirmar: a impressão parcial no ombro da vítima poderia ter sido causada em qualquer momento e por qualquer pessoa nas doze horas anteriores ao ferimento fatal na cabeça. Não há evidência conclusiva de que foi infligida por minha cliente no mesmo intervalo de tempo estimado para a morte?

— É de fato possível que o hematoma tenha ocorrido antes de a ré ir à casa da vítima, e o hematoma parcial não é identificável como sendo a impressão digital de Claire Arundale.

— E, ao examinar o relatório do perito, podemos ver que as amostras de sangue da vítima revelaram que ela estava, de fato, muito anêmica no momento de sua morte? — continua Grosvenor.

Levanto o olhar. Eu não sabia disso e não tenho certeza do que isso pode significar para mim.

— Sim, as amostras de sangue confirmaram que Lilah Andersson estava anêmica no momento de sua morte.

— E estou correta ao considerar que a anemia pode fazer com que as pessoas se machuquem com muita facilidade? Com menos força do que é necessário para causar hematomas em uma pessoa comum? — pergunta Grosvenor.

Meus olhos se arregalam.

— Sim, concordo que a vítima tinha mais probabilidade de se machucar do que alguém que não sofre de anemia.

— Então, para resumir: concorda que a vítima precisou de menos pressão do que a média das pessoas para causar hematomas? Que é impossível ter certeza de que a impressão da palma da mão em questão foi causada pela ré? E que é totalmente possível que a vítima simplesmente tenha tropeçado em sua própria casa e tido o terrível azar de bater na parte mais fraca do crânio, levando à sua morte acidental?

Pestanejo, surpresa.

A Dra. Campbell se mexe no assento, mas já está assentindo, lentamente.

— Sim, esse resumo é preciso — admite ela.

— Não tenho mais perguntas, Meritíssima — diz Grosvenor, olhando para a juíza.

Minha advogada se vira para mim e sorri.

Pela primeira vez, penso que, graças a Grosvenor, posso realmente ter uma chance de limpar meu nome.

Capítulo Quarenta e Dois

Laura Thorpe

Dodgson chama a segunda testemunha para depor. Meu coração começa a disparar assim que vejo o rosto da mulher que caminha pelo corredor. É Laura Thorpe. Ela joga o cabelo por cima do ombro e pisca para o júri. Faz treze anos que não vejo essa mulher. Treze anos desde a última vez que ela me atormentou e, de alguma forma, foi encontrada nos escombros da minha infância para aparecer hoje no tribunal. Sinto a raiva tomar conta de mim quando ela se senta, com o mesmo sorriso irritante que usava constantemente na escola.

— Sra. Thorpe, é correto dizer que foi amiga de escola de Claire Arundale dos 11 aos 15 anos? — pergunta Dodgson.

Como ele encontrou a Laura?

Deslizo discretamente um bilhete para Grosvenor do outro lado da mesa. Nele está escrito: QUE PORRA É ESSA?

Ela me devolve outro. *Ele está tentando construir uma imagem de quem você é. Mantenha-se impassível.*

É fácil para Grosvenor dizer isso. Sua arqui-inimiga de décadas não está sentada como testemunha de acusação, tentando que seja condenada por homicídio.

— Bem, eu não diria que éramos amigas — responde Laura no mesmo tom sarcástico e cantarolado que me lembro de anos atrás.

Fico imediatamente irritada, sentindo-me de novo uma adolescente, querendo me esconder — dela e de seus amigos que me intimidavam — na sala de artes.

— Mas frequentavam as mesmas aulas? Passavam muito tempo juntas? — reformula Dodgson.

— Sim, isso sim — concorda ela, lançando-me um olhar tão presunçoso que sinto vontade de dar um tapa na cara dela.

Encaro-a, cheia de ressentimento e fúria por ela estar aqui, nesta sala de audiências, tentando me arruinar outra vez.

— Conte-nos como a Srta. Arundale era na escola — fala Dodgson.

Laura pestaneja exageradamente, mastigando os lábios bem volumosos antes de responder.

— Bom... A Claire era bastante... bastante impopular, na verdade — responde Laura, com uma expressão de pesar. Mas ela tem os mesmos olhos rancorosos que tinha quando era adolescente, e consigo sentir que saboreia esta oportunidade inesperada de fazer com que eu me sinta mal sobre mim mesma.

— Impopular em que sentido?

— Ela não tinha muitos amigos, era muito reservada. Um pouco estranha. Acho que as pessoas não sabiam como lidar com ela — diz Laura.

Não pensei que fosse possível voltar a me sentir com 15 anos, mas ela consegue fazer que isso aconteça. Por alguma razão bizarra, o ódio que sinto de mim mesma ressurge, e me enxergo pelos olhos dela: uma triste e patética virgem fracassada. Isso me faz odiá-la da mesma forma que eu odiava Mãe.

— O que quer dizer com *estranha*?

— Não sei, de verdade. Era apenas diferente de nós. Falava sozinha, às vezes, e mentia muito também.

— Mentia?

— Sim, como se estivesse inventando coisas, sabe? Uma vez, tenho quase certeza, ela me seguiu até a minha casa depois da escola. Senti que estava me observando e, sempre que eu me virava, ela fingia olhar para outra coisa.

Torço os dedos atrás das costas. *Como ela ainda pode ser tão convencida?*

— De qualquer forma, acabei me virando e perguntando por que estava me seguindo, e ela disse alguma coisa sobre ir à casa de alguém, mas eu morava na Westmont Street, uma rua privada, e conhecia todas a garotada de lá, então sabia que ela estava mentindo sobre ir visitar um amigo. Coisas bobas e esquisitas assim.

Nem consigo levantar o olhar, de tão envergonhada que estou. Isso foi há anos. Coisas de criança. Nada grande, nada importante! Só queria ver onde morava a garota que estava transformando minha vida em um inferno, para tentar ser o tipo de pessoa que ela deixaria em paz. Isso não tem nada a ver com Lilah.

— E por que acha que ela a seguiu? — pergunta Dodgson.

— Não sei, talvez para tentar se enturmar ou mesmo mentir para fazer amigos — sugere Laura com desdém. — Tentei ser amiga dela uma vez — continua. — Perguntei se queria ir fazer compras comigo depois da escola, mas ela nunca apareceu — diz, dando de ombros.

Mas desta vez ela me olha nos olhos, porque sabe, e eu sei, que apareci naquele dia depois da escola. Esperei por ela e pelas amigas por quarenta minutos na praça de alimentação antes de perceber que tinham me deixado plantada. No dia seguinte, estavam todos rindo disso, de como a Clairy Peluda tinha acreditado na Laura e ido ao shopping, esperando que elas aparecessem.

— Ela está mentindo — sussurro para Grosvenor, sem saber se estou prestes a me jogar da bancada para estrangular Laura ou a explodir em lágrimas.

Grosvenor apenas levanta a mão para me silenciar.

— E como esse estilo de vida solitário a afetou? Ela era quieta... tímida? Como era a personalidade dela? — questiona Dodgson.

— Objeção, meritíssima! Especulação — diz Grosvenor, levantando-se, e eu solto um suspiro, liberando a tensão que nem sabia que estava se acumulando. Grosvenor me proporcionou um momento para respirar.

— Tudo bem, vamos reformular: como era o comportamento geral da Srta. Arundale na escola?

— Bem, era ruim. Ela ficava muito irritada às vezes, especialmente comigo e com as outras meninas. Devia ser por ciúmes. Sempre se sentava no fundo da sala, sozinha, encurvada, e não falava com ninguém. E, sempre que eu ou as outras meninas tentávamos falar com ela, surtava e atacava. Chegava a ser bem violenta.

— O que quer dizer com *surtava e atacava*? — pergunta Dodgson.

— Bem, uma vez, ela tentou me bater. Estávamos no banheiro das meninas. Eu estava passando meu gloss, ela apareceu do nada e se lançou sobre mim. Tentei desviar, mas ela arranhou meu pescoço com as unhas. Quase foi suspensa, mas a mãe dela convenceu a diretora a não fazer isso. Claire se safou, apenas ficando de castigo depois da aula — diz Laura, séria, esfregando o pescoço como se ainda doesse mais de uma década depois.

Encaro-a. Tentei, sim, bater nela naquele dia no banheiro, mas não foi do jeito que ela está dizendo. Havia três delas lá dentro, e pularam em cima de mim quando saí da cabine. Reviraram minha bolsa; Laura pegou um dos meus brilhos labiais e começou a usá-lo. Mãe o tinha comprado para mim. Pedi a Laura que o devolvesse, e ela se recusou. Depois de um ano sendo maltratada, perdi a paciência e tentei bater nela. E o faria de novo. Mas acho melhor não dizer isso a Grosvenor ou ao tribunal.

— É justo dizer que sua experiência com a adolescente Claire Arundale foi marcada por desconforto, agressividade e comportamento estranho? — pergunta Dodgson.

— Sim — responde Laura, de maneira presunçosa, erguendo o nariz.

— Objeção! Está colocando palavras na boca da testemunha — diz Grosvenor, levantando-se outra vez.

— Sem mais perguntas — responde Dodgson, com ar de superioridade.

Grosvenor se levanta para tomar o lugar de Dodgson e interrogar Laura.

— Sra. Thorpe, é justo dizer que não vê Claire Arundale há mais de uma década? Que não manteve nenhum contato com minha cliente?

— Sim, é. Não mantenho contato com pessoas maldosas — responde incisiva.

— Então, é justo dizer que, na verdade, não conhece em absoluto a Claire Arundale atual?

Laura faz uma pausa, parecendo insegura. Olha para Dodgson em busca de orientação, mas ele não pode ajudá-la.

— Suponho que não. Eu estava apenas respondendo sobre nossos tempos de escola.

— E *a senhora* mudou desde a adolescência? — pergunta Grosvenor.

— Não sei do que está falando — responde Laura.

— Bem, posso ver nos registros policiais que foi presa por furto aos 14 anos. Nos registros escolares, descobri que foi suspensa por bullying aos 16. E que abandonou a faculdade no primeiro ano, mas mentiu nas redes sociais dizendo que ainda estava matriculada. Depois, teve outro encontro com a polícia por dirigir embriagada aos 18. Tudo isso está correto? — pergunta Grosvenor, com uma voz suave, quase brincalhona.

Laura parece indignada, o rosto ruborizado. Esfrega as mãos bem-cuidadas. Mordo o interior da bochecha para não rir.

— Sim, está correto — diz, por fim, entre dentes.

— E depois teve duas crianças com seu marido e não há mais registros. Tornou-se uma mulher de família, dedicada a criar bem seus filhos?

— Sim — responde Laura, o nariz erguido, remexendo-se na cadeira.

— Então, é justo dizer que a senhora mudou muito desde a adolescência, e minha cliente, da mesma forma, é bem provável que não seja a mesma pessoa que era aos 15 anos, não é?

— Eu mudei. — É tudo o que Laura diz.

— O que faria se alguém tentasse tirar-lhe seus filhos, Sra. Thorpe? Se lhe negassem o direito de estar com eles? Empurraria essa pessoa, ou faria pior? — arrisca Grosvenor.

Laura parece aflita, e Dodgson se levanta rapidamente.

— Objeção, meritíssima! Relevância — diz ele. — E, praticamente, todos os demais fundamentos — murmura ofegante.

— Acolho a objeção — responde a juíza, permitindo que Laura evite responder.

— Não tenho mais perguntas — conclui Grosvenor, sorrindo.

A juíza acena com a cabeça, e Laura é escoltada para fora da sala. Quando passa por mim, nenhuma de nós faz contato visual, mas o perfume forte que usa paira no ar, quase me fazendo vomitar. Sinto-o arder na minha garganta.

Pergunto a mim mesma quanto mais posso aguentar; quantas memórias horríveis ainda serão desenterradas; quantas outras verdades distorcidas e mentiras descaradas terei que enfrentar durante o julgamento. Parece que estão tentando me quebrar no tribunal, mas não sabem que Noah já fez isso.

Capítulo Quarenta e Três

Estamos na sala de consulta e Grosvenor se prepara para a próxima testemunha; eu tento bloquear as lembranças intrusivas dos terríveis dias de escola e de Laura Thorpe.

— Ouça, não se preocupe com aquela testemunha. Foi uma besteira, apenas Dodgson tentando preencher uma cota — garante Grosvenor. — Ninguém dá a mínima para uma valentona de infância de sei lá quantos anos atrás. Todos nós temos uma Laura em nossas vidas.

Pergunto-me quem é a Laura de Grosvenor e tento imaginar a mulher forte à minha frente sendo vítima de bullying quando criança. É difícil acreditar.

— Quem é a próxima testemunha? — pergunto.

— Sukhi Dhillon.

Fecho os olhos, aliviada.

— Tem conversado com ela? Ela disse alguma coisa? — pergunta Grosvenor.

A culpa me invade.

— Trocamos algumas cartas. Ela tentou me visitar, mas... Não consigo me forçar a ver ninguém enquanto estou em prisão preventiva. Muito menos ela. É constrangedor. Tenho muita vergonha de estar nesta situação — admito.

— Claire, só quero deixar claro e lembrá-la... Sukhi foi chamada pela promotoria, não por nós. Portanto, pode ser que não goste do que vai ouvir — explica Grosvenor, o rosto com uma expressão grave.

— Sukhi não faria isso comigo. Ela é minha amiga — digo com firmeza.

Grosvenor não responde.

Sukhi Dhillon

— Há quanto tempo conhece a Srta. Arundale? — Sukhi olha para mim, mordendo o lábio.

— Cerca de quinze meses.

Ela está usando um dos terninhos que a vi usar em reuniões com clientes, e fica bem nele. Ela me deu um sorriso caloroso ao passar por mim para chegar ao assento das testemunhas, os olhos cheios de compaixão. Fiquei com vontade de chorar pelo fato de ver minha amiga aqui, sendo arrastada para tudo isso, e, ainda assim, me apoiando, sem me dar as costas.

— E a senhora trabalha com ela? — pergunta Dodgson.

— Sim. Trabalho com relações públicas e a Claire faz parte da minha equipe, foi assim que nos conhecemos — Sukhi me lança um breve sorriso de apoio, e inclino a cabeça em um agradecimento silencioso.

— Sra. Dhillon, este é o currículo que a Srta. Arundale apresentou ao se candidatar?

Uma cópia do meu currículo aparece na tela. Sukhi franze a testa olhando para a sua própria versão em papel, antes de assentir com a cabeça.

— Sim, acredito que sim, embora já faça um tempo, então não posso ter certeza.

— Podemos ver aqui que o último emprego que a Srta. Arundale alega ter tido foi outra função em relações públicas, na Baker Rise Public Relations — diz ele.

— Sim. Era lá que ela trabalhava antes de se juntar a nós.

— Bom, eu liguei para a equipe de RH da Baker Rise PR, e não há registro de uma Claire Arundale ter trabalhado para eles nesse período. Na verdade, sequer há registro de que Claire Arundale tenha trabalhado para eles.

Sukhi fecha a cara olhando para mim, e sinto que minha pele começa a coçar de vergonha. Foi uma mentira bem estúpida, mas eu queria *tanto* o emprego, e não queria envergonhar Noah depois de todo o trabalho que ele teve me ajudando a me candidatar.

Sukhi se volta para Dodgson, a voz firme.

— Isso é uma pergunta?

— Não, apenas uma observação — responde, sorrindo para ela.

— Mentir em um currículo não é crime, é? Se é isso que está insinuando. Relações públicas é uma área competitiva e difícil de entrar. Não vou comentar sobre como ela conseguiu o emprego, cabe ao RH investigar isso — acrescenta Sukhi.

— Então admite que a Srta. Arundale pode ter mentido? E que talvez seja até mesmo uma mentirosa crônica? — Dodgson acha que encontrou o que procurava, mas Sukhi não cede.

— Não. Não vou comentar mais nada sobre o assunto, pois nunca conversei com Claire sobre o currículo dela, nem fui eu que a contratei. Em nossas interações pessoais, nunca a vi mentir.

Dodgson ergue as sobrancelhas para o júri, sem chegar a revirar os olhos.

— *Nunca* a pegou mentindo? — insiste ele.

— Não — a voz de Sukhi é inabalável.

Dodgson deixa o silêncio se prolongar dolorosamente e, por um momento insano, tenho vontade de gargalhar ao ver Sukhi encará-lo, sem ceder.

— Obrigado, Sra. Dhillon — diz ele, por fim. — Sem mais perguntas.

— Que desperdício do tempo dela — Grosvenor sussurra para mim, apertando meu ombro enquanto se levanta e toma o lugar de Dodgson.

— Olá, Sra. Dhillon. Posso confirmar o papel da Srta. Arundale na equipe? — pergunta.

— Assistente de relações públicas. Uma função de nível iniciante.

— E a sua função? — pergunta Grosvenor.

— Um nível acima dela. Sou executiva sênior, mas ela não se reporta a mim nem nada do tipo. Lidamos com contas diferentes; ela trabalha com estilo de vida, e eu, com literatura.

— A senhora a entrevistou?

— Não, não a entrevistei. Nosso chefe, David, a contratou, mas pude opinar sobre os candidatos na fase de currículos. Ele disse que Claire se saiu bem na entrevista, então a considerei uma boa opção. Em RP, é importante causar uma boa primeira impressão.

— E Claire causou? — indaga Grosvenor.

— Sim, causou. Ela é bem informada, trabalha duro, mostra iniciativa e sempre era a primeira a chegar ao escritório e última a sair. Será uma profissional de relações públicas brilhante um dia.

Um leve sentimento de orgulho cresce em mim ao ser defendida com tanto ardor.

— E fora do trabalho, vocês passavam muito tempo juntas? Falavam sobre coisas não relacionadas ao escritório? — investiga Grosvenor.

Sukhi olha para mim outra vez, e me mortifica ver que uma das poucas pessoas que posso chamar de amiga tenha sido arrastada para esta confusão, forçada a depor por mim diante de um grupo de estranhos. Dou outro leve sorriso, tentando agradecer-lhe telepaticamente por estar ali, e me desculpar por envolvê-la nisso tudo.

— Passávamos a maior parte do horário de almoço juntas e falávamos muito sobre nossas vidas pessoais. Eu consideraria Claire Arundale uma amiga, não apenas uma colega — responde Sukhi, olhando diretamente para mim.

Por alguma razão, sinto meus olhos começarem a lacrimejar.

— Bom saber. — Grosvenor faz uma pausa para que isso seja entendido e depois retoma. — E o que sabia sobre a Srta. Arundale e sua vida pessoal?

— Ela é uma pessoa gentil e atenciosa — responde Sukhi.

— Já a viu perder a paciência? Para usar a frase da testemunha anterior, já a viu "surtar"?

Grosvenor se volta para o júri, levantando as sobrancelhas para demonstrar a importância dessa pergunta.

— Não, nunca. Nunca a ouvi levantar a voz, mesmo depois de tudo o que aconteceu com Noah — responde Sukhi com firmeza.

— E o que a senhora sabia sobre o relacionamento entre a Srta. Arundale e o Sr. Coors? — pergunta Grosvenor.

— Sabia que estavam noivos.

— Ela disse isso?

Sukhi não hesita.

— Ela falava sobre ele diariamente. Alguns detalhes aqui e ali: mencionava que iria para casa com ele, o que fariam no fim de semana... Tinha uma foto dele como papel de parede no celular, que vi uma vez quando ela pediu almoço para viagem e pude olhá-la mais de perto. Ela ficou feliz em mostrá-la para mim. Eu sabia que ele tinha um ótimo emprego, que tinham saído de férias e que tinham esperanças de viajar mais — Sukhi continua. — Muitas coisas, na verdade. Diversos detalhes iam surgindo enquanto conversávamos, compondo uma ideia da sua vida fora do trabalho.

Estou concordando com a cabeça. É verdade, não falo sobre mim com frequência. Tudo o que Sukhi sabe sobre mim provavelmente vem do fato de ela prestar atenção e pegar partes de diferentes conversas e comentários feitos.

— E ela tinha um anel de noivado? — pressiona Grosvenor.

— Sim, ela usava um anel dado por ele — confirma Sukhi.

— Então, a senhora tem a impressão de que a Srta. Arundale era, em geral, uma pessoa muito gentil e atenciosa, que estava apaixonada pelo noivo e em um relacionamento feliz? — Grosvenor resume.

— Correto — diz Sukhi.

— E pode nos explicar a reação da Srta. Arundale quando vocês visitaram o escritório da Pulitzer Haas no dia 19 de setembro do ano passado?

— Bem, obviamente, foi uma surpresa horrível para Claire descobrir que o noivo não trabalhava onde ela pensava que trabalhava.

Ela, basicamente, entrou em estado de choque; tive que lhe dar um pouco de água e sentá-la... Era muita coisa para absorver.

— Temos imagens de câmeras de segurança de toda essa interação — afirma Grosvenor, e uma filmagem granulada do saguão da Pulitzer Haas começa a ser reproduzida. Meu rosto se aquece.

— Ela parece bastante angustiada — comenta Grosvenor, dando uma olhada para o júri.

— Bem, sim, qualquer pessoa ficaria — exclama Sukhi. — Eu mesma não conseguia acreditar, e não estou noiva do cara! Eu me senti péssima por ela, coitada.

Fico olhando para o chão, envergonhada por estar revivendo esse momento terrível na frente de tantas pessoas, de tantos estranhos.

— Ela entrou em contato com o Sr. Coors para saber onde ele estava? — pergunta Grosvenor.

— Entrou em estado de choque, como eu disse, mas sei que quando se recuperou o suficiente ela tentou ligar para ele. Acredito que também tenha enviado uma mensagem de texto, se me lembro bem. Mas, claro, a gente nunca vai atrás de notícias ruins, não é? Eu estava lá e ela mal conseguia falar comigo, muito menos com o homem que causou tudo isso. Ela não *merecia* passar por isso — diz Sukhi com firmeza, com um olhar feroz para o júri.

— E, mais tarde, a senhora estava lá quando ela confrontou o Sr. Coors em uma boate?

— Sim, estava e, mais uma vez, levando tudo em conta, ela agiu com mais calma do que eu teria agido — responde Sukhi, e fico surpresa com o tom defensivo na voz dela.

Essa mulher está me protegendo. Tenho vontade de abraçá-la com força e pedir desculpas por não ter sido uma amiga melhor. É uma mulher leal, que está do meu lado, apesar de me conhecer há apenas quinze meses. Uma lágrima desce pela minha bochecha e a limpo com a mão.

— Havíamos descoberto, pesquisando no Facebook, que Noah estava nessa boate: encontrei a página dele, e ele havia sido marcado naquele local.

— E contou isso para a Srta. Arundale?

— Sim, fui até a casa dela e mostrei o perfil. Foi horrível. Ele a havia bloqueado no Facebook, por isso ela não conseguia vê-lo. O próprio noivo a havia bloqueado, então ela não tinha como descobrir o que ele estava fazendo. Ele claramente levava uma vida dupla suja que tentava esconder! — Sukhi parece tão indignada em meu nome que sinto outra pontada de amor por ela.

— Objeção! Especulação — diz Dodgson.

— Mantida — confirma o juiz.

Grosvenor continua.

— Então a senhora mostrou a ela o perfil que encontrou e a acompanhou até a boate?

— Sim, e nós o vimos lá, com Lilah Andersson. Não havia como negar; estavam juntos. Bem, Claire foi muito digna na situação, muito mais do que eu teria sido! Ela tirou a aliança, disse a ele que estava tudo acabado, e então, de quebra, eu joguei água nele. Não a Claire, eu. Há testemunhas; tenho certeza de que podem confirmar isso. Não quero que ela leve a culpa pelo terno encharcado dele. — Ela cruza os braços como se estivesse desafiando o júri a discordar dela, e ouço alguns risos abafados. Estou começando a achar que Sukhi deveria ter sido advogada também.

— E como eles reagiram? O Sr. Coors e a Srta. Andersson?

— Bem, conforme o esperado! Noah parecia ter visto um fantasma quando ela entrou, como se não acreditasse que tinha sido pego de surpresa. Até perguntou o que ela estava fazendo ali; eu não conseguia acreditar na audácia daquilo tudo! Quanto a Lilah, ela parecia bastante envergonhada, mas não prestei muita atenção nela. A outra mulher geralmente leva a culpa, mas, na minha opinião, a culpa era toda do Noah. Afinal, era ele quem estava traindo. Ficou lá, sentado, a boca aberta feito um peixe, não discutiu nem nada, mesmo quando joguei a água.

— E a Srta. Arundale simplesmente… saiu da boate?

— Sim, eu a levei para casa. Acho que arremessaram um copo, mas não sei quem fez isso.

Pestanejo, surpresa. Sukhi acabou de mentir no banco das testemunhas por mim. Ela sabia que eu tinha jogado o copo e está apostando no fato de que as filmagens das câmeras de segurança foram rápidas demais para mostrar a sequência exata dos eventos. Não acredito que ela acabou de fazer isso! Olho para o chão, sentindo o meu coração acelerar freneticamente. Uma coisa é me defender, outra é colocar a própria liberdade e reputação em risco e mentir abertamente por mim.

— Sim, não podemos ver isso claramente na filmagem, muitas pessoas se aproximam depois que a bebida é jogada e obstruem a câmera — concorda Grosvenor. — Então vocês foram embora depois disso?

— Sim. Ela estava em um estado terrível, tremendo durante todo o caminho de volta no táxi e, quando chegamos em casa, só conseguia chorar e chorar. Fiquei bem preocupada com ela — admite Sukhi.

— Então, a senhora a viu em um estado de grande angústia? — pergunta Grosvenor.

— Sim, com certeza. Ela estava magoada e chateada — diz Sukhi.

— Mas ainda assim não demonstrou nenhuma tendência violenta, não fez ameaças ou gestos que pudessem ser considerados intimidadores, como um sacudir do punho cerrado?

— Não, nada disso. Ela parecia abatida e triste.

Grosvenor dá um sorrisinho e acena com a cabeça para ela.

— Obrigada, Sra. Dhillon.

— Claire é uma boa pessoa — acrescenta Sukhi, e tenho que engolir o nó na garganta.

Capítulo Quarenta e Quatro

Durante o intervalo para o almoço, fico sentada em silêncio, pensando em Sukhi e no testemunho que ela deu. Não esperava que minhas emoções me dominassem tanto, mas, sem aviso, percebo que estou chorando a ponto de soluçar.

Grosvenor olha para cima, assustada.

— Claire? Claire, está tudo bem?

Balanço a cabeça.

— Ela é uma pessoa tão boa, não a mereço — consigo dizer em meio a mais alguns soluços.

— Quem? A Sukhi?

Assinto levemente, encolhendo-me para poder chorar com mais intensidade, escondendo meu rosto com as mãos para ter um pouco de privacidade.

Grosvenor diz baixinho:

— Leve todo o tempo que precisar para se recompor.

Ouço o farfalhar de papéis, o que indica que ela vai me ignorar, assim como as minhas emoções, e voltar ao trabalho.

Continuo soluçando, tomada pela emoção diante da ideia de que alguém que me conhece há apenas alguns meses me defendeu com tanta lealdade, em uma situação em que não havia benefício algum para ela. Ela deve gostar de mim, e até mesmo se importar comigo. É algo que sempre desejei desesperadamente, exceto quando Noah estava em minha vida.

Claire é uma boa pessoa, disse Sukhi. A fala me atingiu no peito feito uma bala, a noção de que alguém poderia pensar isso de mim. Percebo, meio perplexa, que depois de décadas de Mãe dizendo que eu não era boa o suficiente, que era uma pessoa ruim, passei a acreditar nisso. O fato de que alguém tão gentil como Sukhi veja em mim o suficiente para achar que sou boa, apesar de eu obviamente ter mentido para conseguir meu emprego... Sinto que sou uma fraude, como se ela ainda não me conhecesse bem o suficiente para ver a verdadeira Claire. Enganei Sukhi em muito mais coisas do que meu currículo.

Eu tinha 17 anos e estava na cama com uma enxaqueca debilitante. Elas começaram quando eu tinha 15 anos, depois do início da minha menstruação. Minha visão ficava embaçada nas laterais e, em seguida, uma dor latejante na cabeça começava a aumentar, até parecer que alguém me martelava as têmporas com uma furadeira. De vez em quando, eu vomitava de dor. A única maneira de lidar com ela era tomar codeína, deitar em um quarto escuro e dormir. Felizmente, elas não vinham com muita regularidade, mas lembro que, um dia, estava deitada no meu quarto, pressionando as têmporas e me contorcendo de dor, quando a porta se abriu.

— Claire, querida, preciso que me ajude com meu cabelo. Ele não fica do jeito que eu quero e você faz tranças ótimas — disse Mãe, entrando e se empoleirando em um canto da minha cama, alheia ao fato de que eu claramente não estava em condições de ajudá-la com um penteado.

— Mãe, não posso. Estou com muita enxaqueca — gemi, rolando com dificuldade na cama para enfatizar o fato de que não conseguia me mover direito.

Meus olhos ainda estavam fechados. Tinha medo de que, se a luz os preenchesse, a náusea viesse.

— Ah, é só uma dorzinha de cabeça. Anda! Não vai levar mais do que uns cinco minutos — respondeu ela, levantando-se da cama.

— Mãe, por favor. Por que precisa fazer uma trança agora? — Tentei, esperando que ela percebesse que isso não era importante.

— Para o evento desta noite, querida. Quero o cabelo meio preso, meio solto, com apenas uma trança francesa na lateral. Só uma, não vai demorar nada — insistiu.

Suspirei, tentando manter a calma.

— O evento é só mais tarde, Mãe. Por favor, se me deixar dormir para a enxaqueca passar e os analgésicos surtirem efeito, prometo que, quando acordar, arrumo seu cabelo. Consigo arrumá-lo antes que tenha que sair — argumentei.

Eu a ouvi estalar os dentes e me preparei para o que viria a seguir.

— Claire, não estou pedindo muito: só tomará cinco minutos do seu tempo. Não seja tão egoísta. Sabe que eu não consigo fazer isso sozinha. Não quero fazer tudo apressada depois!

— Mãe, já disse que *vou* te ajudar, mas não agora. Não estou enxergando direito, então o penteado vai ficar ruim. Não quer isso, quer? — Tentei outra vez.

— Claire, abra os olhos quando estiver falando comigo, não seja tão rude — sibilou.

Abri os olhos e a luz que entrava pela porta atrás dela fez com que pontadas de dor atravessassem minha cabeça até a parte de trás do crânio, que instantaneamente começou a latejar. Estremeci.

— Não seja tão dramática. — Mãe revirou os olhos. — Sinceramente, Claire, você é uma pessoa terrivelmente egoísta. Não peço muito, não é? Eu só queria a merda de uma trança no meu cabelo, e você age como se eu tivesse pedido um dos seus pulmões!

Não respondi. Minha cabeça doía demais.

— Tudo bem. Seja uma filha horrível e egoísta. Vou tentar fazer tudo sozinha, e então estarei horrorosa na festa e a *culpa será toda sua.*

Ela girou sobre os calcanhares e fechou a porta, mas, antes de sair, acendeu o interruptor da luz. Um castigo final de despedida. A luz me atingiu como um trem e vomitei no vaso de plantas ao lado da minha cama.

Fiquei imaginando como Mãe se sentiria se tivesse cacos de vidro se agitando dentro do crânio. Imaginei minhas mãos segurando as laterais da cabeça dela e sacudindo-a violentamente, fazendo os fragmentos afiados dançarem, para que ela pudesse sentir exatamente o que eu sentia.

Quando me recomponho, Grosvenor borrifa uma espécie de névoa em meu rosto, algo para reduzir a vermelhidão e o inchaço. Tem cheiro de talco.

— Achei que seria bom para o júri me ver com uma aparência patética.

Aspiro enquanto ela aplica o spray generosamente.

— Não se preocupe, Claire. Eu lhe garanto que está patética! Mas não precisa ficar com o rosto avermelhado também — respondeu ela.

Ergo o olhar, surpresa ao ver um leve sorriso direcionado a mim.

— Não sabia que era capaz de fazer piadas.

— Somente em ocasiões especiais. Nós, advogados, temos uma cota rígida de dez piadas por ano para preencher — fala, piscando — Pronta?

— Não.

— Que pena — responde ela, estendendo a mão para me ajudar a levantar do meu assento.

Capítulo Quarenta e Cinco

12 de junho de 2025

Querido diário,

Noah e eu tivemos nossa primeira discussão séria. Havíamos combinado que eu iria apresentá-lo a Sukhi, pois ela estava morrendo de vontade de conhecê-lo. Então, ela reservou uma mesa para nós quatro: Noah e eu, Sukhi e o marido, Fateh. Sukhi e eu fomos ao restaurante depois do trabalho e encontramos Fateh lá. Foi a primeira vez que eu o vi, e ele é foi adorável. Muito educado e engraçado, conversava com facilidade com Sukhi, algo que percebi ser o resultado de todo o tempo que estão juntos. Ela parecia completamente à vontade perto dele.

Então esperamos, e estava ficando cada vez mais tarde. Pedimos bebidas porque o garçom não parava de vir perguntar, e eu liguei várias vezes para o Noah, mas não tive resposta. Finalmente, chega uma mensagem dele, dizendo que sentia muito, mas que ficou preso em uma reunião de trabalho e não poderia vir — quando já havíamos esperado por trinta minutos. Fiquei mortificada!

Fateh foi muito gentil, mas percebi que Sukhi não gostou, embora tenha sido educada e dito que tinha certeza de que era algo importante para que Noah desmarcasse. Eu queria tanto que ele causasse uma boa impressão, e que gostasse da minha nova amiga. Imaginava nós quatro saindo juntos em encontros duplos. Por isso, fiquei furiosa. Nem consegui aproveitar a refeição e, quando cheguei em casa, disse de tudo: que ele havia me envergonhado, que estava desrespeitando o tempo dos meus amigos e que deveria querer passar tempo com eles e conhecê-los, da mesma forma que quero conhecer os amigos dele.

Para ser justa, ele pareceu sentir-se culpado por isso. Então minha cabeça começou a doer devido ao estresse e tive de ir para a cama com uma toalha molhada; Noah entrou, parecendo ainda mais arrependido. Correu até a farmácia para me comprar analgésicos e disse que entendia por que eu estava tão chateada e que ele não queria priorizar o trabalho em vez do nosso relacionamento. Massageou minhas têmporas doloridas até eu adormecer, e pela manhã não tive coragem de continuar com raiva dele.

Claire

Capítulo Quarenta e Seis

Emilia Waterson

— A promotoria chama Emilia Waterson para depor — anuncia Dodgson.

Observo uma mulher idosa, de baixa estatura e cabelos tingidos de ruivo, com permanente em forma de cachos, aproximar-se do banco das testemunhas. Ela segura o corrimão e faz um aceno nervoso com a cabeça para a juíza. Evita olhar em minha direção e exala profundamente ao sentar-se. Parece inofensiva, uma senhorinha de idade, do tipo que eu provavelmente pararia e ofereceria meu braço se a visse tentando atravessar a rua.

— Pode dizer ao júri qual é sua relação com a vítima, por favor?

— Sou vizinha dela — responde Emilia. — Moro na casa em frente à da Lilah há anos, desde o dia em que ela se mudou. Uma garota adorável — acrescenta, balançando a cabeça com tristeza.

Adorável o suficiente para roubar meu noivo. Mas eu não deveria falar mal dos mortos.

— E onde a senhora estava no dia da morte dela? — pergunta Dodgson.

— Em casa, cuidando do jardim. O clima estava perfeito para isso. Eu ajeitava as pedras do caminho e tirava as ervas daninhas dos canteiros de flores no parapeito da janela. Essas malditas surgem todo ano.

Isso desperta em mim uma vaga lembrança de cabelos ruivos entre os arbustos do outro lado da rua ao me aproximar do número 48 para falar com Lilah.

— A senhora já havia visto a ré antes daquele dia? Reconheceu-a de alguma forma?

— Bem, para ser sincera, naquele dia não a reconheci, não. Ela não é muito memorável — acrescenta Emilia, desnecessariamente. — Mas depois, quando vi tudo isso no noticiário, percebi que *já* a tinha visto antes! Contei ao meu filho, quando ele veio me visitar, e ele me ajudou a verificar as imagens da câmera que fica perto da campainha para ter certeza. Minha visão e minha memória já não são mais as mesmas, mas lá estava ela! Havia estado rondando alguns dias antes do incidente, à noite. Tenho imagens dessa senhorita — diz ela, apontando um dedo trêmulo em minha direção —, passando sorrateiramente pela minha porta da frente, na entrada da garagem, e depois parando atrás de uma árvore por um momento. Logo em seguida, ela saiu do enquadramento.

— A senhora disse que ela estava passando sorrateiramente. Por que acha isso? — questiona Dodgson.

Para meu horror, as filmagens da campainha começam a ser exibidas.

Admito que pareço sorrateira nelas. Demonstro nervosismo, e olho para trás com frequência. Resisto ao impulso de enterrar minha cabeça nas mãos.

— Presumo que ela estava tentando usar a árvore em frente à minha casa para se esconder.

— Objeção! Especulação. — Grosvenor se levanta para intervir.

A juíza acena para que ela se sente novamente. Eu me atrevo a olhar para o júri, mas as expressões parecem confusas, como se não soubessem o que pensar. Alguns estão fazendo anotações. Cruzo o olhar com um homem, mas o desvio rapidamente, antes de registrar sua expressão.

— Obrigado, Sra. Waterson. Isso demonstra que o ataque à Srta. Andersson foi premeditado; que a ré esteve na área, observando a casa da vítima *ao menos* uma vez antes do ataque, e é bem possível que também em outras ocasiões não capturadas pela câmera. — Dodgson volta para sua mesa, peito estufado, convencido de que essa é uma prova contundente. A pele dele parece cinza sob a iluminação.

Grosvenor se levanta devagar e caminha ao redor da mesa, seus passos ecoando pela sala silenciosa do tribunal.

— Senhoras e senhores do júri — começa ela, em voz alta, e eu estremeço. Grosvenor então se volta para Emilia, dando à idosa um leve aceno antes de encarar o júri novamente. — Lembro a todos que o cerne deste caso é se, na manhã em que visitou Lilah Andersson, minha cliente tinha ou não a intenção de causar-lhe ferimentos graves, como exigido para provar a acusação de homicídio.

Os membros do júri trocam olhares, e ouço murmúrios.

— Ordem! — diz a juíza novamente.

— Senhoras e senhores do júri, por favor, concentrem-se nos eventos de sábado, 20 de setembro de 2025. O que a senhora viu *no dia da morte da vítima*? — pergunta Grosvenor à testemunha.

— Vi essa mulher batendo na porta da Lilah — responde Emilia.

Resisto ao desejo de me encolher. Em vez disso, mantenho-me completamente imóvel, tentando esconder qualquer expressão. Talvez ela não seja tão inofensiva quanto aparenta.

— E como a Srta. Arundale se comportava quando a viu chegar? — insiste Grosvenor.

Emilia dá de ombros.

— Como qualquer outra visita.

— Nada que causasse alarme? A senhora não achou que ela estava *sorrateira*, para usar sua própria palavra?

— Não — admite Emilia.

— A senhora disse que ela estava batendo na porta da vítima, correto? Portanto, não estava batendo com força ou chamando atenção desnecessária?

— Não, foi uma batida normal. Ela não estava levantando a voz. Não consegui ouvir o que elas disseram quando Lilah abriu a porta. Só me lembro de que a interação parecia tensa. Lilah demonstrava relutância em deixar a visitante entrar, não abria a porta totalmente. Presumi que fosse uma dessas pessoas que vão de porta em porta, sabe, coletando doações para caridade ou pedindo ao morador que responda a algum questionário, algo assim. Podem ser bem incômodas.

— Portanto, minha cliente não parecia agressiva, excessivamente emocional ou descontrolada antes de entrar na casa?

— Não.

— E quem estava agindo de forma estranha, na verdade, era Lilah Andersson?

— Para mim, que não sabia nada sobre a situação, sim. Lilah parecia nervosa e a Srta. Arundale estava serena ao falar.

— Mas a senhora não ouviu o que foi dito?

— Não, minha casa fica do outro lado da rua, e eu estava removendo as ervas daninhas de trás de alguns arbustos.

— E sobre a visita anterior da Srta. Arundale, em que a senhora sugeriu que ela estava passando de forma "sorrateira"? Não seria possível que ela estivesse lá para ver Noah Coors, e não Lilah Andersson, e estivesse tomando precauções para não ser vista pela outra namorada dele? — provoca Grosvenor.

— Bem... bem, sim, isso é possível. Não sei se ela estava observando Lilah especificamente — admite Emilia, com uma fraqueza na voz.

— Sem mais perguntas. Isso demonstra que não havia raiva ou emoção visíveis no comportamento de minha cliente no dia do encontro com Lilah Andersson imediatamente antes da morte da Srta. Andersson. Isso também desfaz a ideia de que ela perseguia a mulher morta. Nada disso prova qualquer premeditação. Obrigada, Sra. Waterson — encerra Grosvenor.

Observo Emilia se afastar do banco das testemunhas e me pergunto até que ponto suas observações hesitantes ajudarão a convencer o júri de que eu não fui à casa de Lilah com a intenção de machucá-la.

Após esse depoimento, a juíza decide encerrar a sessão mais cedo.

Sou levada de volta a uma das pequenas salas de consulta pintadas de bege, localizadas atrás do tribunal, pelo segurança que me foi designado. Grosvenor e sua advogada-assistente já estão lá, e ela anda de um lado para o outro, animada.

— Um encerramento antecipado! Isso é um bom sinal. Estamos abalando Dodgson, desmontando a teoria de que você estava irritada e emocional quando chegou à casa. Ele passará o resto do dia procurando uma nova estratégia para adotar — diz ela, com entusiasmo.

É a primeira vez que a vejo tão viva, seus olhos castanhos brilhando e os lábios finos curvando-se em um sorriso enigmático, como o do gato de Cheshire.

— O que acha que ele vai tentar amanhã? — pergunto com cautela.

— O que quer que seja, estaremos prontas para refutar — garante, servindo-se de um copo de água do bebedouro no canto da sala. Ela toma um longo gole antes de se inclinar sobre os documentos. — Ao trabalho, equipe.

— Minha mãe está chegando — falo, cheia de presunção, para a menininha de pé ao meu lado. Nossa professora estava ocupada tentando ajeitar meu ridículo adereço de leão. — Ela mal pode esperar para me ver, porque sou o leão — acrescentei, como se isso não fosse óbvio.

A garota assentiu, mas eu sabia que ela não podia entender. Afinal, ela era só um cervo do coro. Eu, por outro lado, era o leão, com falas e tudo mais.

Tinha 9 anos e estávamos em uma peça da escola: uma história estranha escrita pela nossa professora de teatro, ambientada numa selva onde um grupo de leões decide se tornar vegetariano e viver em harmonia com os vizinhos, os cervos dançantes. Refletindo agora, percebo que era uma forma de ela promover sua própria causa vegana, mas, aos 9 anos, convidada a representar um dos papéis mais cobiçados, não me importava. Tudo o que me importava era que Mãe havia prometido estar lá e, surpreendentemente, tinha passado uma tarde sem dramas me ajudando a fazer a fantasia. Mal podia esperar para que ela me visse no palco, atuando, brilhando. Talvez, ela até se orgulhasse de mim.

Então, as luzes se apagaram e eu esperava nervosa nos bastidores, pulando de um pé para o outro, mexendo nas minhas patas falsas.

A zebra já tinha entrado e apresentado a peça, e eu fiquei aguardando meu primeiro momento em cena. Quando chegou minha vez, marchei orgulhosamente para o palco, balançando um pouquinho o bumbum para dar um efeito extra na cauda. Tentei olhar para a plateia, mas os holofotes me ofuscavam, e tudo o que via era uma massa escura de silhuetas irreconhecíveis. Decidi ignorar isso. Mãe estava por lá, eu sabia que ela estava. Por isso continuei, sem me importar, e dei o meu melhor. Rugi, cantei, pulei e ri, e o público aplaudiu. Imaginei Mãe também batendo palmas, talvez cutucando as pessoas ao lado, orgulhosa, dizendo:

— Aquele leão ali é a minha filha!

Mas bem no final, quando as luzes da plateia se acenderam e começamos nossa última música — na qual interagíamos com o público, correndo entre as fileiras e jogando confete em todos —, vi uns recém-chegados atravessando as portas do fundo com dificuldade, e meu coração apertou. Ouvi uma risada estridente e tinha certeza de que era Mãe. Alguns pais se viravam e lançavam olhares de desaprovação. Ela os desviava, silenciando exageradamente seu acompanhante, um homem que eu nunca havia visto antes. Fiquei parada no palco, pestanejando, sem saber o que fazer. Ela nem sequer me notou, cambaleando ao longo de uma fileira, sob protestos dos outros pais, enquanto procurava encontrar dois assentos vagos.

Quando a música terminou, todos correram para encontrar seus pais, elogios e risadas se espalhando pelo ar. Fiquei sentada no fundo do auditório, atrás dos cabides de fantasias, de braços cruzados, sem querer vê-la. Ela havia perdido toda a apresentação.

Por fim, veio ao meu encontro. Cheirava a álcool e cigarro, e tropeçava um pouco em saltos que eram mais altos do que qualquer um que as outras mães estavam usando. O acompanhante se afastou, meio sem jeito, acenando para mim.

— Querida! — ela chamou com um tom musical, alto o suficiente para que os pais que estavam por perto se virassem e olhassem. — Ah, Claire, querida, você foi simplesmente maravilhosa! Que puminha fantástica você foi! — ela riu, um pouco alto demais, os dentes à mostra.

— Bom trabalho, garota — acrescentou seu acompanhante.

— Eu era um leão — corrigi baixinho, mas ela não ouviu.

Não tinha visto absolutamente nada. Nenhum daqueles elogios era para mim. Eu havia confiado nela quando prometeu vir, confiei que estaria lá para me apoiar. Mas, em vez disso, tinha ido a um encontro, ficado bêbada e se esquecido de mim até que já era tarde demais.

Naquele dia, decidi que nunca mais confiaria nela. Se você não confiar nas pessoas, elas não podem te decepcionar.

Agora, analiso a expressão determinada de Grosvenor e sinto uma pontada de medo na barriga. Sou obrigada a confiar nela — essa mulher desconhecida cuja única lealdade a mim se baseia em sua remuneração — para provar que não assassinei Lilah.

Capítulo Quarenta e Sete

Na manhã seguinte, nosso horário de início foi adiado várias vezes até que decidiram marcá-lo para as 11h30. Informaram-nos que a mudança ocorreu a pedido da acusação.

— Dodgson pode estar apenas tentando nos irritar ou ganhar mais tempo porque está preocupado com as provas — diz Grosvenor, num tom conspiratório.

A demora faz meu estômago se revirar de nervosismo e, embora ela pareça calma, percebo, pela maneira como mexe nas canetas sobre a mesa na sala de consulta, que também está apreensiva.

Quando o julgamento recomeça, estou uma pilha de nervos, ansiosa e desesperada para descobrir qual será a nova linha de ataque do promotor.

Ao ver a próxima testemunha caminhando pelo corredor, reconheço-a imediatamente, e tenho certeza de que esta rodada de interrogatório não será nada favorável a mim.

Maggie Thurnwall

Maggie caminha lentamente pelo corredor da sala do tribunal, como se o meu futuro inteiro não estivesse em jogo. Maldita Maggie, a recepcionista que causou um desentendimento entre Noah e eu. Uma das raras vezes em que brigamos.

Ela veste um terno cinza básico, semelhante ao que costumava usar quando me impedia de visitá-lo durante o expediente. Ela me lança um olhar de repulsa, enrugando o nariz com desdém, antes de tomar seu lugar e acenar para que a acusação comece, como se todos estivéssemos aqui sob seu comando. Como se fosse a juíza. A rigidez e a pretensão dela me irritam, mas tudo o que eu quero é que isso acabe logo. Entrar e sair. Não sei por quanto tempo mais conseguirei aguentar ouvir antes que minha capacidade de me manter calma e distanciada seja posta à prova. Sinto meu maxilar se contrair.

— Sra. Thurnwall, por favor, conte ao tribunal como conheceu Claire Arundale — pede Dodgson, um de seus sapatos brogue lustrosos batendo levemente no chão, como se quisesse apressar os procedimentos.

— Trabalhei na Pulitzer Haas como recepcionista durante três anos. Antes de sair, conheci Claire por volta de outubro de 2024. Ela estava apaixonada por um dos nossos funcionários, Noah Coors.

Ah, então agora sou julgada por amar meu noivo? Resisto à vontade de revirar os olhos.

— O que a senhora quer dizer com "apaixonada"?

— Bem, no começo, ela nem entrava, sabe? Mas eu a via perambulando do lado de fora do prédio. Faz parte do meu trabalho notar esse tipo de coisa, comportamentos suspeitos dentro e fora das instalações, entende? Ela chamava a atenção principalmente porque tinha um casaco vermelho-vivo que sempre usava, impossível de ignorar. Enfim, da primeira vez, ela ficou apenas sentada do lado de fora, almoçando, nada demais. Mas depois começou a vir todos os dias. Muitas pessoas almoçam nos arredores do prédio, claro, mas o jeito como ela sempre se sentava olhando de frente para a entrada... Era como se estivesse esperando por alguém.

Agora estou sendo julgada por onde eu comia? Meus dentes se apertam.

— Quanto tempo isso durou? — pergunta Dodgson.

— Alguns dias. Depois, ela começou a aparecer no fim do dia também, quando os funcionários saíam do trabalho — continua Maggie.

— A senhora achou que ela conhecia alguém ali?

— No começo, sim. Achei que devia estar saindo com algum deles. Esses rapazes fazem bastante sucesso, sabe?

— Ela incomodava alguém, falava com alguém?

— Bem, não. Foi por isso que não me preocupei tanto. Era estranho, sim, mas ela não parecia causar problemas. Algumas pessoas simplesmente gostam de almoçar no mesmo lugar todos os dias. Pensei que talvez fosse uma dessas pessoas obcecadas por rotina, sabe? Mas, então, um dia, ela finalmente entrou no lobby. Trazia uma sacola plástica com a marca do restaurante de tacos que fica na esquina. Aproximou-se da recepção, sorriu e disse que estava deixando o almoço para Noah Coors. Achei aquilo estranho, as palavras soavam um pouco esquisitas, sabe? Era como se fosse uma entregadora, não como se fossem almoçar juntos. Ela estava apenas deixando o almoço, como uma mãe faria por um filho que esqueceu o lanche.

Desta vez, reviro meus olhos. Só porque essa mulher não se digna a levar almoço para o namorado, não significa que há algo errado com quem o faz. E daí se eu quero deixar um mimo no intervalo do almoço para o meu noivo super trabalhador? Por que isso seria estranho?

— Liguei para Noah e lhe disse que tinha uma visita. Ela acenou quando ele desceu, como se o conhecesse, segurando a sacola e apontando para ela. Disse que lhe trouxe o almoço. O mais estranho foi a reação dele, perguntando por que ela faria tal coisa. Eu tinha outra pessoa esperando na recepção, mas sou curiosa e fiquei atenta à conversa. Parecia um episódio de *EastEnders* se desenrolando bem na minha frente.

Algumas risadas ecoaram na sala, e isso me irritou. Por que estão dando trela para essa maluca?

— O que aconteceu depois que o Sr. Coors perguntou por que ela trouxe o almoço? — Dodgson tenta amenizar a atmosfera na sala.

— Bem, ele parecia bastante confuso, mas agradeceu. Ela se inclinou e deu-lhe um beijo no rosto, o que o surpreendeu um pouco; então, ele saiu. Subiu com o almoço, então presumi que talvez a conhecesse, que fosse uma cliente.

— Entendo. E a senhora acredita que ele estava em um relacionamento com ela, ou que era algum outro tipo de conexão?

— Para ser honesta, nunca ficou claro se ele a conhecia ou não. Só sei que ela veio novamente alguns dias depois seguindo o mesmo roteiro: carregando uma sacola de almoço e pedindo para entregá-la a Noah. Mas, desta vez, quando liguei para ele, Noah me disse para dispensá-la, que não queria o almoço, e me pediu que inventasse uma desculpa. Na verdade, ele me disse especificamente que não a deixasse entrar novamente no prédio. Ele parecia bastante irritado, como se fosse culpa minha! Então, eu disse a Claire que lamentava, mas que Noah estava em uma reunião e não poderia descer, e que, a menos que tivesse combinado algo com ele, seria melhor que não voltasse.

— E como a Srta. Arundale reagiu?

— Nada bem. Ficou furiosa comigo, chamou-me de vaca velha e disse que ela poderia ver seu noivo quando diabos quisesse. Bateu as mãos na escrivaninha e fez um escândalo.

A maneira como me lembro dessa interação é diferente. É verdade, chamei-a de vaca velha, e não me arrependo. Mas não bati com as mãos na mesa. Acho que a chamei de vaca velha intrometida, e disse que conversaria com Noah a respeito quando chegasse em casa, mas eu ainda estava com receio de causar uma cena e envergonhá-lo no trabalho. Claro, quando ele chegou em casa naquela noite discutimos o assunto, até mesmo levantei um pouco a voz, mas ele ficou insistindo na questão de eu ter levado o almoço para ele e, de algum modo, conseguiu me convencer a concordar em não aparecer no escritório sem antes consultá-lo. Disse que isso o distraía do trabalho. Pensando bem, talvez aquilo já fosse um sinal de que ele estava escondendo algo de mim.

— A senhora teve medo da Srta. Arundale em algum momento? Como era o comportamento dela? — perguntou Dodgson a Maggie.

— Bem, eu me senti intimidada, sim. Ela estava muito transtornada, falando alto e fazendo cena. A Pulitzer Haas não é um lugar onde esse tipo de comportamento é visto com frequência, e todas as pessoas que aguardavam na área da recepção estavam olhando. Então, apertei o botão de segurança e esperei que eles a levassem para fora. Ela estava se aproximando demais, tentando pegar o telefone da minha mão, exigindo falar com o Sr. Coors. Dizia que ele faria com que eu fosse demitida. Fazia ameaças a torto e a direito! Foi muito perturbador. Eu estava naquele emprego há anos e nunca havia tido nenhum tipo de confronto como aquele. Então, os seguranças vieram e a tiraram de lá!

Ela está exagerando!!!, escrevo em um pedaço de papel, deslizando-o para Grosvenor. Ela olha para baixo momentaneamente, mas não reage de forma alguma.

— Ela foi removida do local fisicamente? — diz Dodgson.

— Sim. Eles a pegaram pelos braços e a levaram para fora.

— Por que a pegaram?

— Porque ela estava resistindo... Estava gritando e chutando, exigindo ver o noivo.

Dou batidinhas no bilhete na mesa, mas Grosvenor ainda se recusa a falar comigo.

— E, depois do ocorrido e de ela ter saído do prédio, o que aconteceu?

— Bem, tive que registrar um relatório de incidente. Pedi aos seguranças que ficassem de olho nela e que não a deixassem entrar se a vissem novamente. Depois, falei com Noah e ele confirmou que não queria que ela entrasse para vê-lo sem hora marcada. Disse que achava que ela era alguém tentando um emprego. Para ser sincera, eu não conseguia entender como essa mulher estava tão convicta de que era noiva dele, e ele estava tão convicto de que não a conhecia. Era bizarro.

— É justo dizer que a Srta. Arundale parecia bastante instável, então?

— Ah, sim — respondeu Maggie.

Evito estreitar meus olhos para ela.

— Objeção! Pergunta tendenciosa — rebate Grosvenor, levantando-se. O juiz assente com a cabeça para ela.

— A senhora acha que, pelo que vivenciou naquele dia, a Srta. Arundale é o tipo de mulher que perde o discernimento quando se trata do Sr. Coors?

— Sim, eu diria que ela passava a impressão de ser obsessiva e carente, muito controladora. Se ela realmente *fosse* a namorada, não se poderia culpá-lo por tentar se esconder dela no trabalho!

Soltei um sibilo entre os dentes cerrados e tentei contar até dez em minha cabeça, Grosvenor dando tapinhas em meu joelho embaixo da mesa.

— Obrigado, Sra. Thurnwall — Dodgson diz a ela, a voz viscosa como o rastro de uma lesma.

Grosvenor solta um longo suspiro e fecha os olhos por um momento, antes de se levantar e caminhar com determinação em direção a Maggie, que pestaneja para ela.

— Sra. Thurnwall, quando o Sr. Coors lhe disse que não conhecia minha cliente, apesar de ele ter aceitado o almoço que ela levou apenas alguns dias antes, a senhora acreditou nele? — pergunta, indo direto ao ponto, como sempre.

— Bem, para ser honesta, não tinha certeza; a senhora sabe como são os homens. Eu havia visto o Sr. Coors se encontrando com diferentes mulheres no final do dia de trabalho, fora do escritório. Algumas delas pareciam bem à vontade com... Mas isso não era da minha conta. Ele trabalhava no prédio e meu trabalho era garantir que não fosse incomodado desnecessariamente. Fim de papo.

— Então, o que a senhora está dizendo é: pode ser que minha cliente fosse realmente apenas uma namorada sendo maltratada por um parceiro infiel que estava, para usar suas palavras, tentando "se esconder dela no trabalho"?

Maggie hesita, olhando rapidamente para Dodgson antes de responder a Grosvenor.

— Sim, é possível.

— E também é justo dizer que muitas pessoas comem no espaço externo do prédio de escritórios da Pulitzer Haas, e que sentar-se lá e fazer isso todos os dias não é tão incomum?

— Suponho que não — diz Maggie, com a voz trêmula.

— Então, na verdade, a única prova que está trazendo é que a Srta. Arundale almoçou algumas vezes no pátio em frente a um prédio, levou o almoço uma vez para o Sr. Coors, que o aceitou, mas depois disse que não a conhecia e que não receberia mais nenhum pacote de alimentos que viesse dela?

— Bem, sim, foi isso que aconteceu.

— E em algum momento, quando a Srta. Arundale estava ficando perturbada e teve de ser retirada pelos seguranças, ela se esquivou de dizer que era noiva do Sr. Coors e que tinha o direito de visitá-lo?

Aqui eu tenho que morder minha bochecha para não sorrir com a rapidez com que Grosvenor mudou a situação a meu favor.

— Sim, a moça parecia tão segura, tão confiante no que estava dizendo, e por isso suspeitei que havia algo mais do que aparentava... Mas, como eu disse, tive de fazer o que me foi pedido. Se ele não queria que ela ficasse lá durante o dia, era meu dever concordar. Não me importava o que acontecia fora do horário de trabalho e do prédio, isso era problema dele.

— E a senhora viu o Sr. Coors com outras mulheres depois desses incidentes?

— Sim, vi. Na festa de Natal do escritório, ele apareceu com uma loira, de pernas longas e aparência jovem; disse que estavam juntos fazia anos. Mais uma vez, achei estranho, mas não tinha cabimento me envolver. Para ser sincera, evitei-os durante a noite toda porque eu sabia que ele tinha saído com outra mulher um pouco antes disso.

Inspiro, uma súbita e forte lufada de oxigênio que parece cortar minhas vias respiratórias. *Outra mulher?* Eu me esforço para lembrar se ele me levou para sair logo antes da festa de Natal, mas não tenho certeza.

— Como sabe disso? — pergunta Grosvenor, parecendo não se surpreender com a informação que está virando meu mundo de cabeça para baixo.

— Tenho acesso às agendas deles, para marcar reuniões, se necessário. E eu notei que o Sr. Coors havia tido alguns encontros com uma pessoa chamada Mads, que se registrava no horário noturno. Um dos encontros foi dias antes da festa de Natal, e, naquela noite, ele apareceu com essa mulher loira. Agora, é claro, sei que era Lilah Andersson, mas, naquele momento, tudo o que conseguia pensar era: *Você não é a Mads da agenda.*

— E como sabia disso?

— Bem, admito que eram só suposições e estereótipos, mas o nome que aceitava os convites na agenda era Mads Choi.

— Um nome coreano — afirma Grosvenor.

— Sim.

— E, quando Lilah Andersson apareceu com o Sr. Coors naquela noite para a festa de Natal, a senhora raciocinou: Lilah não era descendente de coreanos, portanto, provavelmente, não era a mulher com quem ele vinha se encontrando à noite, recentemente?

— Sim — confirma Maggie.

— E seria justo dizer que sua percepção da Srta. Arundale era de que ela talvez fosse uma das muitas namoradas com quem o Sr. Coors estava saindo? — pergunta Grosvenor.

— Sim, eu achava que ela certamente o conhecia de uma forma ou de outra. Mas, como eu disse, o Sr. Coors estava sempre rodeado de várias mulheres. As três mais proeminentes em minha experiência eram Claire, Mads, que eu nunca conheci, mas via em todos os convites da agenda, e Lilah — confirma Maggie.

— Então, para contrariar sua afirmação anterior, se analisarmos todos os fatos, a Srta. Arundale não se mostrava instável? Nem seu comportamento era particularmente controlador?

Maggie pensa por um momento.

— Suponho que eu possa ter sido um pouco dura com ela, se ficar comprovado que ele a *estava* enganando — admite ela.

— Obrigada. Não tenho mais perguntas.

Grosvenor dá meia-volta e se afasta de Maggie, que me lança um olhar de soslaio.

Sinto meu rosto esquentar. Eu me imagino através dos olhos dessa mulher. Uma perdedora triste e patética sendo julgada por assassinar a outra amante do namorado. Pela milionésima vez, pergunto a mim mesma como foi que minha vida acabou desse jeito. E então me dou conta da dolorosa realidade: Maggie sairá do tribunal hoje e se esquecerá de mim, talvez ocasionalmente me trazendo à tona como entretenimento em um jantar, uma história engraçada. O pensamento de que não valho nada mais do que isso me faz sentir oca por dentro.

Capítulo Quarenta e Oito

É ENGRAÇADO OBSERVAR AS COISAS DE QUE NOS LEMBRAMOS. A recordação de um personagem de filme, mas não do nome do filme. Ou de uma atração turística, mas não de quando a visitamos pela última vez. Minha infância parece uma luz estroboscópica. Flashes de lembranças e, depois, escuridão; sem contexto nem enquadramento, muitas vezes me deixando confusa e insegura sobre se o que eu recordo é a história completa. Será que não estou me lembrando direito ou foi tão ruim quanto parece agora?

Por exemplo, lembro-me de ter 10 anos, de estar chorando em meu quarto depois que Mãe gritou comigo. Essa é a parte clara; antes disso, escuridão. Não consigo trazer à memória sobre o que discutimos, ou o que ela disse para provocar minhas lágrimas. Também não consigo recordar se a culpa foi minha ou dela. O que me lembro é de ouvi-la no quarto ao lado do meu, ao telefone com uma amiga. Eu tentava abafar meus soluços, envergonhada por ela ter o poder de me reduzir a uma criança chorona. E, ao engolir o último deles, ouvi Mãe dizer:

— Ela está fazendo birra enquanto falamos... Sim, eu sei, a gente acha que ela já deveria ter parado com isso a esta altura. Estou tão cheia dos choros o tempo todo, mas deixo que continue e ela acaba se cansando.

Lembro-me de ouvir essas palavras com tanta clareza que é como se ela estivesse ao meu lado neste momento, sussurrando-as em meu ouvido. Lembro-me de como minhas lágrimas se secaram, quase instantaneamente, para serem substituídas por uma aversão venenosa a ela. Mãe tinha um total desprezo pelas emoções de qualquer outra pessoa. Ela certamente não se importava nem um pouco com meus sentimentos. Nunca houve nenhum pedido de desculpas após uma briga, nunca uma conversa ou um acordo depois de uma discussão. Tudo o que havia para mim eram gritos, seguidos de lágrimas, seguidas de silêncio. Aos 10 anos, decidi que não lhe daria mais a satisfação de me ver chorar. Eu cerrei a mandíbula, fechei os punhos e disse a mim mesma que, se ela não se importava com meus sentimentos o suficiente para notar como eu estava, então teria que cuidar deles eu mesma; e isso significava não me permitir chorar.

É claro, sou humana. Tenho chorado desde então. Chorei ao ver o anúncio na televisão do abrigo para animais de estimação Battersea Dogs Home. Chorei ao ler aquele livro sobre a menina com câncer. Chorei assistindo ao noticiário quando a guerra estourou na Ucrânia. Chorei quando Noah me pediu em casamento. E, novamente, quando ele me deixou. Mas não chorei por causa de Mãe novamente. Pelo menos, não enquanto ela estava viva.

Capítulo Quarenta e Nove

Depois que o juiz encerra os procedimentos do dia, Grosvenor me diz que vai passar a noite em claro para reestruturar sua estratégia de acordo com a de Dodgson. Ela acredita que agora ele pretende me retratar como uma mulher instável, incapaz de controlar as próprias ações.

Eu, por outro lado, passo o tempo que estou fora do tribunal me torturando com o que descobri. Meus pensamentos giram em círculos incessantes na minha cabeça. Por que Noah mentiu para Maggie a meu respeito? Quem diabos é Mads? Ela era realmente sua namorada ou apenas mais uma mulher inocente arrastada para esta novela confusa e degradante?

Por que ele levou Lilah para a estúpida festa de Natal, e não eu? Consigo imaginá-la caminhando pelo salão em um vestido brilhante e cheio de lantejoulas, a mão dele na parte inferior das costas dela, guiando-a pela sala, apresentando-lhe seus colegas. A cabeça de Lilah jogada para trás, rindo, e os colegas de Noah encarando-a, admirados, perguntando de onde ele a tirou e se ela tinha alguma irmã.

A realidade da minha situação me atinge com uma força esmagadora, deixando-me vazia por dentro. Noah tem vergonha de ser visto comigo.

Minha pele se arrepia com a humilhação total de perceber que o homem de quem tanto me orgulho tem vergonha de mim, a ponto de nem sequer me apresentar aos colegas, preferindo exibir a amante mais bonita e talentosa. Esperei que as lágrimas viessem, mas não vieram. Não consigo mais chorar. Sou uma mulher tão medíocre que ele preferiu me esconder. Levei Noah a mentir, porque minha existência é embaraçosa. O momento em que percebo isso é o pior até agora; mais doloroso até do que descobrir que meu noivo tinha uma vida dupla. É uma sensação tão profundamente pessoal que, agora, toda interação que tive com Noah parece manchada pela ideia de que parte dele sempre notou todos os meus defeitos. Ele os guardou, até chegar ao ponto de decidir que eu, sua futura esposa, era uma vergonha tão grande que ele não podia se associar publicamente a mim. Era como se tivesse cravado uma faca em meu coração.

Eu tinha 14 anos. Cheguei da escola e havia uma caixa em cima da minha cama, embrulhada com uma fita de seda. Mãe estava parada à porta, sorrindo, observando atentamente minha reação.

— O que é isso? — perguntei, tentando demonstrar empolgação em vez de apreensão.

Por um breve e desconcertante momento, considerei a hipótese de que, dentro da caixa, estaria a cabeça de algum humano decapitado, manchando meus lençóis com sangue.

— Um presente! — anunciou Mãe. Olhei para ela e, surpreendentemente, não vi a habitual escuridão por trás de seus olhos, mas uma genuína centelha de entusiasmo.

— Um presente? — repeti, sem saber ao certo como reagir. — O que eu fiz para merecê-lo?

Tinha que haver um truque. Talvez não se tratasse de uma cabeça decepada, mas ela ainda seria capaz de colocar uma cobra ali, ou alguma outra surpresa desagradável, só para ver minha reação.

— Nada. Só quis mimar minha filha — respondeu ela. — Vamos, abra!

Ela bateu palmas, animada, e, apesar do meu nervosismo, comecei a ficar animada também. Ela estava de tão bom humor, talvez fosse realmente um gesto gentil. Houve algumas ocasiões anteriores em que ela, de repente, decidia interpretar o papel de

Melhor Mãe de Todos os Tempos e me levava para passear, me mimava, comprava hambúrgueres do McDonald's e presentes bobos, e ria de tudo o que eu dizia. Talvez hoje fosse um desses dias.

Sentei-me na cama e desamarrei a fita, dobrando-a com cuidado para o caso de Mãe querer reutilizá-la, com medo de perturbá-la, de perturbar o momento. Quando levantei a tampa da caixa, eu estava ofegante, cheia de ansiedade, mas também de esperança. Dentro da caixa, havia um par de sapatos de salto alto do meu tamanho. Pestanejei, surpresa, então recobrei a consciência e abri um sorriso largo.

— Uau, mamãe! Que sapatos lindos!

Eu os detestara. Eram completamente diferentes de qualquer coisa que eu normalmente usaria, mas tirei-os da caixa e fingi admirá-los, com suas pontas finas e saltos de pelo menos doze centímetros.

— Comprei-os para nossa aula de dança! — anunciou ela.

Minhas mãos congelaram, ainda segurando os sapatos na minha frente.

— Aula de dança?

— Sim, querida. Eu inscrevi nós duas numa aula de dança. Achei que seria divertido! Um momento de conexão entre mãe e filha.

Mantive o rosto impassível, lutando para esconder minhas emoções. Não queria participar de uma aula de dança, muito menos com Mãe.

— Uau... — respondi, com um tom fraco, sem saber o que mais dizer.

— Sim, amanhã poderá usar seus sapatos novos. Comprei um par igual!

Ela parecia tão entusiasmada que senti culpa por não conseguir compartilhar da mesma animação. Ela queria passar tempo comigo. Finalmente estava se interessando por mim.

— Ótimo — murmurei, e, pela primeira vez, ela pareceu realmente satisfeita ao me deixar sozinha no quarto, os sapatos pretos e brilhantes repousando no meu colo.

Claro que a aula de dança foi um desastre.

Era uma aula de dança latina, e o professor era um sujeito repugnante chamado Javier, com cabelos pretos oleosos e um sorriso branco ofuscante que fazia idiotas como minha mãe ficarem com os joelhos bambos. Ela havia tagarelado sem parar durante todo o trajeto até aquele salão qualquer, retocando o batom antes de entrar. Meu desempenho foi patético. Eu não tinha coordenação, nem senso de ritmo. Eu me agitava de maneira ridícula, tentando desesperadamente acompanhar o ritmo de todos os outros para agradar a Mãe, para não estragar o grande dia que ela havia imaginado quando reservou a aula e comprou sapatos iguais para nós.

Javier tentou se aproximar para me ajudar, mas vi Mãe franzir a testa, então me afastei rapidamente, afirmando que queria tentar sozinha. Mãe, por outro lado, disse que ela sim precisava de mais ajuda. Enquanto ele segurava as mãos dela por trás e lhe mostrava como movimentar os quadris, eu continuava me esforçando, determinada a não decepcioná-la.

— Você é muito desajeitada, Claire, querida — sussurrou ela, com as sobrancelhas franzidas em reprovação.

Afastei-me ainda mais, desesperada para encontrar algum talento oculto que pudesse deixá-la orgulhosa. Porém, minutos depois, meus calcanhares começaram a queimar, e logo meus pés eram tudo em que eu conseguia me concentrar. Os passos que Javier tentava nos ensinar não faziam sentido para mim, já que eu estava distraída com a dor insuportável dos meus dedos apertados, o ardor nos calcanhares a cada passo.

Por fim, não consegui mais suportar. Fiz uma pausa, estremecendo enquanto tirava os sapatos. Fitas de pele pendiam frouxas dos meus calcanhares cobertos de bolhas. A parte interna dos sapatos estava coberta de sangue. Senti o olhar de Mãe do lado oposto quando me atrevi a ir até ela descalça, com meus sapatos de salto alto abandonados em uma das laterais do salão. Não suportava a ideia de calçá-los novamente. Eu simplesmente não conseguia colocá-los de volta e meus pés dilacerados ardiam com o toque do ar frio. Meu rosto queimou ao perceber que havia deixado manchas de sangue no chão no lugar onde tirara os sapatos.

Sorri para ela, tentei continuar como havíamos estado até então, mas Mãe desviou o olhar e me ignorou pelo restante da aula. Quando voltamos ao carro, ela disparou:

— Você odiou os lindos sapatos que comprei para você! Paguei por essa aula para a gente, mas você me ignorou o tempo todo e deixou sangue por toda parte… Imagine o que Javier deve ter pensado. Olha só como você está! É a última vez que lhe ofereço algo bom. Você é tão ingrata. É mimada. Mimada até a raiz.

A princípio, as palavras doeram. Mas o impacto delas diminuiu quando percebi que a dor em meus pés era ainda pior.

Capítulo Cinquenta

Madeline Choi

Assim que Dodgson apresenta a próxima testemunha, o enjoo toma conta de mim. Minha garganta fica ressecada e áspera e começo a tremer de ansiedade. Uma coisa foi ver Lilah com Noah na boate, descobrir a respeito dela e examiná-la pelas redes sociais. Algo totalmente diferente é ter que enfrentar no tribunal, quando estou sendo julgada por assassinato, mais uma mulher com quem Noah supostamente esteve saindo. Ainda me agarro à esperança de que isso seja um engano, um mal-entendido. Mads também é um nome masculino, afinal, e pode ser que haja uma explicação razoável para esses encontros noturnos.

Mas mesmo se não houver, o que significa que minha defesa se tornará mais fácil e que eu receberei uma sentença menor, isso ainda quer dizer que fui enganada duas vezes por Noah. Antes de saber sobre Mads, eu nem havia cogitado a possibilidade de que houvesse mais mulheres na vida dele, outras namoradas. Para começo de conversa, quem tem tempo para isso? Mas, então, mordo o lábio ao pensar em todas as viagens de trabalho que ele precisava fazer, nas noites até tarde no escritório, que eu atribuía ao fato de ele ser um jovem prodígio no mundo das finanças, mas que talvez escondessem algo mais sombrio.

— Dodgson está furioso com essa aí — sussurra Grosvenor, inclinando-se.

— Por quê? — sussurro.

— Ela só vai prejudicar o caso dele. Mas é perfeito para nós — responde.

— Então, por que ele a está interrogando? — pergunto.

— Ele parecerá um idiota se não o fizer. Quando solicitei que ela comparecesse como testemunha, ele tinha a opção de interrogá-la. Se ele não o fizesse, seria automaticamente um a zero para nós. Acho que ele vai tentar arrancar o que puder para ajudar a causa dele, mas, honestamente, ela só fará o Noah parecer terrível — explica Grosvenor.

Não respondo.

— E então você parecerá inocente — acrescenta ela, como se isso não estivesse claro para mim.

O som de barulhos e de corpos se virando nos assentos anuncia que a nova testemunha chegou. A sala inteira está olhando na mesma direção. Vejo um lampejo de cabelo loiro platinado e, rapidamente, desvio o olhar, com o rosto quente. Ela é parente de Lilah? Ou apenas outra mulher loira? Quando Mads entra na minha visão periférica, saio bruscamente de minha espiral de agitação interna. Fico fascinada com aquela aparência — tão diferente de Lilah, mas tão parecida em seu ar de confiança; o perfume caro que se desprende dela quando passa por mim dirigindo-se até o banco das testemunhas. Ela é baixa, menos de um metro e sessenta e, embora Maggie estivesse certa ao presumir que, pelo sobrenome, seria coreana, é possível que Mads seja mestiça. Seu cabelo preto está preso por trás com grampos de pérola e ela está usando um gloss labial rosa reluzente, fazendo sua boca parecer tão bonita quanto a de Lilah, embora os lábios sejam menos curvados. E ela é pálida — tão pálida quanto Grosvenor, outra razão pela qual ela se parece mais comigo do que com Lilah. Essa mulher é menos supermodelo, mais comum, e essa constatação me aterroriza porque significa que Noah só queria mulheres — qualquer mulher — para satisfazê-lo. Se Lilah e eu juntas não éramos o suficiente, com quantas mais ele estava saindo? Agarro a mesa com força até que a carne sob minhas unhas fica branca e eu me pergunto se vou vomitar.

— Senhorita Choi, poderia explicar ao júri como conheceu o Sr. Coors? — pergunta Dodgson.

Mads limpa a garganta, olhando diretamente para o júri e evitando meus olhos.

— Trabalho na academia Squat Rack. Sou personal trainer de lá e Noah se inscreveu usando o desconto da empresa. Eu lhe dei uma sessão gratuita, o que dou a todo novo cliente da academia, e ele pediu meu número. Começamos uma... correspondência — diz ela.

Eu me arrepio com sua escolha de palavras.

— Algo profissional ou pessoal?

— Começou como profissional; eu era apenas a personal dele. Depois, passou a ser algo romântico.

— A senhorita queria que se tornasse romântico? — pergunta Dodgson, levantando uma sobrancelha.

Mads parece indignada.

— Sou uma mulher adulta. Se eu não quisesse que se tornasse romântico, não se tornaria.

— E a senhora tem o hábito de sair com clientes? — ele pergunta.

Com isso, as bochechas dela ficam avermelhadas.

— Não, não tenho. Noah foi e ainda é o único cliente com quem me envolvi romanticamente.

— A senhorita costuma sair com muitos homens? — pergunta Dodgson.

— Objeção! Relevância — intervém Grosvenor.

— Mantida. — A juíza concorda com a cabeça, erguendo as sobrancelhas em desagrado para Dodgson, que tem a decência de parecer envergonhado.

— Porco sexista — sussurra Grosvenor para mim.

— Sem mais perguntas — afirma Dodgson, parecendo muito menos presunçoso do que no início do interrogatório.

Grosvenor se levanta e se aproxima de Mads, o queixo erguido.

— Olá, Srta. Choi. Gostaria de saber... o número de telefone que nos forneceu, aquele que o Sr. Coors lhe deu e com o qual a contatava... a senhorita sabia que se tratava de um telefone descartável?

— Descartável? — repete Mads, as sobrancelhas se unindo.

— Um telefone secundário, barato, usado à parte do telefone principal, usado para manter contato com amigos e familiares.

— Não, eu não sabia disso — responde Mads, pressionando os lábios.

— E a senhorita sabia sobre a namorada dele, Lilah, com quem ele morava em Chelsea? — continua Grosvenor, torcendo ainda mais a lâmina no peito de Mads.

— Não, Noah não mencionou nenhuma outra mulher em sua vida. Presumi que, como pediu meu número e me procurou, seria solteiro.

— Com que frequência a senhorita se encontrava com o Sr. Coors e em que intervalo de tempo isso ocorreu?

— Estivemos nos vendo por cerca de quatro meses no fim de 2024, apenas uma ou duas vezes por semana, além dos dias em que ele ia à academia para treinar.

— O que faziam juntos? — pergunta Grosvenor.

— Coisas normais. Saíamos muito para jantar, para tomar drinques, fomos ao cinema uma vez...

— E a senhorita chegou a visitar a casa dele?

— Não, nunca. Ele...

Aqui Mads se cala, movendo-se de forma inquieta no assento.

— Continue — encoraja Grosvenor.

— Bem, nós íamos para a minha porque todos os encontros eram mais perto do meu apartamento que do dele.

Ela está ficando vermelha.

— E quem organizava os locais de encontro?

— Era ele — admite, com a voz baixa.

— Então o Sr. Coors estava sempre encarregado de organizar as coisas e podia planejar encontros perto de sua residência para encobrir o fato de que ele nunca a convidava para ir à casa dele?

— Objeção! Testemunho indireto! — balbucia Dodgson, embora pareça abalado.

— Quer dizer, acho que na época pensei que fazia sentido. Às vezes, ele dizia que tinha uma reunião de trabalho cedo e tinha que me deixar à noite; por outro lado, eu começo a trabalhar às cinco da manhã alguns dias da semana para atender clientes antes do expediente, então nem sempre eu queria que ele passasse a noite... — A voz de Mads se perde novamente.

— Presumo, mas gostaria que o júri tivesse a confirmação, que a senhorita estava tendo um relacionamento sexual com o Sr. Coors?

Prendo a respiração.

— Sim — confirma Mads.

Sinto que estou me esvaziando.

— E o endereço de e-mail Mads.Choi@mailwave.com é seu?

— Sim, é.

— E ele lhe enviava convites para esses encontros usando a agenda de trabalho?

Mads está agora torcendo as mãos, humilhada pelos detalhes que está tendo de compartilhar.

— Sim, ele me disse que mantinha tudo lá, pois era mais fácil de acompanhar.

— Para finalizarmos, Madeline: estava tendo um caso com o Sr. Coors, e ele não lhe deu absolutamente nenhuma indicação de que havia outra mulher, muito menos duas, na vida dele?

Mads olha para mim, os olhos tomados pela confusão.

— Sim, é isso mesmo.

— E como se sente ao saber que era uma de várias?

— Objeção! Testemunho indireto, Meritíssima, não sabemos quantas eram.

Dodgson parece estar à beira de um colapso, uma gota de suor escorrendo por sua têmpora.

— Como se sente com isso? — repete Grosvenor para a testemunha.

— Como merda. Desculpe-me! Não sei se tenho permissão para dizer isso. Muito mal. Estou zangada com ele por ser tão enganador e também comigo mesma por ter perdido meu tempo — diz, lançando-me um olhar cheio de significado.

— E, se visse o Sr. Coors hoje, acha que ficaria irritada a ponto de dar um empurrãozinho no ombro dele? — pergunta Grosvenor.

Mads parece perplexa.

— Eu…

— *Objeção! Especulação!* — ruge Dodgson, com o rosto agora rosado como um presunto.

— Não tenho mais perguntas, Meritíssima — diz Grosvenor, despreocupadamente, a boca se curvando em um sorriso minúsculo.

Ao passar, Mads olha para mim com o que parece ser um indício de pedido de desculpas nos olhos.

Duas mulheres enganadas por Noah Coors.

Duas mulheres enganadas, uma amante morta e um noivo mentiroso. Sinto meu coração se partir a cada nova confirmação de que ele não é o homem que eu pensava que era.

Capítulo Cinquenta e Um

Durante o recesso, sentei-me em silêncio com Grosvenor naquela pequena sala de consulta, que agora me parecia mais familiar do que o meu próprio apartamento, e estou com medo. Medo da continuação deste julgamento. Estava claro que havia convivido com um homem que não era em absoluto quem eu pensava. E o fato de ter sido tão facilmente enganada me apavora.

Mãe sempre preferiu homens dóceis. Homens calmos, prestativos, que a bajulassem e oferecessem toda a atenção que ela exigia. Homens que a presenteassem, ou, ao menos, a admirassem. Ela gostava de dominar o ambiente, de manipular todos à sua volta como uma marionetista hábil. Mas houve uma única vez em que ela não escolheu um homem submisso. Ele é um dos poucos que eu consigo recordar. Seu nome era Jack, e ela o conheceu numa consulta médica de rotina. Na verdade, era o médico que a atendeu. Charmoso, bonito, com o cabelo loiro-areia impecavelmente repartido para o lado e penteado como o de uma estrela de cinema. E, claro, não demorou para que ela flertasse com ele. Havia ido até lá em busca de uma receita, mas saiu do consultório com um encontro marcado.

Depois disso, ele a levou para jantar algumas vezes. Eu ouvia o som do seu conversível parando em frente à nossa casa, tarde da noite, e corria até a janela, curiosa para avaliar o estado em que ela se encontrava ao sair do carro, tentando prever seu humor nos dias seguintes. Eles se beijavam, ele a acompanhava até a porta; muitas vezes, ela segurava um buquê de flores nos braços.

As risadinhas revelavam uma versão de minha mãe à qual eu estava tão desacostumada que me deixavam desorientada, sem saber como lidar com ela. Será que, como médico, ele estava curando-a de algum modo? Tornando-a uma versão melhor e renovada de si mesma?

Tudo aconteceu muito rápido. Em poucas semanas, Jack já estava praticamente morando conosco. Mãe esbanjava felicidade, e eu a ouvia se gabar sobre ele ao telefone com as amigas, dizendo como era um bom partido, como ele a mimava… Ah, e será que ela havia comentado? Ele era *médico*. E também era gentil comigo. Não que isso fizesse diferença para ela. Mas sempre sorria para mim, tentava me envolver nas conversas, e, quando ela monopolizava sua atenção, ele me lançava um sorriso cúmplice antes de se voltar para ela. Era como se, naquelas poucas semanas, tivesse aprendido a manobrá-la — algo que me levou anos. Ele sabia como não irritá-la, como não demonstrar interesse demais por mim, e, ao mesmo tempo, era educado e gentil o suficiente para que ela o enaltecesse como o Homem Perfeito.

Depois de algumas semanas, comecei a fantasiar uma nova vida para mim. Jack daria à Mãe uma felicidade que eu nunca poderia lhe oferecer. Ela se tornaria uma versão radiante de si mesma, e eu ganharia uma figura paterna. Alguém que, embora distante o suficiente para que ela ficasse feliz, estivesse perto o bastante para me proporcionar uma sensação de família. Alguém para avaliar meus futuros namorados e para me levar a lugares se eu precisasse de uma carona. Alguém que me passasse uma nota de dez libras, dando uma piscadela, só para me agradar, porque agora estávamos conectados. Acho que Mãe estava idealizando algo parecido. Uma vida em que poderia se preocupar ainda menos comigo, já que ele assumiria parte dessa responsabilidade paterna; uma vida em que ela se mudaria para uma casa maior no subúrbio e dirigiria o conversível dele; uma vida em que ele voltaria para casa após um longo dia de trabalho, cuidando de corpos doentes, para transar com ela na cama que compartilhariam.

Foi uma transição lenta. Ele começou a mexer no celular dela quando ela não estava por perto. Peguei-o fazendo isso duas vezes e, em ambas, ele apenas piscou para mim, como se fosse um segredo nosso. Ele jogava fora as roupas dela de que não gostava e, quando ela sentia falta, dizia que as devia ter perdido. Também a persuadia a sair menos, o que, na época, interpretei como uma tentativa de estabelecer um bom exemplo, tornando-a uma mãe e companheira mais dedicada. Na verdade, ele só queria passar mais tempo a sós com ela, sem mais ninguém por perto.

Então, numa noite, eu o ouvi gritar, dizendo que estava cansado da aparência dela, de como os homens a olhavam. Aquilo me pegou de surpresa. Ele a chamou de escória e, em seguida, a agrediu. Ouvi o som abafado do corpo dela caindo no chão e, logo depois, ela berrando a plenos pulmões:

— Saia daqui! Saia da minha casa! Não quero vê-lo nunca mais, seu psicopata de merda! — gritou ela. Nunca a tinha ouvido usar um tom tão alto e raivoso com ninguém que não fosse eu. — Como se atreve a me bater? Vou acabar com sua licença médica se chegar perto de mim ou da minha filha de novo! — continuou, transbordando de raiva, mas com um tremor na voz.

— Que se dane! — respondeu ele em outro berro, batendo a porta da frente com tanta força que as lâmpadas chacoalharam.

Fiquei paralisada no mesmo lugar no meu quarto. Mãe não veio me ver, e eu também não fui checar se ela estava bem.

Jack tentou se desculpar. Eu sabia pelos buquês de flores que continuavam chegando à nossa casa e pelo modo como Mãe deixava o telefone tocar sem atender, depois de verificar quem estava ligando. Porém nunca mais vimos Jack, e tampouco o mencionamos novamente. Era como se tivéssemos apagado aquele episódio. Na semana seguinte, quando uma amiga perguntou sobre o belo médico com quem Mãe estava namorando, ela respondeu:

— Ele me enganou completamente. Mas não serei enganada dessa forma de novo.

— Olhe, sei que foi difícil para você. Sinto muito — diz Grosvenor, pousando a mão no meu ombro; eu olho para cima, buscando alguma sinceridade no olhar dela. — Os homens são terríveis — acrescenta ela, calmamente.

— Nunca imaginei que houvesse outras mulheres antes de descobrir sobre Lilah. E, mesmo depois que descobri sobre ela, não considerei que pudesse haver *outras*. Isso me torna uma tola? — pergunto, os olhos começando a se encher de lágrimas.

— Não, isso faz de você uma mulher leal que foi enganada. Sinto muito — ela repete. — Tenho algo que pode animá-la. — Grosvenor tira uma carta e a coloca à minha frente. — Chegou ontem ao meu escritório, endereçada a você.

Por um momento, penso que é de Noah, e meu coração dispara.

Olho para o meu nome, cuidadosamente escrito no envelope, e minha empolgação some. Aquela não era a letra de Noah. Sua estranha escrita, semelhante a uma teia, estava muito distante daquele estilo arredondado e cuidadoso. Fecho os olhos por um instante para me recompor, permitindo-me lamentar a perda daquela fantasia. Claro que não era dele. Duvido que ele tenha permissão para me escrever com o julgamento de Lilah ainda em andamento. Rasgo o envelope pela parte superior e tiro a carta, meus olhos percorrem rapidamente as linhas.

Querida Claire,

Nunca deixará de ser estranho escrever para você nesta situação, mas fico feliz em poder te oferecer algum conforto e apoio. Não consigo sequer imaginar pelo que está passando. Espero que esteja bem e que estejam tratando você de forma adequada. Tento ser positiva e não me preocupar com você, sozinha, nesse lugar, mas é difícil. Imagino que, quando nos virmos da próxima vez no julgamento, isso me trará um pouco de paz.

Penso em você todos os dias. A mídia ficou quieta por um tempo, mas, com o início do julgamento, voltou a se agitar. Você tem apa-

recido com frequência nos noticiários. Serei honesta... não usaram sua melhor foto. A mídia, na verdade, tem sido cruel com a sua situação. Acho que, quando sair, seria melhor evitar jornais e sites. E, é claro, não procure seu nome no Google!

Mas você vai sair, Claire. Sei que essa pessoa que a mídia criou não é você, e estou feliz por poder testemunhar em seu favor no tribunal. Sei que foi um acidente. Sinto muito por não ter estado presente. Eu deveria ter contatado você com mais frequência, para ter certeza de que estava bem. Talvez, se eu tivesse ido ver Lilah com você, as coisas tivessem terminado de outro jeito.

Tenho falado com a assistente da sua advogada regularmente, e ela tem me mantido mais ou menos atualizada. Ela me garantiu que você não é culpada de assassinato — embora eu não precise de um advogado para me dizer isso!

Acho que o que estou tentando dizer, Claire, ainda que de forma incoerente, é que acredito em você. Acredito no que você diz e estou aqui para o que precisar. Acompanharei o julgamento todos os dias, e lembre-se, o que você precisar, seja alguém para ouvir você enquanto chora e se enfurece, ou simplesmente para esquecer tudo isso e conversar sobre as últimas fofocas do trabalho (a Fiona do marketing e o Brian de TI andaram se pegando!!!), estarei aqui. Não irei a lugar algum. Lamento muito que esteja enfrentando tudo isso.

Do fundo do meu coração,
Sua amiga, Sukhi bj

P.S.: Se precisar de algo, revistas etc., é só me avisar que eu envio, se puder me explicar como. Ou, quem sabe, possa me ligar? Ou escreva para mim, como preferir. Ou não. O que for melhor para você.

Meus olhos se enchem de lágrimas, e, às pressas, coloco a carta de volta no envelope antes que comece a chorar e borre a escrita. Fico ali sentada por algum tempo, em silêncio, tentando entender o turbilhão de emoções, lembrando-me do que estava em jogo para Sukhi quando ela se sentou ali e me defendeu em uma sala onde todos pareciam prontos para me odiar, assim como a qualquer um que estivesse do meu lado. Sinto gratidão por todas as cartas cheias de carinho, lembrando-me de que há algo à minha espera do lado de fora. Surpresa pelo fato de que alguém a quem conheço há tão pouco tempo confie tanto em mim. Amor, que eu nem sabia que tinha, por Sukhi e pela sua bondade. Todas essas são emoções positivas, mas não consigo entender por que me sinto como se estivesse de luto, como se não merecesse nada disso. Sinto como se essa bondade fosse demais. Alguém tirar um tempo do dia para se sentar e escrever à mão todas essas cartas, sabendo que eu sequer responderia à maioria delas é… desconcertante. Parece algo que acontece com outras pessoas. Com as Lilahs deste mundo, não com as Claires. As Claires não merecem amor ou gentileza. Mas, ao mesmo tempo, acho que as Lilahs também não merecem morrer.

Capítulo Cinquenta e Dois

15 de junho de 2025

Querido diário,

Noah e eu deixamos a discussão sobre a Sukhi para trás. Ele se comprometeu a marcar outro horário para nos encontrarmos com ela e Fateh, e disse que reservará um dia inteiro, caso queiramos fazer algo divertido, como ir ao zoológico. Acho que ele sabe que ver animais fofos é meu ponto fraco e que não poderei dizer não.

No café da manhã de ontem, descobri que ele havia feito um pequeno zoológico de animais de papel, todos com pedidos de desculpas escritos neles.

Desculpe por ser um merda!
Desculpe por ser inconstante e um lixo.
Desculpe por trabalhar demais.
Desculpe por não ter conhecido sua amiga.
Desculpe! Desculpe! Desculpe!
Desculpe! Vamos ao zoológico? Sukhi pode vir?? (Um zoológico melhor do que este...)

Ele construiu um cercadinho com cinco garfos e colocou os animais de origami dentro.

Com Noah agindo assim, é difícil ficar irritada com ele.

Claire

Capítulo Cinquenta e Três

Não quero voltar àquele tribunal. Estou exausta. Minha dor de cabeça é agora um zumbido constante que me distrai, e, com Grosvenor, adotamos um ritual tácito em que, sempre que há um intervalo, ela silenciosamente passa dois ibuprofenos para mim com um copo d'água. Acho que notou que estou sempre massageando as têmporas, tentando aliviar os meses de estresse que estão reverberando dolorosamente em meu crânio.

Por um momento, fecho os olhos e me pergunto se há alguma maneira de esconder os ibuprofenos dela, colocá-los sob a língua temporariamente, acumulá-los e acabar com isso rapidamente. Mas uma lembrança me vem à mente, algum tipo de documentário que devo ter assistido alguma vez, e tenho certeza de que diziam que a quantidade necessária para me matar seria impossível de surrupiar.

Como se fosse combinado, uma dor lancinante quase me cega, atravessando a parte de trás do meu crânio, e admito que seria totalmente incapaz de recusar qualquer analgésico que me fosse oferecido, mesmo que a morte fosse a recompensa. Fecho os olhos e começo a massagear as têmporas, já pegando o copo d'água à minha frente.

— Enxaqueca? — pergunta um dos guardas da prisão.

— Uhum — devolvo com um grunhido.

— De matar — responde ele.

Capítulo Cinquenta e Quatro

Maja Andersson

O dia de hoje requer concentração, pois Maja, a mãe de Lilah, chegou para ser a próxima testemunha de Dodgson. Ela está terrível. Não é a mesma mulher que vi relaxando em um sofá em *bouclé* absurdamente caro, com uma taça de champanhe na mão, sem uma única preocupação na vida. Essa versão parece abatida e frágil, olheiras profundas e escuras sob os olhos avermelhados, as mãos trêmulas e cheias de rugas. Ela perdeu o brilho, a aura outrora dourada agora é de um cinza triste e sombrio.

Eu me pergunto se minha própria mãe perderia o brilho, caso eu morresse. Durante toda a vida, apesar de todos os relacionamentos fracassados que testemunhei, nunca vi isso ocorrer. Ao contrário, ela seguia em frente, afastava a pessoa que a incomodava da mente e, em um piscar de olhos, passava para a próxima como se nada de ruim tivesse acontecido. Eu me pergunto se, caso eu tivesse morrido primeiro, ela também teria me esquecido em um piscar de olhos, continuado com a própria vida e usando a perda da filha como mais uma de suas histórias dramáticas para conseguir atenção e compaixão.

Eu me pego enrolando os dedos de ansiedade. Quando Maja ocupa o lugar da testemunha, noto que seu peito treme esporadicamente e percebo que ela está segurando o choro.

Ela veste um blazer azul-marinho sob medida, com um colar de pérolas no pescoço. A camisa branca por baixo é tão bem passada que não consigo ver uma única dobra. Observo a delicada corrente de ouro que decora seu pulso quando ela ergue a mão trêmula para fazer o juramento. A mãe de Lilah está arrasada, isso é claro. Ficou acabada com a perda da filha, e sinto uma pontada indesejável de ciúmes pela quantidade de amor que Lilah teve em sua vida. Imagino-a colocando a mesa ao lado de Maja, as duas rindo juntas e compartilhando histórias carinhosas. A percepção de que Lilah fará muito mais falta do que eu jamais farei me invade, causando uma sensação de formigamento em meu peito.

Afasto esse pensamento enquanto Dodgson a recebe para seu depoimento.

— Vamos ser breves hoje, Sra. Andersson, pois sei que isso é difícil para a senhora — diz com um olhar direcionado ao júri.

Ela diz *obrigada* com os lábios, em silêncio, como se temesse que, ao usar a voz, saíssem apenas gritos de dor.

— Sua filha Lilah alguma vez comentou sobre a ré com a senhora?

— Sim — responde ela, a voz embargada.

— Pode nos contar a respeito?

— Bem, Lilah nunca mencionou o nome dela nem meu deu muitos detalhes. Acho que não queria que eu me preocupasse. — A voz dela soa rachada e áspera, como se a garganta tivesse cedido, e seu sotaque mantém um toque escandinavo. — Apenas que uma mulher havia ficado obcecada por Noah, mas disse isso de forma irreverente, como se fosse apenas uma irritação e não algo *perigoso* — continua ela. — Eu teria lhe dito que ficasse na minha casa se soubesse que havia qualquer possibilidade de que pudesse se machucar. Conversávamos quase todos os dias e ela só citou isso uma vez, de passagem.

— A senhora se lembra de qual foi a data em que ela mencionou a acusada?

— Sim, foi pouco tempo antes de sua morte. — Ela faz uma pausa para se adaptar à ideia. — Acho que elas se desentenderam em uma boate.

O rosto de Lilah passa diante de meus olhos, a maneira como ela estremeceu quando joguei meu anel de noivado em Noah na cabine. A presença de Sukhi me apoiando, enquanto jogava uma bebida nele. A maneira como arremessei o copo em Lilah, os cacos de vidro estilhaçados atrás dela.

— E essa foi a primeira vez que ouviu falar dela? — pergunta Dodgson.

— Sim, mas não pelo nome, como eu disse. Lilah apenas a chamou de uma mulher estranha e obcecada.

Sinto a irritação me percorrer.

— E o que sabia sobre o Sr. Coors?

— Bem, tudo, quase tudo! Eu conheço o Noah desde que ele era um garoto. Sempre estiveram juntos — diz Maja; desta vez, os ombros se encolhem e ela deixa escapar um soluço. — Tem sido terrível, todo este julgamento, descobrir sobre o homem que ele realmente era, sobre as outras mulheres, todas essas coisas que Lilah felizmente nunca terá que saber, mas viverei eternamente com isso. O fato de ele ter enganado minha filha até seu último suspiro me assombrará para sempre.

Dodgson abaixa a cabeça, permitindo que ela tenha um momento para se recompor, enquanto a juíza lhe oferece um lenço.

— Pode-se dizer que Lilah era conhecida da ré, que já haviam tido uma briga violenta antes? — pergunta Dodgson a Maja.

— Sim, correto. Aparentemente, a ré jogou um copo na minha filha, o que eu classificaria como violento.

— Objeção! Testemunho indireto! — interrompe Grosvenor.

A juíza acena com a cabeça em concordância.

— Mas não seria nenhuma surpresa para a senhora que ela procurasse sua filha novamente para um segundo confronto? — continua Dodgson.

Diante disso, Maja se enrijece.

— Ninguém *esperava* por isso.

— Desculpe-me, eu me expressei mal. O que quis dizer é que elas estavam cientes uma da outra e havia um possível motivo para um confronto, certo?

— Sim. Como o Noah me explicou, a mulher era instável e claramente perturbada pelo fato de ele estar com Lilah.

Mordo meu lábio com tanta força que sinto o gosto de sangue.

— E sua filha sabia que a senhora estava preocupada com ela?

— Sim, é claro. Que mãe não se preocupa com a filha?

Sinto uma pontada no estômago, uma perda de fôlego como se tivesse levado um soco.

— E é correto dizer que o fato de Lilah ter mencionado a briga foi... algo importante? Que ela não teria ficado preocupada sem motivos?

— Sim, suponho que, pensando bem, eu deveria ter investigado mais, ter feito mais perguntas. Ela certamente estava abalada para ter me contado isso em uma ligação.

— Obrigado, sem mais perguntas.

Respiro fundo quando Grosvenor se aproxima para interrogar Maja.

— Sra. Andersson, considerando o que descobrimos sobre o comportamento mulherengo do Sr. Coors no decorrer deste julgamento, seria correto dizer que, quando ele lhe disse que a ré era "instável", poderia tratar-se de um meio para resguardar-se? Distanciando-se dela para evitar que sua filha descobrisse outro caso?

Maja franze a testa, uma mão trêmula mexendo no lábio inferior distraidamente.

— Sim, acho que é possível.

Ela se vira para me olhar e, embora não diga nada, posso inferir seu olhar crítico. *Por que Noah a trairia com aquela mulher patética quando ele já tinha a minha Lilah?*

Eu me forço para pestanejar e desviar o olhar lentamente, não deixando que ela veja que consigo ouvir seus pensamentos e que eles me machucam.

— E também é possível que, quando sua filha disse que a Srta. Arundale estava obcecada pelo Sr. Coors, poderia ter sido algo inteiramente inventado por ele, para evitar qualquer chance de que o caso deles fosse descoberto?

— Sim… é possível — admite Maja, lentamente, começando a se dar conta e, junto com ela, o júri.

Eles passaram a olhar diretamente para mim, como se não tivessem certeza do que acreditam e quisessem ver se conseguem descobrir. Descobrir quem *eu* sou.

— Então, a senhora admite que não tem prova alguma de que o que sua filha ou o Sr. Coors disseram sobre a ré é verdadeiro. Que todo este testemunho tem sido essencialmente um caso de ele disse/ela disse? — desafia Grosvenor.

— Objeção! — Dodgson se levanta, parecendo indignado.

A juíza acena com a cabeça para Grosvenor e faz um gesto desdenhoso com a mão para Dodgson.

— Objeção negada.

— Sem mais perguntas — conclui Grosvenor.

Pressiono os lábios para não sorrir.

Capítulo Cinquenta e Cinco

Harry Barton

É o último testemunho do dia e estou mais exausta do que nunca; meus olhos estão inchados e irritados, e a enxaqueca, sempre presente, atravessa meu crânio. Toda vez que penso em Noah, ela parece perfurar mais fundo.

— Sr. Barton, há quanto tempo o senhor conhece o Sr. Coors? — pergunta Dodgson.

O jovem no banco dos réus parece tranquilo, com a postura reta e os ombros relaxados. Eu o conheço, embora ele ainda não tenha feito contato visual comigo. É Harry, o melhor amigo de Noah. Ele está pálido; sua pele, normalmente escura, perdeu o brilho. Eu me pergunto se ele sempre tem esse aspecto doentio, ou se é apenas a exaustão de ficar acordado consolando Noah.

— Vinte e dois anos, senhor.

— E, durante esse tempo, conheceu as namoradas do Sr. Coors? As paixões?

— Até onde sei, sempre estive a par de tudo, desde a primeira quedinha de uma semana no sétimo ano até o relacionamento com Lilah.

— Por que diz *até* quando se refere à Lilah Andersson?

Harry Barton dá de ombros levemente, como se a resposta fosse óbvia.

— Porque Lilah foi o último relacionamento sério dele. Estão juntos há muito tempo. — Ele percebe o erro e faz uma careta.

— Quero dizer, *estavam* juntos fazia muito tempo. Ele ia se casar com ela.

Encaro Harry, e me encolho de surpresa quando ele me encara de volta, totalmente imperturbável. É a primeira testemunha que parece ter controle completo de suas emoções, do seu ódio por mim. Isso me dá vontade de chorar, porque ele parece tão *genuíno* ali, tão certo de que tem o direito de estar com raiva de mim, de me desprezar. Mesmo assim, ele mente. Ele *tinha* que saber da minha existência, assim como eu sabia da dele. Admito, não o conheci pessoalmente, mas Noah o mencionou várias vezes: Harry foi uma figura importante durante toda a adolescência de Noah. E, certamente, como uma presença relevante na vida adulta dele, devo ter sido mencionada também, certo? Ou talvez não. Talvez Noah estivesse mentindo sobre isso também, além de todas as outras coisas, como quando me disse que seus amigos estavam felizes por ele estar em um relacionamento sério comigo. Já não sei mais no que acreditar.

Perceber os níveis de desonestidade que ele manteve por tanto tempo, não apenas no relacionamento comigo, mas também com seus amigos e familiares, me atinge como um ônibus desgovernado. A ideia de que ele possa ter mentido para todos nós, quebrado minha confiança tão profundamente, levado uma vida dupla sem que eu soubesse... *Deve* haver uma explicação lógica para tudo isso. Minhas esperanças são de que este julgamento termine com uma lâmpada acesa sobre minha cabeça, uma explicação retumbante para esta loucura toda, o conforto final da clareza e do entendimento. Mereço pelo menos isso. Como alguém consegue enganar tantas pessoas ao mesmo tempo?

— Então, apesar de sua longa amizade com o Sr. Coors, nunca houve qualquer indício de que ele estivesse mantendo um relacionamento com essa mulher? Que estivesse traindo Lilah? — Dodgson faz um gesto em minha direção, com um sorrisinho que eu gostaria de apagar com um tapa.

Porque esse sorriso diz tudo. *É óbvio que Noah Coors nunca teria namorado uma mulher tão patética quanto ela. Olhem só como ela está.* Parece uma piada interna que todos conhecem, e aquela curvatura flagrante de seu lábio é um golpe cruel no meu orgulho ferido.

— Nunca ouvi dizer que Noah estivesse comprometido com Claire de forma alguma — responde Harry, sem um único tremor na voz.

Percebo a escolha cuidadosa das palavras e, pelo jeito que Grosvenor levanta a cabeça, ela também notou.

— O Sr. Coors alguma vez mencionou essa mulher em outro contexto que não fosse um relacionamento sexual ou romântico? — pergunta o promotor.

— Sim — admite Harry.

Meus olhos se voltam para ele. *Ele falou de mim! Tinha certeza de que Noah mencionaria meu nome, que teria compartilhado algo a meu respeito com seu amigo mais próximo. Eu sabia!*

— Ele me disse que a conheceu no Morrisons. — Harry vacila por um momento, como se pisasse em terreno perigoso. Meu coração se aquece quando me lembro dos olhos de Noah fixos nos meus, do outro lado do corredor. — Bem, *conheceu* é uma palavra forte… — Harry hesita, encerrando a frase com uma expressão de desconforto.

— O que quer dizer com isso? — indaga Dodgson.

— Bem, ele a *encontrou*, acho. Falou com ela. Uma vez, no supermercado, sobre vinho.

Franzo a testa, sem entender aonde ele quer chegar com isso, temendo que essa lembrança calorosa do nosso amor à primeira vista seja distorcida em seu relato.

— E então, aparentemente, ela ficou obcecada pelo Noah. Começou a persegui-lo. Quero dizer, eu não sabia que era a *Claire*. — Ele me olha e engole em seco, o primeiro sinal de nervosismo. — Eu não sabia que era essa mulher — esclarece. — Só soube que ele conheceu *uma* mulher no supermercado. Ele me contou sobre isso no pub, tomando uma cerveja, e nós demos risada. Eu não levei a sério, sabe? Era só uma brincadeira para mim, meu amigo dizendo que estava sendo perseguido. Eu não sabia como era a sua aparência, nem o nome, até que tudo veio à tona e então percebi que elas eram a mesma pessoa.

Sinto como se meu estômago estivesse saindo do meu corpo.

Obcecada? Perseguido?

— E essa foi a única vez em que foi mencionada? — pergunta Dodgson.

— Sim, não falamos mais sobre ela depois daquela noite.

— E o que o Sr. Coors dizia? Sobre o relacionamento deles?

Harry faz uma pausa para coçar a nuca, enrugando o nariz ligeiramente.

— Bem, não muito, para ser honesto. Olhe, estávamos bebendo umas cervejas, não consigo me lembrar com muita clareza. Ele só disse que uma garota estranha com quem ele conversou no Morrisons estava perseguindo-o nas redes sociais.

Mas eu nem sequer o tinha adicionado nas redes sociais! Eu achava que o Noah odiava redes sociais!

— O Sr. Coors parecia angustiado ou preocupado com a segurança dele e de Lilah?

— De jeito nenhum. Como eu disse, foi apenas algo engraçado que surgiu enquanto tomávamos uma cerveja. Por isso não falei mais no assunto, e por isso acabei esquecendo até que tudo... aconteceu. Quer dizer, todas as garotas gostam do Noah, não é incomum alguém gostar dele e segui-lo online. Ele não parecia incomodado, certamente não estava nem um pouco *preocupado* com isso, ou não teríamos brincado sobre o assunto. Nem sequer mencionou Lilah nessa conversa, pelo que me lembro. Foi só uma coisa boba, uma história engraçada.

Pela expressão de Dodgson, percebo que talvez essa não fosse a resposta que ele esperava, então encerra rapidamente seu interrogatório, e logo vejo Grosvenor se aproximar para tomar seu lugar. Pergunto-me se é pior ser vista como perseguidora ou como uma piada. Um alvo de zoação. Uma história engraçada.

Eu tinha 16 anos e estava na máquina de venda automática no pátio da escola, tentando pegar a lata de Coca-Cola gelada que havia comprado com as poucas moedas que tinha. Um dos poucos luxos que eu me permitia, já que pretendia economizar tudo o que sobrasse para sair de casa quando completasse 18 anos.

Eu me virei, franzindo a testa, quando um coro de risadas me invadiu. Um grupo de garotos do meu ano estava por perto, lançando olhares na minha direção e rindo. Alisei minha saia feia da escola e tentei manter a cabeça erguida enquanto abria a lata de Coca-Cola. Sentia o rosto queimar e rezei para não estar visivelmente vermelha.

— Ei, Claire! Aqui, Claire! — chamou Marcus, um deles.

Ponderei a situação. Só podia ser uma armadilha. Mas os que olhavam para mim estavam sorrindo, enquanto outros pareciam desinteressados, conversando ou chutando o chão. Olhei por cima do ombro, sem saber o que fazer.

— A gente não morde, Claire! Só queremos perguntar uma coisa! — gritou outro garoto.

Envergonhada pela minha insegurança, forcei-me a andar até eles e, rapidamente, me cercaram, fechando-me no meio do círculo.

— Está boa a Coca-Cola? — perguntou um deles.

— Normal — respondi, dando de ombros, tentando parecer calma e controlada, sem deixar que essa estranha atenção me afetasse.

— Certo, então, o Stevie tem algo para te perguntar — disse Marcus, empurrando-o para o meu lado, rindo. Ele, a seu favor, parecia tão desconfortável quanto eu naquele exato momento, lançando olhares para Marcus e mastigando o lábio com seus enormes dentes da frente.

— Sim, então... eu só queria saber se quer ir ao baile de formatura comigo? — ele perguntou.

Soltou tudo em uma longa frase e eu pestanejei, sem saber se havia entendido direito. Todos os amigos dele começaram a rir e a zombar, empurrando uns aos outros em seu entusiasmo, como um bando de macacos. Internamente, eu analisava todos os detalhes que envolveriam participar do baile. Precisaria de um vestido, algo em que não queria gastar meu dinheiro. Teria que dançar, algo que não tinha interesse em fazer desde aquela desastrosa aula de dança latina com Mãe. Eu teria que passar a noite com Stevie, o que não era algo que particularmente me entusiasmasse. E teria que contar para Mãe, que, sem dúvida, encontraria alguma maneira de tornar tudo isso horrível para mim.

— Ai meu Deus, ela está *pensando* mesmo nisso! — disse um deles, com uma gargalhada exagerada.

— Era uma piada, Claire — disse Stevie, revirando os olhos, como se fosse óbvio.

Corei intensamente, sentindo o peito apertar.

— Claire pensou que o Stevie queria sair com ela! — zombou outro, com satisfação; então, todos riram como se fosse a coisa mais engraçada do mundo, alguns deles até se dobravam e abraçavam o estômago com um gesto dramático.

Abri caminho por entre seus corpos suados e horríveis, escapando deles enquanto me afastava, mas suas risadas me perseguiam; por cima das demais, ouvi uma voz gritar:

— Como se alguém a convidasse para sair, a menos que fosse *piada*!

— Sr. Barton, acredito que não respondeu a uma das perguntas do Sr. Dodgson — diz Grosvenor, indo direto ao ponto. Sabia que ela havia percebido o mesmo que eu.

— Como assim? — perguntou Harry, mas vejo seu pomo de Adão balançar enquanto ele engole.

— O Sr. Dodgson perguntou se sabia de um relacionamento entre o Sr. Coors e a Srta. Arundale, e o senhor negou, mas também se o Sr. Coors havia traído a vítima, a Srta. Andersson. O senhor só respondeu a uma dessas perguntas.

Ela ergueu uma sobrancelha intencionalmente, Dodgson passou a mão pelos cabelos.

— Quer dizer, sabe... Noah sempre recebeu muita atenção das mulheres, ele é um rapaz atraente... — A voz de Harry se enfraquece, e ele esfrega a parte de trás do pescoço.

— Sr. Barton, pergunto mais uma vez: sabia que o Sr. Coors havia tido relações sexuais com outras mulheres além de Lilah Andersson?

Observo, fascinada, como Harry Barton adquire um surpreendente tom marrom-avermelhado. Ele leva a mão ao rosto e, abaixando a cabeça, admite:

— Sim. Sim, estou ciente de que Noah estava traindo Lilah.

O público se agita e ouço uma porta bater. Será que foi um dos parentes de Lilah?

Percebo que Grosvenor está segurando um sorriso triunfante.

— Quantas vezes o senhor diria que ele traiu Lilah?

— Não sei. Não fiquei contando.

Ela aproveita essa brecha:

— Então, é justo dizer que havia tantas mulheres que o senhor não conseguia acompanhar?

— Não disse isso! — Harry parece cada vez mais incomodado. — Não eram tantas assim, só tentei me manter fora disso, é tudo. Não era da minha conta!

— O senhor já ouviu falar de uma Madeline? Ou Mads, como Noah a chamava?

— Não, não, Noah nunca me falou sobre elas. Nunca mencionou nomes, eram apenas, tipo, encontros casuais, não sei. Acho que ele estava tentando se soltar antes de se amarrar, antes de se casar com Lilah — diz Harry.

Posso ouvir o desânimo em sua voz. Ele sabe que estragou tudo, que pintou seu melhor amigo como um canalha mentiroso e trapaceiro que decepcionou a namorada morta de todas as formas possíveis.

— Então o senhor não sabia sobre a Srta. Choi, que, como todos sabemos através de seu testemunho, esteve se encontrando com o Sr. Coors de forma semirregular por um bom tempo. Seria exato supor que é bem provável que houvesse outras mulheres das quais o senhor não tenha ouvido falar? — Grosvenor pergunta.

Harry suspira, derrotado:

— Sim, acho que sim. Havia várias.

— E onde ele as encontrava? — insiste Grosvenor.

— Em bares, depois do trabalho. Às vezes, eu ia com ele. Ele me fez jurar que não contaria nada a ninguém, caso chegasse até Lilah. Desculpe. Estou me sentindo péssimo. Pensei que estava fazendo a coisa certa com meu amigo. Nunca pensei que… Se eu pudesse voltar atrás e mudar…

Parece que vai chorar.

— Então, é perfeitamente possível que o Sr. Coors tenha conhecido minha cliente em um supermercado Morrisons, conversado com ela, e ela acreditou estar iniciando um relacionamento amigável com ele, seguindo-o nas redes sociais?

Harry engole em seco, e a demora na resposta relutante é palpável.

— É possível que Noah tenha mentido sobre isso, sim.

— E, depois disso, também é possível que eles tenham começado a trocar mensagens românticas, e que o Sr. Coors tenha omitido do senhor os detalhes desse relacionamento, já que parece que só teve acesso parcial aos outros envolvimentos românticos dele?

— Suponho que possa ter sido assim — admite.

— Isso é tudo, obrigada — diz Grosvenor, girando nos calcanhares.

Capítulo Cinquenta e Seis

Joseph Miles

— Nossa primeira testemunha a depor hoje é Joseph Miles — anuncia Dodgson, no dia seguinte. Diz isso como se fosse um grande evento, um encontro de celebridades. Joseph é alto e desajeitado, com cabelos escuros encaracolados e sobrancelhas espessas. É jovem, talvez cerca de 28 ou 29 anos.

Percebo, com o coração apertado, que conheço esse homem. Eu o conheço, mas minha cabeça está confusa e não consigo me lembrar de onde.

— Sr. Miles, a Claire Arundale, que está sentada ali — diz, com um aceno de cabeça em minha direção —, é a Claire Arundale que o senhor conhece? — pergunta Dodgson.

Joseph olha na minha direção pela primeira vez, mas seus olhos rapidamente se desviam.

— Sim — confirma.

— E pode dizer ao tribunal como a conheceu?

— No Morrisons, senhor— responde.

Ah, sim. Ele trabalha no Morrisons do meu bairro. É por isso que eu o reconheço, embora vê-lo em um terno mal ajustado neste ambiente tenha me surpreendido. Normalmente, quando o vejo, ele está com o uniforme da loja.

— Sou o gerente de lá — explica. — E a Srta. Arundale trabalhou para nós por um tempo.

Imediatamente, franzo a testa.

Olho para Grosvenor, mas ela não demonstra o menor lampejo de emoção ou reação, como se nada disso a perturbasse. Como se soubesse o que estava por vir. Por isso, mantenho a calma, por fora. Por dentro, estou me perguntando: o que diabos está acontecendo? Por que esse homem está aqui falando em nome da acusação?

— E quando a Srta. Arundale parou de trabalhar para o senhor?

— Dezoito de setembro de 2024, senhor.

Congelo. Isso não está certo.

— Parece ter certeza dessa data — afirma Dodgson.

— Tenho, senhor.

— Por quê?

— Tive que preencher uma série de documentos a respeito, senhor. Com o RH — esclarece Joseph.

— E por que isso aconteceu?

— Bem, porque não houve período de aviso prévio nem nada. Ela simplesmente saiu na metade do turno e não voltou — explica ele.

Continuo franzindo a testa, mas com tal força que é como se ela pudesse se partir a qualquer momento, porque não tenho a menor ideia do que esse homem está falando. Ele trabalha no Morrisons, sim. Mas eu certamente não trabalhei lá, não em 2024.

Eu me inclino para Grosvenor.

— Shhh! — sibila ela para mim antes mesmo de eu abrir a boca; me afasto feito um filhote que levou bronca.

— Isso é incomum? — pergunta Dodgson, virando-se para erguer as sobrancelhas para o júri, intencionalmente.

— Bem, sim — responde Joseph. — Normalmente, o funcionário entrega um aviso por escrito dizendo que está se demitindo e trabalha por mais duas ou três semanas enquanto encontramos um substituto. O contrato da Claire tinha um período de aviso prévio de um mês, que ela deveria ter cumprido. E nunca tinha visto um membro da equipe sair no meio do turno sem dar nenhum tipo de justificativa.

Porque isso seria *estranho*. Quem sairia no meio do turno de trabalho sem dizer nada? Eu certamente não faria algo assim. Nada disso faz sentido... Minha cabeça está começando a doer, uma dor aguda e profunda na parte de trás do crânio; imagino pequenos insetos rastejando pelas fendas do meu cérebro enquanto tento compreender o que está acontecendo.

— Como era trabalhar com a Srta. Arundale, em geral?

— Bem, ela era uma funcionária muito boa, trabalhou conosco por anos — admite Joseph, olhando para o júri. — Ela chegava no horário, era educada e prestativa com os clientes. Não precisou de muito treinamento, aprendeu tudo rapidamente. Cobria o turno de outros funcionários quando estavam doentes, estava sempre disposta a conversar um pouco nos corredores entre as tarefas, quando tudo estava calmo... — Ele se interrompe, como se não tivesse certeza de estar dizendo as coisas certas.

— Então, diria que não era normal ela sair no meio do turno sem explicação alguma? — pergunta Dodgson.

— Com certeza. — Joseph concorda vigorosamente com a cabeça, como se estivesse satisfeito por lhe terem feito uma pergunta que ele pôde responder com convicção.

— E nenhum membro da equipe soube do motivo pelo qual ela saiu? Não houve nenhum incidente óbvio? Nenhuma emergência familiar de algum tipo?

— Que eu saiba, não — responde Joseph cuidadosamente. — Obviamente, perguntei a todos os que estavam naquele turno com ela, mas ninguém sabia de nada. Ela parecia bem quando chegou para trabalhar. Mas eu sabia que a mãe dela havia morrido uma semana antes. A Srta. Arundale não quis nenhuma licença, disse que não eram próximas, que queria continuar trabalhando... para manter-se ocupada. — Ele morde o lábio.

— Temos imagens de câmeras de segurança do último turno de Claire, que gostaríamos de reproduzir para o tribunal. Depois de assisti-las, o senhor poderia, por favor, confirmar se a filmagem é autêntica e é do seu local de trabalho?

— Claro. — Joseph confirma.

Uma fita é apresentada, retirada de um envelope de provas transparente e amassado. E, em uma tela que foi montada para o júri, aparece a imagem da câmera de segurança do Morrisons. O corredor de vinhos. E lá está Noah, e lá estou eu, no dia em que nos conhecemos.

— Objeção! Essa é uma prova nova, de última hora — começa Grosvenor, mas a juíza a interrompe em sequência.

— Negada.

Pela primeira vez, Grosvenor parece abalada. Aquela gravação claramente era algo que ela não sabia que Dodgson tinha em mãos.

Pestanejo para as imagens granuladas do CCTV, enquanto minha dor de cabeça avança para um ponto na testa. Grosvenor permanece imóvel ao meu lado, como um falcão, as mãos cuidadosamente cruzadas à frente, enquanto a gravação pausada nos encara, em um frame zombeteiro.

— Observe a data e o registro de horário aqui — indicou Dodgson, apontando para o canto inferior direito da filmagem: 18 de setembro de 2024, 17h07.

O dia em que conheci Noah.

— Antes de prosseguirmos com a reprodução, poderia confirmar os horários do turno da Srta. Arundale naquele dia? — pergunta Dodgson a Joseph.

— Sim, tenho uma cópia dos horários. Claire deveria trabalhar das duas da tarde até o final do expediente. Dez da noite — responde ele.

— Também gostaria de confirmar que as duas pessoas que vemos nas imagens são, de fato, Claire Arundale e Noah Coors. — Dodgson aponta o dedo para a tela novamente, e a gravação começa a rodar.

Estou no corredor de vinhos, vestindo o uniforme do Morrisons, organizando as garrafas nas prateleiras.

— Isso é… — murmuro para Grosvenor, mas ela me interrompe com um gesto, sem desviar os olhos da tela. Nem sei se ela está respirando, seu peito permanece imóvel.

Resisto ao impulso de me lançar para cobrir a tela, enquanto o desejo de impedir que aquelas imagens sejam vistas me consome. Em vez disso, fico sentada, observando Noah se aproximar na imagem. Ele está lindo. Vê-lo assim, na tela, o faz parecer um astro de cinema. E, para ser honesta, esse cenário fictício bizarro está apenas contribuindo para a qualidade cinematográfica do que estou vendo. Parece que estamos conversando, embora não haja som. Vejo-me acompanhando-o até a metade do corredor e pegando uma garrafa de vinho tinto. Pareço estar falando sobre ela; Noah sorri, pega a garrafa e a coloca na cesta. Em seguida, mostro a ele uma garrafa de vinho branco, que ele também pega, sempre conversando comigo. Eu assinto, e ele sai da cena.

Um novo estalo de dor atravessa minha têmpora esquerda. Momentos depois, vejo-me pegando outra garrafa de vinho e seguindo-o, até sair do enquadramento.

A cena então corta para a entrada da loja, onde vemos Noah saindo depois de pagar suas compras. Um minuto depois, lá estou eu, aparentemente seguindo-o até a saída. A garrafa de vinho já não está mais em minhas mãos, deixada em algum ponto entre o corredor de vinhos e a saída da loja. A gravação se interrompe.

— E foi nesse momento que a Srta. Arundale saiu? — pergunta Dodgson a Joseph.

— Não há imagens do retorno dela naquele dia. Portanto, sim, parece que ela saiu e não voltou mais.

— E seria exato dizer que, de acordo com as imagens que acabamos de assistir, parece que a Srta. Arundale teve uma interação profissional com o Sr. Coors e, em seguida, o seguiu para fora da loja sem ser convidada? — continua Dodgson.

— Parece que foi assim mesmo, sim — responde Joseph.

— Sem mais perguntas. — Dodgson retorna ao seu assento.

Grosvenor se levanta.

— Só uma pergunta da minha parte. — Ela sorri calorosamente para Joseph, e percebo os ombros dele relaxarem visivelmente. — Não havia áudio na gravação, correto? — comenta ela.

— Correto. Nosso sistema de câmeras de segurança grava sem áudio — confirma Joseph.

— Então, é perfeitamente possível que, ao vermos minha cliente conversando com o Sr. Coors e entregando-lhe uma garrafa de vinho, ele tenha pedido que ela saísse e o encontrasse em um café próximo?

— Sim, é possível. — Joseph concorda com a cabeça.

— Obrigada, Sr. Miles. Isso é tudo.

Ele acena para mim, um leve sorriso no rosto, como se fôssemos amigos, e deixa o banco das testemunhas. Todo o meu corpo está tenso, e, para minha grande preocupação, percebo que, a meu lado, pela primeira vez, Grosvenor está tão tensa quanto eu.

Capítulo Cinquenta e Sete

— Claire, a próxima parte será a mais difícil para você, certo? — Grosvenor usa um tom suave ao se dirigir a mim.

Olho para ela e percebo que os círculos escuros sob meus olhos estão refletidos em seu rosto, e seu cabelo está todo desalinhado, arrepiado nas laterais. Parece que ela não dormiu. Eu me pergunto se esse julgamento a mantém acordada à noite, como a mim. Por um momento, fico tocada ao pensar na possibilidade de alguém se importar tanto comigo a ponto de perder o sono por causa do meu possível destino. Mas logo me lembro de que é o trabalho dela. O que realmente a mantém acordada é a preocupação pela própria reputação. A gravação das câmeras de segurança exibida ontem a abalou, sei disso. Tenho que aceitar que, em grande parte, estou sozinha. Estava sozinha antes de conhecer Noah, e agora estou sozinha de novo, traída pelo homem que amo.

— Noah vai testemunhar, e ouvir o que ele tem a dizer será incrivelmente difícil para você. Será emocionalmente devastador e uma merda completa, não vou mentir — continua Grosvenor, a voz baixa e firme.

Meus olhos começam a se encher de lágrimas. Tenho tanto medo do que ouvirei meu noivo dizer sobre mim, sobre nós, sobre o nosso relacionamento.

— Ele falará de você e de Lilah. E não será fácil para nenhum de nós. Mas precisa se manter calma, entendeu, Claire? Consegue fazer isso?

Assinto com a cabeça. O que mais posso fazer?

— Ao menos isso marca o fim para a equipe de Dodgson. Noah é a sua última testemunha e Dodgson fará sua declaração final, tentando retratá-la como uma assassina, mas vamos ignorar tudo o que ele disser, porque é tudo besteira, certo?

— Besteira — concordo timidamente, com um leve aceno.

— Depois disso, o escrivão nos chamará, fará os argumentos finais e, é isso, não estará mais em nossas mãos. Fizemos tudo o que pudemos; a partir daí, dependerá do júri.

Estou tão assustada que acho, de verdade, que vou urinar nas calças; meu estômago dá voltas insuportáveis, minha respiração sai curta e aguda.

— Você não é uma assassina, Claire, e não será condenada como tal. Não se eu puder ajudar — afirma Grosvenor.

Concordo novamente, mas é porque quero acreditar nela, não porque acredito.

— Claire? Preciso te perguntar... por que não me contou que trabalhava no Morrisons quando conheceu Noah no corredor de vinhos? — Ela me observa com cuidado.

Engulo em seco.

— Realmente não achei que fosse relevante, suponho. Aconteceu exatamente como eu disse, exceto pelo fato de que eu era funcionária.

Ela não diz nada, e sua expressão é difícil de decifrar. Seus olhos me analisam com tanta intensidade que sinto como se ela estivesse lendo minha alma. Eu a encaro, hipnotizada, até que ela pestaneja, e o momento se desfaz. Logo, ela está dando ordens à sua advogada-assistente.

Luto contra a vontade de vomitar e me preparo para voltar ao tribunal, sabendo que, talvez amanhã mesmo, ou sairei livre ou passarei a próxima década da minha vida atrás das grades.

Capítulo Cinquenta e Oito

Minha respiração se prende na garganta quando Noah entra na sala do tribunal. Ele continua devastadoramente bonito, o terno com o corte perfeito para favorecer os ombros largos e o peito, as linhas do colarinho da camisa refletindo o maxilar esculpido. Percebo, com um choque, que faz meses que não vejo meu noivo pessoalmente, e, ainda assim, ele parece exatamente o mesmo. Minha mão treme ao pegar o copo d'água.

Grosvenor me cutuca por baixo da mesa e sussurra entre os dentes cerrados, *Não olhe para ele*, e luto contra todos os meus instintos para desviar o olhar. Sinto então uma pontada dolorosa quando percebo que ele não está me olhando. Noah evita meu olhar durante todo o trajeto até o banco das testemunhas e, ao se sentar, fixa os olhos à frente, como se eu não existisse. Um som abafado escapa de mim, algo entre um grito e um suspiro, e Grosvenor me cutuca de novo, desta vez com mais força. Tomo mais um gole trêmulo de água. Achei que seria capaz de enfrentar isso, mas não consigo. É difícil demais. É difícil demais ver meu namorado ali e ter tantas perguntas que não posso fazer.

Eu deveria estar com raiva, tomada pela fúria, mas, em vez disso, toda essa emoção está se manifestando como pânico, desespero, uma necessidade feroz de entender que porra está acontecendo. Por que ele fez isso comigo?

— Sr. Coors, o senhor já conhecia essa mulher antes? — pergunta Dodgson.

Endireito-me levemente na cadeira, o dedo indicador da mão esquerda se contorcendo de nervosismo.

— Sim, conheci. Nós nos conhecemos no Morrisons. — A voz rouca, exausta, está carregada de uma amargura que me dói ouvir.

— E como essa conversa aconteceu?

— Ela estava trabalhando lá, eu fazia compras. Pedi uma recomendação de vinho. Ela me indicou um, comprei o que precisava e fui embora.

— E essa foi toda a conversa quando vocês se conheceram?

— Sim.

— O senhor não a convidou para um café depois?

— Certamente não.

Meu sangue ferve. Minhas mãos apertam com força os lados da cadeira, enquanto tento manter a calma. Concentro-me na respiração, mas estou tão irritada, tão *decepcionada* com essas mentiras, mentiras, *mentiras* que ele está contando. Por quê? Para quê? Para proteger uma credibilidade já abalada como homem de uma mulher só?

— Como o senhor descreveria essa interação?

Noah nem hesita antes de responder, como se essa pergunta tivesse sido ensaiada mil vezes com Dodgson.

— Fugaz.

Inspiro devagar, deixando que todas as lembranças de nós surjam diante de mim, lembrando-me do motivo pelo qual o amo, daquilo que temos: ele servindo café quente para mim de manhã, o sorriso torto que me despertava quando o aroma dos grãos torrados era forte demais para resistir. Nossas risadas e conversas descontraídas à mesa de jantar todas as noites, muitas vezes seguidas por sussurros carinhosos, com seu braço envolvendo-me na cama. Não havia nada contratual ou profissional em nosso relacionamento; nada em nosso relacionamento era fugaz. Algo deve ter acontecido com Noah que eu desconheço, para fazê-lo negar tudo de maneira tão cruel. Deve haver uma explicação lógica para essa mudança tão drástica.

— E o que aconteceu depois que o senhor saiu do Morrisons? Foi o fim do contato entre vocês?

— Não. Ela me enviou uma solicitação de amizade no Facebook alguns dias depois. Eu a reconheci pela foto do perfil.

— Como ela sabia seu nome?

— Não sei. Eu não disse meu nome a ela.

Meu corpo se enrijece na cadeira, minha testa se franze. Ele está mentindo. Sob juramento.

— O senhor aceitou a solicitação de amizade dela?

— Não, não aceitei. Fiquei desconfortável por ela ter me adicionado... considerando as circunstâncias daquele momento.

— E esse foi o fim de suas interações?

— Com o tempo, ela adicionou alguns de meus amigos, que, sem saber, a aceitaram, achando que era apenas uma desconhecida qualquer. Até que, finalmente, uma dessas amigas me procurou. Ela havia sido adicionada por Claire e, ao verificar a página para ver quem era, notou que havia fotos minhas ali. Fotos que ela deve ter retirado das minhas redes sociais e postado como se fossem dela. Em algumas, ela até manipulou as imagens para se incluir nelas.

A fotografia de nós dois em Las Ramblas aparece projetada em uma tela branca. Ao lado, outra imagem, idêntica, exceto pelo fato de que estou ausente; Noah aparece sozinho, sorrindo para a câmera. Meu estômago se revira. Olho para Grosvenor, que permanece estranhamente imóvel ao meu lado.

— Como o senhor se sentiu em relação a isso?

— Achei bizarro! Foi quando contei a meu amigo Harry sobre a situação, mas, na época, eu a minimizei, até ri dela. Parecia ridículo levar aquilo a sério. Agora, obviamente, gostaria de ter levado — acrescenta ele, incisivo.

— E o que fez depois que sua amiga do Facebook o alertou sobre o comportamento dela?

— Bloqueei Claire. Tornei todas as minhas contas privadas e a bloqueei em tudo, até no LinkedIn. Também pedi a todos os meus amigos, que eram amigos dela no Facebook, que a bloqueassem. Avisei Lilah também. Não queria que ela visse uma imagem adulterada e acreditasse que era real. Foi constrangedor.

Minhas orelhas queimam.

— Essa foi a sua primeira conversa com Lilah sobre a Srta. Arundale?

— Sim. Eu não tinha motivos para mencioná-la antes: ela não era ninguém para mim.

Respiro fundo, como se tivesse levado um tapa. Ninguém? *Ninguém?* Eu era a noiva dele! Ele era meu parceiro, era *tudo* para mim! Sinto que estou lutando contra o impulso de soluçar descontroladamente. Começo a tentar disfarçar que estou hiperventilando.

Era abril. Estava sentada com Sukhi no escritório, a chuva caindo lá fora nos confinava à triste área de descanso, com sanduíches insossos e alguns pacotes de batatas fritas entre nós.

— Que tempo de merda — comentou ela.

— Que dia de merda — respondi com um sorriso fraco. Ela sorriu de volta, fez uma pausa e então colocou a mão sobre a minha.

— Sinto muito pela sua mãe, Claire.

Fiquei encarando o tampo da mesa, esforçando-me para não sentir nada.

— Está tudo bem. Já faz muito tempo — respondi, depois de uma pausa estranhamente longa.

— Eu sei, mas isso não torna as coisas mais fáceis — disse Sukhi, dando um tapinha na minha mão.

Sete meses haviam se passado desde a morte de Mãe. Depois de muitas idas e vindas com os advogados sobre o inventário, seu dinheiro seria finalmente liberado no fim daquele mês.

— Pelo menos você pode usar parte da herança para dar um passo importante: comprar um imóvel — Sukhi tentou brincar.

— Não tenho herança — respondi.

— Não? Como assim? — Sukhi franziu a testa. — Pensei que o dinheiro iria automaticamente para você, já que ela não tinha outros parentes de sangue próximos.

Dei de ombros, forçando a indiferença.

— No fim das contas, não recebi nada.

— Sinto muito, Claire. Que balde de água fria. Do jeito que gasto meu dinheiro, meus futuros filhos provavelmente também não terão nada, Deus os abençoe — Sukhi riu, tentando desesperadamente iluminar essa conversa que eu parecia determinada a continuar escurecendo.

— Ela tinha dinheiro. Só preferiu não me deixar nada.

— O que quer dizer? — Sukhi baixou o sanduíche, as sobrancelhas franzidas em total descrença. — Ela deixou para outra pessoa?

— Sim. Deixou tudo para uma instituição de caridade que cuida de jumentos. Disse que não havia "mais ninguém" a quem deixar suas coisas, aparentemente...

— Jesus Cristo, Claire, isso é... Olha, não quero fazer comentários sobre seu relacionamento com sua mãe, mas isso parece podre e sinto muito por ouvir isso. Sinto muito que ela não tenha pensado em você.

Dei de ombros novamente, embora sentisse uma dor aguda no peito.

— Acho que sou ninguém.

— Você não é ninguém, Claire. Não diga uma coisa dessas. O que Noah disse?

— Disse que ela está apodrecendo no inferno, e que não precisamos do dinheiro dela. Que eu tenho a ele, mesmo que não a tenha, e que eu sou seu mundo e ela não me merecia.

— Sim, ele está certo — disse Sukhi, concordando com a cabeça.

— E, PELO QUE SE LEMBRA, DEPOIS DISSO, O ASSÉDIO CESSOU? Depois de bloqueá-la em todas as redes sociais? — pergunta Dodgson a Noah.

— Não. De alguma forma, ela conseguiu meu número de telefone e continuou deixando mensagens de voz estranhas, então desativei a opção de mensagens e deixava o telefone tocar. Eu nem sei como ela conseguiu meu número, talvez o tenha encontrado em algum site do trabalho ou algo assim. Ela até foi ao meu escritório. Eu disse à recepcionista que não a deixasse entrar novamente. Dei fotografias dela à segurança. Até dei algumas para Lilah entregar em seu próprio escritório, caso a Claire também fosse atrás dela.

— O que quer dizer com *fosse atrás*?

— Bem, eu não sabia o que ela queria; se estava atrás de dinheiro, se era uma desequilibrada, ou o que mais poderia ser.

Ele puxa a gravata, e me pergunto se está prestes a se engasgar com todas essas mentiras.

— E após ela ser bloqueada de todas as suas redes sociais, banida de seu escritório, a perseguição teve fim?

— Bem, também recebi alguns e-mails no meu endereço comercial, mas não sei de quem eram. O remetente era anônimo e o endereço uma mistura de números e letras aleatórias. Para ser honesto, eu nem os recebi por um bom tempo — eles iam direto para a minha pasta de spam. Mas, um dia, enquanto procurava algo, eu os encontrei todos. Eram centenas de e-mails. Eram curtos e diziam coisas como *Eu te amo e Vejo você no jantar*. Eu estava muito confuso, mas presumi que alguém havia apenas usado o endereço de e-mail errado. Agora, tenho quase certeza de que foi ela.

— Testemunho indireto! — protesta Grosvenor, levantando-se, mas a voz oscila de uma maneira que eu nunca havia ouvido antes. Meus olhos estão fechados; não consigo olhar para ninguém nesta sala.

— E esse foi o fim das interações? — pergunta Dodgson, revirando os olhos para Grosvenor de um modo que eu acharia incrivelmente ofensivo, se não estivesse ocupada odiando meu noivo pela primeira vez na vida.

— Sim, por um tempo. Àquela altura, eu já havia começado a preparar um registro para usar na solicitação de uma ordem de restrição, mas, como não recebi mais notícias de Claire, achei que ela finalmente tinha entendido a mensagem e desistido.

— Em que momento o senhor começou a se preocupar com a sua segurança, a ponto de manter um registro? — continuou Dodgson.

— Foi quando vi as imagens de nós dois juntos, adulteradas no Photoshop, circulando na internet. Lilah me convenceu de que aquilo estava indo longe demais e que eu precisava encerrar a situação de uma vez por todas. Fiz isso para agradá-la, eu realmente não queria me dar àquele trabalho. — A voz de Noah vacila ao pronunciar o nome dela. Sinto meus dedos ficarem brancos.

— Chegamos a fazer um depósito para comprar um cão de guarda, só para que Lilah se sentisse um pouco mais segura.

Os Rottweilers da Rosie eram para se proteger de mim? Quero rir, mas a vontade de chorar é maior.

— O senhor achava que estava em perigo a ponto de precisar de um cão de guarda? — pergunta Dodgson.

— Bem, não, nunca senti que estivesse em perigo *de verdade*. Mas Lilah estava tão incomodada com tudo isso que eu queria fazer qualquer coisa para que ela se sentisse mais segura em casa. Principalmente porque estávamos tentando ter um bebê. Se ela ficasse grávida, queria que ela tivesse alguém em casa para protegê-la enquanto eu estivesse no trabalho. O cachorro parecia uma boa ideia.

O sangue borbulha em minhas veias, quente como lava.

— E mesmo assim não decidiu ir à polícia?

— Lilah queria — admite Noah, passando a mão pelo cabelo e olhando para baixo. — Obviamente, agora me arrependo de não ter feito isso — diz, a voz embargada; ele seca uma lágrima.

— Por que não fez isso?

— Porque não queria que meus outros relacionamentos viessem à tona. Preocupava-me que, se começassem a investigar essa mulher e suas interações comigo, acabariam descobrindo mais. Relacionamentos que foram verdadeiros casos. E eu não queria que Lilah descobrisse — confessa, soluçando, com uma das mãos cobrindo o rosto.

— E os casos que foram revelados aqui, como o testemunho da Srta. Choi, tem algo a dizer sobre isso?

— Eles aconteceram, e sinto muito por isso, mas não têm nada a ver com este julgamento ou com o que aconteceu com Lilah. Se pudesse voltar atrás e nunca ter falado com nenhuma dessas mulheres para ter Lilah de volta, faria isso.

Meus olhos estão fixos nos dele, *querendo* que ele olhe para mim, mesmo que seja só por um segundo. Mas ele não me olha, e eu sei por quê. Porque ele não consegue. Meu noivo não suporta me encarar enquanto mente, mente, mente descaradamente, para me ver trancada. Ergo o queixo um pouco mais, como se o desafiasse a olhar na minha direção, a desvendar, a quebrar e revelar a verdade a este júri, a este *mundo* de pessoas que foram alimentadas com mentiras vindas de todo o seu círculo, de toda a porra de sua agenda de contatos.

Mas, claro, ele não o faz.

Grosvenor pede um recesso, e é nesse momento que sei que estou ferrada.

Capítulo Cinquenta e Nove

Nenhuma lágrima caiu dos meus olhos enquanto eu encarava o caixão, com um ramo de lírios brancos apertado contra meu peito. Mantive o olhar firme na madeira escura e polida. Aquele era o meu último adeus à Mãe. Parecia irreal que uma presença tão imponente, uma parte tão violenta e brutal da minha vida, agora estivesse confinada em uma caixa estreita. Nunca me dei conta de como ela era pequena. Para mim, sempre pareceu ser a maior coisa no mundo. Atrás de mim, uma sala cheia de pessoas que eu mal conhecia, rostos vagamente familiares, em sua maioria homens. Não organizei um funeral elaborado. Ela não merecia uma despedida cara.

Mas eu havia reservado uma vaga no crematório local e colocado um aviso no jornal, para o caso de ela ter algum amigo do bairro que eu não conhecesse. Aparentemente, ela tinha, porque apareceram muito mais pessoas do que eu esperava. Eu era a única familiar presente. Não que eu soubesse, porque ela nunca me apresentou aos seus parentes, uma vez que foi cortada da família ainda adolescente. Eu não sabia quem era meu pai e, olhando ao redor da sala, imaginei, por uma fração de segundo, se havia alguma chance de que ele estivesse em meio aos enlutados. Mas me livrei do pensamento. Meu destino nunca foi ter uma vida familiar. Meu destino não incluía pais amorosos, irmãos travessos, casamento ou filhos. Sempre seria apenas eu, sozinha. Apenas Claire.

— Claire, por que manipulou aquelas fotos de você e Noah? — pergunta Grosvenor, quando voltamos para a sala de reunião. Sua voz soa artificialmente gentil.

— Eu... não manipulei — respondo.

— Manipulou sim. A evidência estava lá, na tela, e foi verificada por um especialista em edição — diz Grosvenor, segurando as anotações do tribunal. — Sabe usar o Photoshop? Foi isso que usou para editá-las?

— Eu... Eu uso o Photoshop no trabalho, faço o design de comunicados à imprensa, mas não edito fotos no trabalho — tento explicar. Minha cabeça está zumbindo, tudo está confuso.

— Claire, você está bem? — pergunta Grosvenor.

— Não sei — respondo. Meu peito está se contraindo. De repente, não consigo mais respirar.

— Alguém me traga um saco de papel — pede Grosvenor, mas sua voz está distante e ecoando como se ela estivesse debaixo d'água.

Agarro-me às bordas da mesa e sinto que vou morrer. Quero me enrolar como uma bola e me esconder, fugir de tudo o que está acontecendo comigo neste momento. Quero estar em qualquer lugar menos aqui.

A última vez que tive um ataque de pânico foi no dia em que recebi o telefonema informando que Mãe havia morrido.

— Isso é uma piada? — perguntei, acreditando que ela tivesse convencido alguém a me ligar como uma brincadeira, um de seus amigos do bar, talvez. Era exatamente o tipo de coisa que ela faria: tentar me causar angústia e, em seguida, fazer disso uma piada, dizendo que eu havia exagerado, rindo da minha aflição.

— Sinto muito, Srta. Arundale, mas é real e precisaremos que tome algumas decisões em relação ao corpo. Podemos encaminhá-la a uma excelente funerária que poderá cuidar de tudo o que precisa...

A voz se arrastou quando comecei a hiperventilar, deixando cair o telefone no chão. Mãe estava morta. Ela tinha morrido de câncer e eu não estava lá; tinha morrido sozinha em um hospital e eu não a visitei porque não acreditava nela, porque achava que estava tentando me punir por ter saído de casa, por ter perdido o contato. Se eu não tivesse saído de casa, estaria ao seu lado. Teria cuidado dela e talvez ela não tivesse morrido tão jovem.

Meu peito doía com uma pontada aguda no esterno. Fechei os olhos, encolhendo-me, tentando controlar a respiração. Mãe estava morta, e a culpa era minha. Essa culpa me sufocava, e eu me balançava, tentando soluçar, mas nada saía porque o ar mal era suficiente para respirar, quanto mais soluçar. Como pude ser tão cruel a ponto de não chorar ao receber a notícia da morte da minha própria mãe?

Essa foi a primeira vez que vivenciei um ataque de pânico, e, nos meses seguintes, mesmo depois de conhecer Noah, eu pulava e meu coração disparava toda vez que o telefone tocava, como se estivesse sempre à espera de mais más notícias. Acabei deixando o telefone permanentemente no modo Não Perturbe, com medo de que qualquer ligação trouxesse mais tragédia. Será que Noah seria o próximo a morrer? Minha vida havia saído de controle após a morte dela, minhas emoções assumiram o comando, guiando-me e ditando todas as minhas ações. Às vezes, eu me sentia como um fantasma, observando Claire de fora. Outras vezes, algo podre dentro de mim se revelava, atormentando-me com pensamentos e palavras ruins que eu não queria ouvir. E havia momentos em que não sentia nada, tão oca quanto um caixão.

Uma noite, gritei contra um travesseiro. Não era luto; era raiva. Raiva por ela ter morrido, uma fatia egoísta de raiva por ela ter deixado este mundo antes que eu pudesse lhe dizer a verdade sobre o que eu sentia. Sobre como ela havia me machucado, sobre o que havia de errado com ela, e como havia sido eu quem sofrera enquanto crescia sob seus cuidados. Gritei alto, até ter certeza de que minha garganta estava sangrando, até desmaiar. No dia seguinte, fui trabalhar e conheci Noah.

Agora, repreendo-me por ser tão egoísta que a ideia de ir para a prisão provoca em mim a mesma reação visceral que descobrir que causei a morte da minha mãe. Que assassina tão egoísta me tornei.

As alegações finais e o veredito foram adiados porque tivemos que esperar que um médico me desse alta após o término do ataque de pânico. Grosvenor, então, insistiu que eu falasse com a minha psiquiatra, Dra. Pye, e o julgamento foi novamente suspenso até que eu fosse liberada pela médica. Passamos uma semana inteira conversando durante o dia todo. Somente eu e minhas memórias dolorosas em um ciclo interminável.

— Olhe, Claire. Você não *precisa* mentir. Você não entrou naquela casa para matar Lilah, não pretendia que ela batesse a cabeça quando a empurrou. Você *não* é uma pessoa ruim — disse a Dra. Pye um dia, enquanto eu repetia as palavras da minha mãe, entre soluços.

Sou uma pessoa ruim.

Capítulo Sessenta

Jessica Pye

A Dra. Jessica Pye toma seu lugar no banco das testemunhas. Ela parece jovem demais para ser uma psiquiatra qualificada, inexperiente demais para que todo o meu futuro dependa de seu testemunho, mas sei, pelas nossas conversas, que ela é perspicaz. Para ser sincera, até simpatizo com ela, depois de passar tantas horas conversando e compartilhando minha vida e meus pensamentos. Ela é muito séria, e seu lábio inferior cheio às vezes se projeta quando eu falo, o único sinal que consigo identificar e que significa que, ao menos algo do que eu disse, é relevante. De vez em quando, ela franze a testa, mas isso quase sempre vem acompanhado de um aceno reconfortante com a cabeça, o que me deixa sem saber o que ela está pensando. Será que está concordando comigo ou estou apenas confirmando algo de que ela já suspeitava?

Da última vez que a vi, ela usava um vestido de cor creme, mas hoje está usando um vestido preto e um blazer, parecendo muito mais profissional e imponente do que na nossa última sessão. Engulo em seco e torço para que tudo dê certo. Essa mulher é tão imparcial que não consigo deixar de esperar que ela consiga intervir e acabar com toda esta farsa. Estou torcendo para que, no pior dos casos, a juíza Black conclua que não há motivo para responder pelo assassinato, restando apenas a possibilidade de acusação menor de homicídio culposo. Afinal, eu nunca quis que Lilah morresse. Nem nos meus piores pesadelos imaginei que um simples empurrão poderia nos trazer até aqui.

— O tribunal convida a Dra. Jessica Pye a testemunhar — anuncia a juíza.

— Após várias conversas e avaliações das partes envolvidas, está claro para mim que Claire Arundale não pode, sob uma ótica razoável, ser considerada culpada de assassinato — diz ela.

Meus olhos se arregalam e exalo alto, aliviada. Enterro o rosto nas mãos, permitindo-me desfrutar do conforto dessa mulher, essa *estranha*, finalmente me defendendo. Finalmente me apoiando.

— Embora tenhamos psicanalisado a Srta. Arundale logo após sua prisão, infelizmente, sua capacidade mental se deteriorou ainda mais desde então. Fomos chamados por sua equipe jurídica, que acreditava que ela começara a mostrar sinais de problemas de saúde mental, e passei a última semana reavaliando-a sob essas novas circunstâncias. De acordo com minha nova avaliação, também defendo que ela não está mentalmente apta para enfrentar julgamento, algo corroborado por outros psiquiatras após a análise de todas as transcrições de avaliações judiciais e psiquiátricas.

Eu me mexo no assento, franzindo a testa, e olho para Grosvenor, que parece balançar a cabeça, concordando com a fala. Não está apta para enfrentar julgamento? O que isso significa?

Ela me passa um bilhete, lentamente.

Sinto muito, Claire. Você não é uma assassina: esse é o melhor caminho para você.

Eu a encaro, sentindo meu sangue esfriar à medida que começo a entender a realidade.

— Durante meu exame, encontrei evidências contundentes de que a Srta. Arundale sofre de um caso grave de transtorno delirante associado à psicose. É, sem dúvida, o caso mais extremo com que me deparei em todos os meus anos de experiência profissional. A ré é incapaz de distinguir entre a realidade e a fantasia, e sua crença inabalável de que está noiva do Sr. Coors ilustra que ela não vive no mundo real e, portanto, não consegue diferenciar fato de ficção. Segundo pude ver, eles realmente se conheceram no supermercado Morrisons no dia 18 de setembro de 2024, mas foi um encontro breve e profissional, conforme o depoimento do Sr. Coors. Após esse encontro, a ré o seguiu até uma cafeteria, onde descobriu seu nome e seu local de trabalho por meio de uma etiqueta pendurada na mochila. Ela então passou a construir uma vida dupla para si mesma, na qual rapidamente ficou envolvida, sem poder entender o que era real e o que era uma construção de sua própria mente. A dificuldade desse transtorno é que, em geral, ele não afeta a vida cotidiana da pessoa. Ela é capaz de trabalhar, de funcionar e de socializar; a gravidade do transtorno está escondida nas cavidades da mente e só quando começamos a aprofundar-nos é que percebemos a proporção dos delírios do paciente.

Sinto-me enjoada, uma sensação de pavor quente toma conta de mim.

— Pessoalmente, acredito que o transtorno dela, embora em grande parte de origem genética, foi intensificado pelo ambiente em que cresceu, sobre o qual, enquanto criança, ela não tinha qualquer controle. Foi criada por uma mãe abusiva, que, ao que tudo indica, sofria de um transtorno de personalidade narcisista do tipo B. Isso resulta em um comportamento extremamente volátil, com emoções exacerbadas, afetando as mesmas áreas do cérebro que a psicopatia ou a sociopatia. Está comprovado que ser criado por alguém com esse tipo de transtorno de personalidade gera uma profunda negligência emocional e traumas severos, que, em alguns casos, podem evoluir para psicose, especialmente se houver uma predisposição genética. Após longas conversas com a Srta. Arundale, ficou claro para mim que, na infância, ela foi completamente privada de estabilidade emocional, amor, afeto ou segurança, o que, acredito, desencadeou sua psicose em um estágio posterior da vida, após a morte de sua mãe.

"Além disso, o transtorno delirante da Srta. Arundale se enquadra perfeitamente na categoria de erotomania, em que a pessoa acredita que alguém está apaixonado por ela. Esse tipo de delírio frequentemente resulta em comportamentos de perseguição, como os descritos aqui, e que foram relatados por algumas das testemunhas durante o julgamento. Em sua defesa, esses delírios também podem provocar irritabilidade e variações de humor, que, no caso da ré, foram exacerbados pelo consumo de álcool na semana anterior à morte de Lilah Andersson. Está claro para mim que a ré é vítima de sua própria condição mental, que ela tem sofrido de uma psicose não diagnosticada por um período surpreendentemente longo, sem qualquer tratamento medicamentoso, e que, portanto, ela não pode ser responsabilizada criminalmente pela morte da Srta. Andersson, nem enfrentar julgamento."

— Convido a defesa a fazer uma declaração — diz a juíza, mas suas palavras soam como ondas, líquidas, à medida que meu peito se aperta e sinto que estou me fechando.

— Fizemos uma verificação cruzada com as entradas no diário pessoal da Srta. Arundale e encontramos diversas discrepâncias entre sua percepção da realidade e o que realmente ocorreu — começa Grosvenor. — No dia 22 de setembro de 2024, por exemplo, ela escreveu sobre um jantar em um restaurante italiano com o Sr. Coors, após um breve encontro na rua. No entanto, as imagens das câmeras de segurança mostram que a Srta. Arundale nunca entrou no restaurante. Na verdade, ela ficou observando-o pela janela, enquanto ele jantava com o Sr. Barton. Em 5 de abril do ano seguinte, ela relatou uma viagem a Veneza, porém os registros da companhia aérea confirmam que apenas a Srta. Arundale estava no voo, enquanto o Sr. Coors permaneceu no Reino Unido, trabalhando durante toda a semana em que ela escreveu sobre suas férias com ele. Já em fevereiro, quando mencionou estar noiva dele, o Sr. Coors dispõe de um álibi irrefutável, tendo passado a noite inteira na festa de um cliente. O anel de noivado, acreditamos, foi adquirido pela própria Srta. Arundale em um mercado de Natal local. O recibo foi encontrado em sua casa, dobrado na forma de um coelho de origami, ao lado de um caderno bizarro repleto de anotações perturbadoras relacionadas ao Sr. Coors, sua família e amigos. Está claro para mim que os eventos descritos no diário da Srta. Arundale representam a verdade conforme ela a interpretou, e não a verdade objetiva. Creio que isso seja evidência suficiente da psicose diagnosticada pela Dra. Pye e, por isso, solicito que minha cliente seja dispensada do julgamento com base em sua incapacidade mental.

Levanto-me, as pernas tremendo descontroladamente, e ouço vagamente Grosvenor dizendo ao tribunal que precisamos suspender o julgamento porque estou doente, mas sua voz está ecoando de maneira estranha, e, quando me dou conta, estou de joelhos em um banheiro do tribunal iluminado por lâmpadas fluorescentes, vomitando no vaso sanitário enquanto duas pessoas me vigiam, e lágrimas escorrem pelo meu rosto. Tudo o que consigo pensar é que isso está errado, errado, ERRADO; como eu queria que Noah intervisse e impedisse tudo isso.

Capítulo Sessenta e Um

Responsabilidade diminuída devido a uma anomalia psíquica. Foi assim que o julgamento terminou, com todos os depoimentos das testemunhas descartados. Todo aquele trauma emocional foi um desperdício de tempo e energia. Eu nunca deveria ter ido a julgamento, aparentemente.

O tribunal concluiu que minha capacidade de compreender a situação e minhas próprias ações estavam gravemente comprometidas, o que me levou à perda de autocontrole quando acreditei que Lilah estava esperando um filho de Noah. Noah não é meu noivo. E nunca, de acordo com eles, será meu marido.

Capítulo Sessenta e Dois

Estou torcendo as mãos no colo, os olhos fixos nos meus pés. Os chinelos nojentos que nos obrigam a usar aqui já foram brancos, mas agora estão de um bege escuro e desagradável.

— E você, Claire? Como tem passado esta semana?

Dou um pulo ao ouvir meu nome. Daisy, a líder da equipe, me observa atentamente com um sorriso encorajador. Ela não é realmente uma líder de equipe. É psiquiatra. Mas eles nos fazem chamá-los assim, como se isso tornasse tudo menos sério. Respiro fundo enquanto vários pares de olhos me observam, curiosos, ao redor do círculo onde estamos sentados. Alguns pacientes, como eu, preferem manter o olhar fixo no chão. Uma mulher murmura para si mesma, mas ela faz isso de forma tão frequente que se tornou um estranho conforto para mim: um lembrete constante do que realmente é uma doença mental. Alguns dos outros desviam o olhar de modo inquieto, impacientes e entediados. Mas muitos me observam com interesse. Então, começo:

— Esta semana tem sido… difícil. Para ser honesta, foi bem chocante. Já estou aqui há tempo suficiente para que minha nova medicação tenha se instalado em meu sistema… — Murmúrios de compreensão e empatia circulam pelo grupo. — E agora acho que estou começando a aceitar o que fiz, quem realmente sou e como acabei aqui.

Meus ombros caem neste momento. Daisy sorri para mim como se eu tivesse lhe contado que ela ganhou na loteria.

— Isso é *brilhante*, Claire. Autoconhecimento e progresso ótimos! E como está se sentindo com essas revelações?

Suspiro.

— Honestamente? Cansada.

Isso provoca algumas risadas no círculo, e vejo acenos vigorosos de compreensão e camaradagem.

— Acho que tudo se origina na minha infância, no meu relacionamento com minha mãe. Primeiro, preciso lidar com tudo o que vivi naquela época e com a minha atitude doentia em relação a ser amada.

Daisy concorda com a cabeça de forma tão entusiasmada que me lembra daqueles bonequinhos decorativos colocados em carros. Chega a me preocupar que a cabeça dela possa cair do pescoço.

— E quanto às suas emoções? O que tem sentido esta semana? Lembro que, da última vez que conversamos, estava com muita raiva.

Ela franze a testa ao relembrar.

— Sim, ainda estou com raiva, para ser sincera. Sinto-me traída pelo sistema judicial, embora eu suponha que ele tenha me mantido fora da prisão.

— Por pouco! — interrompe alguém.

— A prisão é completamente diferente e muito pior — diz Daisy, com clareza. — Claire, continue, por favor.

— Você tem razão. A prisão é totalmente diferente. Pelo menos aqui temos nossos próprios banheiros! — É apenas uma meia piada, mas ninguém acha graça. — De qualquer forma, eu gostaria que tivessem me diagnosticado antes, que tivessem me preparado para o que estava acontecendo. Senti-me emboscada pela minha própria advogada. E, como parte das provas psiquiátricas, compartilharam os registros dos meus diários. Aquelas memórias privadas, pessoais, na minha própria caligrafia... Foi muito humilhante — admito, pela primeira vez. — Esse foi o golpe final, os registros nos diários. O último resquício de qualquer tipo de orgulho que eu pudesse ter se desfez quando meus pensamentos, segredos, desejos e horrores mais profundos foram expostos a um grupo de estranhos. Sinto meu rosto ruborizar com a lembrança, o completo horror do diário se tornando parte dos apontamentos do meu caso, digitado letra por letra.

— E o Noah? E os amigos dele? — pergunta Daisy.

Mantenho meu rosto cuidadosamente neutro.

— Não posso ter raiva deles. Só subiram lá e falaram a verdade; qualquer um teria feito o mesmo. Mas fico triste todos os dias pelo que aconteceu com Lilah, e gostaria que não tivesse acontecido.

Olho para o chão de novo e engulo o nó na minha garganta. Sinto lágrimas se formando nos meus olhos e as enxugo rapidamente. Ninguém está rindo agora. O círculo ao meu redor ficou em silêncio. Até a mulher que murmurava passou a balançar a cabeça furiosamente, mas em silêncio.

— E é isso que estamos aqui para ajudá-la a superar — diz Daisy, gentilmente, observando-me com um olhar de piedade. — Vamos seguir em frente. Jacob, como você está lidando com suas explosões de raiva esta semana?

Ela desvia a atenção de mim, e relaxo um pouquinho. Já disse o que tinha para dizer. Agora, só preciso ficar lá sentada, assistindo ao resto da sessão, depois posso voltar ao meu diminuto e horrível quartinho e refletir sobre o que acabei de aprender em meu diário. Um diário que, com sorte, *continuará* privado.

O horror de o tribunal ter registrado meus sentimentos mais íntimos como prova da minha saúde mental era palpável. Achei que o julgamento não poderia ficar pior para mim, após as evidências de Noah e Jessica, mas, de alguma forma, ficou. Desde então, recebi uma carta de Grosvenor perguntando como eu estava, pedindo que ligasse para ela, mas me recusei. Não quero falar com ela e não quero me iludir pensando que nossa relação foi algo além de profissional. Logo ela terá outro cliente e esquecerá que eu existo. Com Sukhi, entretanto, continuo em contato.

Mantemos ligações telefônicas semanais e trocamos cartas. Ela está grávida agora — enviou-me cópias de seus exames em uma das cartas. Foi difícil para mim, tenho que admitir. Tive uma semana particularmente ruim, sentindo-me vazia e sozinha. Por fim, depois de conversar com Daisy em uma sessão individual, percebi que estava também com medo. Medo de ser substituída pelo bebê e abandonada por Sukhi, nossa amizade tornando-se desnecessária para ela à medida que fosse assumindo esse novo papel. Desde então, reconheci que nunca poderei competir com um bebê pela atenção de Sukhi, mas que posso lhe oferecer um tipo diferente de relação; uma com a qual o bebê não poderá competir. E tudo bem. Posso aceitar isso e esperar ter essa amizade especial com Sukhi, na qual estamos unidas pela experiência bizarra que ela, de certa forma, viveu comigo. Claro, também há a dor de não ter meu próprio filho e o fato de que levará muito tempo até que eu possa ter um, considerando que agora tenho quase trinta anos, e continuo sozinha. Mas Daisy me garantiu que existem várias opções para que eu possa engravidar naturalmente, e que meus óvulos ainda estão longe de acabar. Esse é um aspecto positivo e algo que me motiva a continuar melhorando e sair daqui. Quanto mais rápido eu estiver feliz e saudável, mais rápido estarei livre; e quanto mais rápido estiver livre, mais rápido poderei voltar a reconstruir uma vida normal e, com sorte, um dia, ter minha própria família.

Além da medicação, das sessões semanais em grupo e das ligações com Sukhi, faço extensas sessões de terapia focadas em Mãe e nos meus sentimentos em relação a ela. Essas sessões são quase diárias, e tenho três terapeutas diferentes: Daisy para minhas conversas de terapia cognitivo-comportamental, um hipnoterapeuta para tentar acessar as memórias que meu cérebro ocultou de mim, e um terapeuta especializado em transtorno de personalidade narcisista e como isso afeta os filhos.

Foi muito esclarecedor para mim perceber que há outras mulheres, como eu, que passaram por experiências similares na infância. Também foi esclarecedor, embora doloroso, perceber que nada disso foi minha culpa. Nunca se tratou de mim. Mãe teria agido da mesma forma com qualquer filho, pois estava doente e via o mundo de forma distorcida. Ela sempre foi a personagem principal. Eu era apenas uma coadjuvante, sem sentimentos ou emoções próprias, apenas existindo para apoiá-la e impulsioná-la. De certa forma, sinto pena dela. Que vida triste ela teve: sem relacionamentos verdadeiros, incapaz de sentir amor genuíno ou compaixão humana.

Ela deve ter sido tão solitária quanto eu sou agora.

Epílogo

Hospital Psiquiátrico Elmswood

11 de setembro de 2026

Querido diário,

Hoje foi um dia melhor. Tivemos nossa sessão em grupo, e acredito que correu bem. Daisy pareceu satisfeita, ao menos. E, no fundo, é isso que importa, não é? Progresso. Esse é o foco. Pequenos passos, um dia após o outro, até culminarem em um grande e notável avanço. Quando perceberem o quanto evoluí me deixarão sair, pois não serei mais um perigo para a sociedade nem para mim mesma.

Hoje me sinto menos irritada. Os tribunais podem ter traído minha confiança ao se apropriarem dos meus diários, mas, pelo menos, não estou na prisão. Tenho certa liberdade, diversas atividades de que posso desfrutar. Tenho gostado de pintar. A maioria dos meus colegas de pavilhão é agradável. Há uma garota muito tímida, mas que parece gentil. Está aqui por incêndio criminoso, mas acredito que logo será transferida para uma unidade de reabilitação, já que ninguém morreu. Sukhi continua me enviando cartas, o que me faz lembrar de que existe uma vida lá fora, pela qual vale a pena almejar. Ando refletindo sobre como será essa vida para mim quando eu sair. Será que alguém me contratará? Será que um dia conseguirei ter a família que sempre sonhei? Essas perguntas me inquietam com frequência, mas a equipe daqui me garantiu que, assim que me "formar" e me enviarem para a unidade pública de reabilitação, terei assistentes sociais, cujo trabalho será cuidar de mim e me ajudar a retomar minha vida, seja no trabalho ou na convivência social. Por ora, é nisso que tento focar.

Ainda guardo meus segredos, claro. Todos nós temos os nossos. O primeiro é que não estou tomando os medicamentos que me dão. Sei que são projetados para me deixar confusa, para que possam me manter trancada aqui por mais tempo, fazer com que eu me sinta perdida demais e nunca esteja pronta para sair. Mas, comigo, isso não funciona. Por isso, finjo que engulo, mas escondo o comprimido debaixo da língua e o cuspo mais tarde, no vaso sanitário. Quando isso não é possível, engulo a pílula, mas a mantenho o mais alto possível na garganta e a vomito depois. Às vezes não dá certo, claro, então tenho que aguentar e engolir, mas tento garantir que nunca haja um número suficiente delas em meu sistema para entrar na corrente sanguínea e alterar meus pensamentos ou meu humor. Porque é isso o que eles querem: transformar-nos em carneirinhos dóceis, para poder nos controlar. Eu não pertenço a este lugar porque não sou doida, porra nenhuma. Não sou! Sei a verdade, e todas aquelas testemunhas sujas e mentirosas também sabem, e não vou permitir que me tratem ou me droguem como se eu fosse uma psicótica perigosa. Não vou. Então, finjo que tomo as pílulas, mantenho o juízo, digo o que eles esperam ouvir nas sessões de progresso e aguardo o dia em que me deixarão sair.

Meu segundo segredo é mais sombrio: meu lugar não é neste hospital, mas sim na prisão. Porque (e isso é até engraçado) a verdade é que Lilah não tropeçou e bateu a cabeça. E eu não a empurrei. Não, eu segurei seus ombros com ambas as mãos e bati o crânio daquela vadia contra a lareira, e faria isso de novo se fosse preciso, porque ela roubou a porra do meu noivo, depois a minha vida.

Agora, tudo o que tenho de fazer é continuar fingindo que entendo o que fiz de errado e que estou arrependida. Assim, logo me deixarão sair, e eu poderei unir-me a Noah novamente. Mal posso esperar. Sei que ele está lá fora, me aguardando. Espero não deixá-lo assim por muito tempo.

Tenho de me livrar deste papel agora, caso alguém o encontre. Sempre me certifico de dobrar minhas anotações na forma de pássaros de papel antes de afogá-las no vaso sanitário. Mas já estou me sentindo melhor. Talvez haja algo na ideia de "confessar seus pecados". Quem sabe Noah e eu possamos nos converter ao catolicismo quando estivermos juntos de novo. Ou talvez eu só goste de escrever, de liberar meus pensamentos no éter. De qualquer forma, estou voltando para casa, Noah. Eu prometo.

Com amor eterno,
sua Claire.

Agradecimentos

FORAM MUITAS AS PESSOAS QUE ME AJUDARAM A CHEGAR ATÉ ONDE estou hoje, e agradecer a todas elas em um espaço tão reduzido será difícil, mas vamos tentar.

Em primeiro lugar, um enorme obrigada à minha agente, Camilla Bolton, assim como a Jade Kavanagh e a toda a equipe da Darley Anderson, por defenderem o meu livro e acreditarem nele. Cam, todos os dias, é sério, agradeço às estrelas por termos nos encontrado naquele almoço e por você ter apostado em mim. Tenho muita sorte por tê-la como minha agente; você transformou meus sonhos em realidade e, sinceramente, mudou a minha vida.

Um mega agradecimento às minhas incríveis editoras, Emily Griffin e Claire Simmonds, por terem dado vida ao meu livro, e a toda a equipe da Century, especialmente a Hope Butler, Rhiannon Carroll, Lucy Thorne e Katya Browne. Sei que há todo um processo imenso por trás da produção e venda de um livro, desde a publicidade e o marketing até a arte, a produção e as vendas, e sou muito grata a cada um de vocês.

Do outro lado do Atlântico, agradeço à minha equipe nos EUA, especialmente a Jesse Schuman. Sinto-me incrivelmente sortuda por trabalhar com editores tão talentosos!

Um agradecimento especial a Sara Nisha Adams e a Chris Bridges, pelo apoio durante a escrita dos primeiros rascunhos. E minha enorme gratidão à minha amiga Sukh Ojla, por me ajudar a dar vida à personagem Sukhi nestas páginas.

Aos meus amigos e familiares mais próximos — vocês sabem quem são e sei que alguns irão se reconhecer escondidos nas páginas deste livro (alguns de forma menos sutil do que outros, como você, Amy Grosvenor!) — e só quero dizer o quanto agradeço por serem os amigos de que sempre precisei e a família que tanto amo. Vocês me inspiram todos os dias.

Ao meu marido, Steven, por sempre me apoiar em meus sonhos e ser o meu maior torcedor, e a Betsy, a luz da minha vida. Deus, como eu te amo, sua cachorrinha esquisita!

Agradeço também a todos aqueles que me apoiaram desde o início, quando escrevia aqueles primeiros livros terríveis, que nunca deverão ver a luz do dia — é preciso escrever coisas ruins para aprender o que é bom (ou, no meu caso, aprender como escrever). Não acredito que me apoiaram durante toda aquela fase! A todos os que leram minha primeira fantasia, só posso pedir desculpas. Especialmente a Katie Civitelli. Espero que tenha gostado muito mais deste livro — seu incentivo e seu apoio naqueles primeiros livros me ajudaram a chegar até aqui.

Por fim, agradeço também a todas as pessoas que, provavelmente, me esqueci de mencionar pelo nome — vocês sabem como sou. E, para ser honesta, escrever os agradecimentos foi mais difícil do que escrever o próprio livro.

Este livro foi impresso nas oficinas gráficas da Editora Vozes Ltda.,
Rua Frei Luís, 100 – Petrópolis, RJ.